KB121147

로크미디어가
유혹하는
재미있는 세상
ROK
MEDIA
로크미디어

Taming Master

테이밍 마스터

테이밍 마스터 10

2016년 12월 6일 초판 1쇄 인쇄
2016년 12월 9일 초판 1쇄 발행

지은이 박태석
발행인 이종주

기획 팀 이기헌 송윤성 왕소현
책임 편집 최이슬

발행처 (주)로크미디어
출판등록 2003년 3월 24일
주소 서울시 마포구 성암로 330 DMC첨단산업센터 3층 314호
Tel (02)3273-5135 **Fax** (02)3273-5134
홈페이지 rokmedia.com **E-mail** rokmedia@empas.com

값 8,000원

ISBN 979-11-5999-840-9 (10권)
ISBN 979-11-5960-986-2 04810 (세트)

10

Taming Master

| 박태석 게임 판타지 장편소설 |

테이밍마스터

CONTENTS

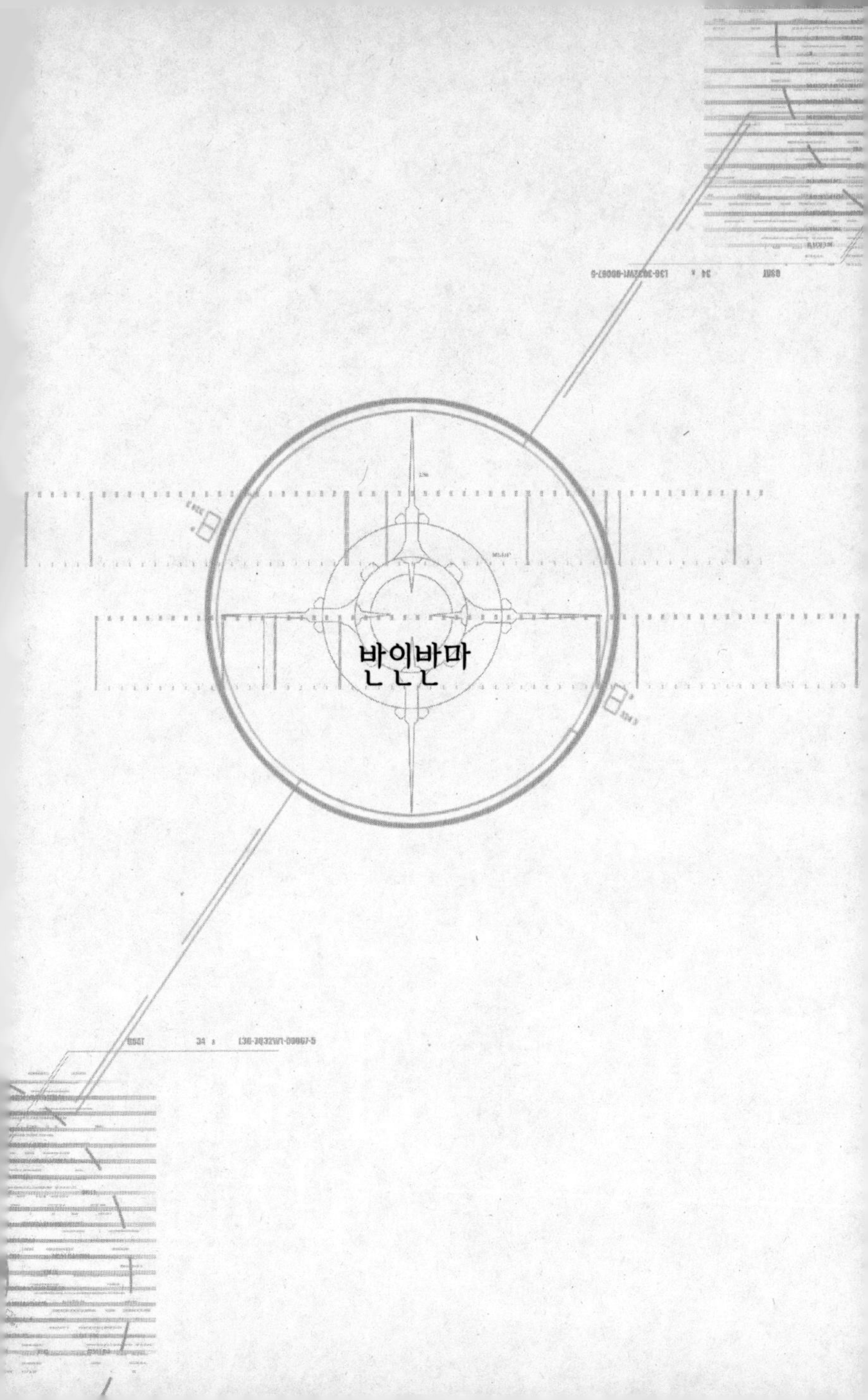

반인반마

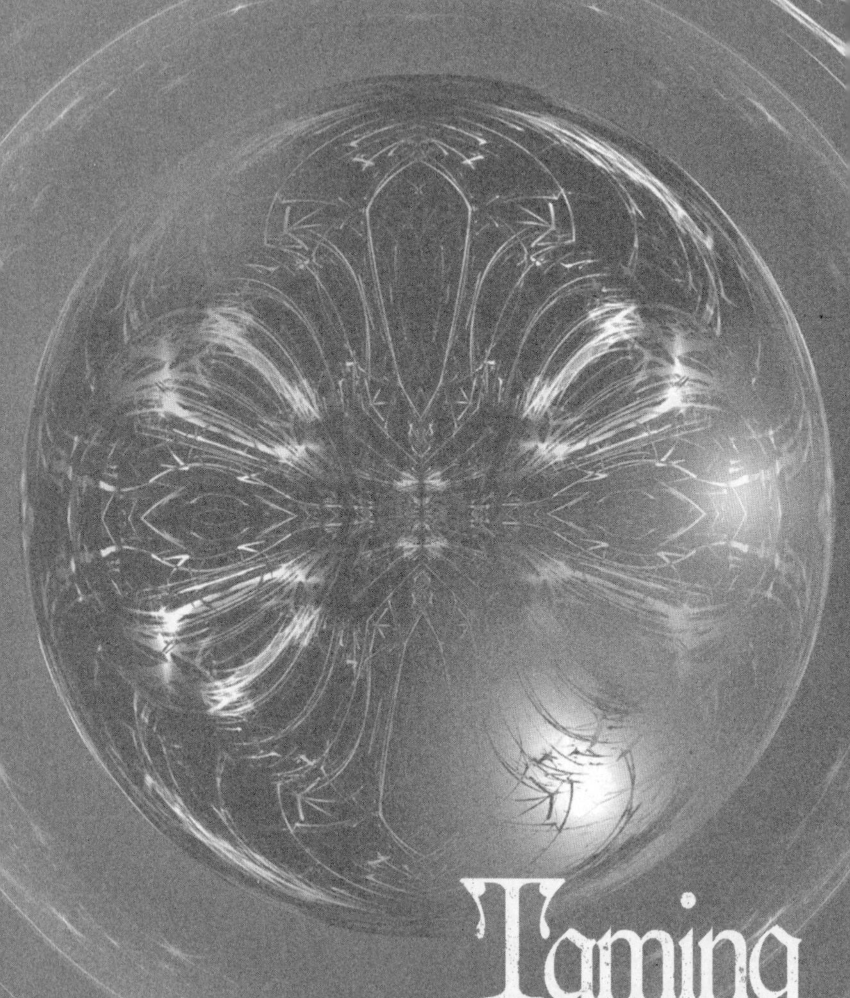

Taming Master

Taming Master
테이밍마스터

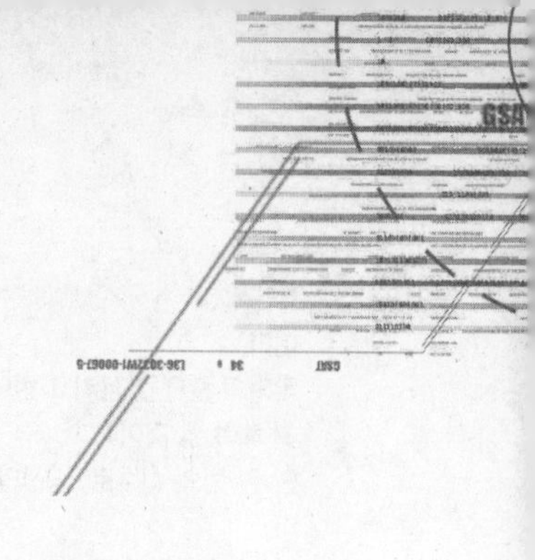

'악마의 순혈' 아이템을 꺼내 든 이안은, 우선 아이템의 정보를 확인해 보았다.

> **악마의 순혈**
>
> **분류 : 잡화** **등급 : 희귀**
> **내구도 : 50/50**
> 이종족의 피가 섞이지 않은, 순수한 혈통을 가진 마족의 깨끗한 피를 백년간 정제시켜 만들어 낸 환약丸藥이다.
> 이종족이 이 환약을 삼키면, '반마半魔'가 되어 마족들의 능력을 사용할 수 있게 되기에, 한때 수많은 인간들 사이에서 비싼 값에 팔렸던 물건이기도 하다.
> 하지만 능력이 부족한 인간이 사용한다면, 반마의 능력을 얻을 수는 있을지언정 고위 마족의 능력은 얻을 수 없다.
> 환약을 삼키는 즉시 악마의 영혼이 그릇의 크기를 시험하려 들기 때문

이다.
악마의 순혈을 삼키고 반마의 능력을 얻고 싶다면, 마음의 준비를 단단히 해야 할 것이다.
단 한 번의 실수로, 당신의 마계 등급이 하급 마족이 되어 버릴 수도 있다.
*악마의 시험이 끝나고 최종적으로 결정된 유저의 마계 등급에 따라, 마기와 마기 발동률 능력치를 추가로 얻을 수 있게 된다.
*유저 '이안'에게 귀속된 아이템이다.
다른 유저에게 양도하거나 팔 수 없으며 캐릭터가 죽더라도 드롭되지 않는다.
(최초 1회에 한해 양도할 수 있다.)

'잡화'로 분류된 아이템 중에 이렇게 정보가 많이 담겨 있는 것은 처음이었지만, 이안은 한 글자 한 글자 꼼꼼히 전부 읽어 내려갔다.

마계 콘텐츠에서, 어쩌면 지금이 가장 중요한 순간인지도 모르기 때문이다.

'으음…… 그냥 사용하면 곧바로 반인반마가 될 수 있는 아이템일 줄 알았는데, 생각보다 복잡하잖아! 얀쿤에게서 조금 더 정보를 얻을 걸 그랬나?'

하지만 이안이 얀쿤에게 물었다고 하더라도, 얀쿤이 반인반마가 되는 과정에 대해 알고 있을 리는 없었다.

그는 원래부터 순수한 혈통의 마족이었으니까.

이안은 악마의 순혈을 사용하기 전에, 일단 몸 상태를 먼저 체크했다.

악마의 시험이라는 것이 어떤 것일지 정확히는 알 수 없지만, 뭔가 가상의 전투가 벌어질 것 같다는 생각이 들었다.

'장비도 풀 세팅되어 있고, 스킬도 전부 재사용 대기 시간 돌아왔고. 소환수들은 당장 전부 소환할 수 있는 상태고…….'

마계 중앙 광장의 구석에 가서 앉은 이안은, 악마의 순혈을 들고는 침을 꿀꺽 삼켰다.

'아이템 정보에 쓰여 있는 대로면 악마의 시험인지 뭔지만 잘 해내면 한 번에 마왕이라도 될 수 있는 건가?'

이안은 비장한 표정으로 악마의 순혈을 사용했다.

"아이템 사용!"

그러자 이안의 눈앞에 몇 줄의 시스템 메시지가 떠올랐다.

–'악마의 순혈' 아이템을 사용하셨습니다.

–순결한 악마의 피가 온몸을 파고듭니다.

–강력한 마기가 온몸을 휘감기 시작합니다.

그와 동시에 이안의 시야가 점점 어두워졌다.

–악마의 시험이 시작됩니다.

이안의 눈앞이 완벽한 어둠으로 가득 메워졌다.

시카르 대륙.

시카르라는 이름보다는 중부 대륙이라는 이름으로 더 잘 알려진 이곳은, 3차 대규모 업데이트가 있은 후 커뮤니티를 비롯한 많은 유저들의 관심에서 멀어지는 듯 보였다.

중부 대륙에 포커싱되어 있었던 대부분의 게임 언론들도 전부 마계를 향해 관심을 돌렸고, 공략 게시판을 비롯한 많은 게시판에 올라오는 게시물들 또한 70퍼센트 이상이 마계와 관련된 글들이었다.

이러한 정황만을 본다면 중부 대륙은 거의 잊힌 듯했다.

하지만 게임 내의 실상은 달랐다.

시카르 대륙은 오히려 마계가 열리기 전보다 더욱 많은 유저들로 붐비고 있었던 것이다.

마계의 업데이트로 인해 대부분의 최상위권 유저들이 마계로 사냥터를 옮겼지만, 그동안 더욱 많은 중하위권 유저들이 레벨 업을 하여 중부 대륙 진입에 성공한 것.

보통 유저들이 100레벨 이상이면 슬슬 중부 대륙으로 터전을 옮기는데, 지금 카일란 한국 서버에서 100레벨은 중위권 정도의 수준이었다.

그 말인 즉, 카일란 한국 서버 유저들의 절반에 가까운 인원이 중부 대륙에 자리 잡았다는 이야기다.

게다가 상위권 유저들이 마계로 빠져나간 것이 오히려 순기능으로 작용하여, 전쟁이 끊이지 않던 중부 대륙은 평화로운 상태가 되기까지 했다.

이는 길드전에 관심 없는 일반 유저들이 사냥하기에 더욱 좋은 환경이 되었다는 뜻이다.

사실상 중부 대륙은 최고의 호황을 누리는 중인 셈이다.

그리고 대륙의 가장 중심에 위치한, 가장 거대한 영지인 파이로 영지는 이제 주체하기 힘들 정도로 덩치가 커져 버렸다.

영지 등급은 아직 '대영지'에 머물고 있었지만, 당장 '공국'을 선포한다고 하더라도 어느 하나 부족함 없을 정도로 모든 영지 스텟이 오버 스펙까지 성장해 버린 것이다.

그에 따라 파이로 영지의 영주인 피올란은 눈코 뜰 새 없이 바빴다.

170레벨도 넘긴 최상위권 랭커가 되었음에도 불구하고, 마계 관련 퀘스트를 진행할 시간이 없어 아직 마계에 들어가 보지도 못한 것이었다.

"영지가 성장하는 걸 보고 있으면 뿌듯하긴 한데……."

치안대를 이끌고 반나절 가까이 사냥을 다녀온 피올란은, 영주 집무실에 축 늘어져 한숨을 푹푹 쉬었다.

"나도 마계 좀 가 보고 싶다고……."

커뮤니티의 아이템 자랑 게시판에 올라오는 강화된 아이템들을 볼 때면, 무척이나 배가 아파 왔다.

사실 피올란은, 치안대를 이끌고 중부 대륙 던전들을 쓸고 다녔기 때문에 레벨 업은 마계에 진입한 유저들 못지않게 빨랐다.

오히려 이안과 같은 특수한 케이스의 몇몇을 제외한다면, 마계에 있는 인원보다 캐릭터를 성장시키는 속도 자체는 더 빠른 상황이었다.

하지만 새로운 콘텐츠에 대한 갈증은 어쩔 수 없는 것이었다.

피올란이 이런저런 푸념을 하며 잠시 휴식을 취하고 있을 때, 집무실의 문이 열리며 누군가가 안으로 들어왔다.

드르륵-.

그에 반사적으로 고개를 돌린 피올란이 환하게 웃으며 반갑게 '그녀'를 맞이했다.

"아, 하린 님, 어디 들렀다 올 데 있다고 하더니 벌써 다녀오신 거예요?"

하린과 피올란은 원래도 사이가 좋은 편이었지만, 최근 들어 부쩍 친해져 있었다.

대부분의 길드 수뇌부 유저들은 신규 콘텐츠를 즐기기 위해 마계로 도망갔고, 남아 있는 두 사람이 항상 붙어 다니게 되었기 때문이었다.

하린이 고개를 끄덕이며 피올란의 맞은편 의자에 앉았다.

"네, 사실 진성이가 제 앞으로 뭘 좀 보냈다고 해서, 광장까지 나갔다 오는 길이에요."

생각지 못한 이름을 들은 피올란의 두 눈이 살짝 커졌다.

"이안 님요?"

"네."

누구보다도 가장 먼저, 마계 관련 퀘스트를 하러 떠난 이안은 그 후 카이로 영지에 거의 얼굴을 비추는 일이 없었기 때문이었다.

"헐, 이안 님이 뭘 보내셨는데요? 아니, 그것보다 보냈다는 게 무슨 말이에요? 택배라도 보낸 건가."

피올란의 말에 하린이 피식 웃으며 대답했다.

"아뇨, 가신을 하나 보냈더라고요."

"아하."

그제야 이해가 되었다는 듯 고개를 끄덕인 피올란은, 고개를 절레절레 저었다.

"이러다 이안 님 얼굴 까먹겠네요. 그래도 우리 길드 마스코트인데 이안 님이……."

하린이 배시시 웃으며 중얼거렸다.

"저는 얼굴 매일 봐서 안 까먹는데……."

무슨 생각을 하는지 살짝 양 볼을 붉히는 하린을 보며, 피올란의 얼굴이 살짝 일그러졌다.

"안 부럽거든요!"

"히히, 딱히 자랑한 건 아닙니다아."

피올란이 땅이 꺼져라 한숨을 푹 내쉬었다.

"에휴, 이거 나도 어디서 남자 구해다가 연애라도 해야지, 서러워서……."

하린이 웃으며 대답했다.

"길드원 중에 피올란 님 눈에 차는 괜찮은 남자 없어요?"

그녀의 말에 몇몇의 얼굴을 떠올리던 피올란의 입에서 또다시 한숨이 새어나왔다.

"휴우……. 모르겠네요. 어떻게든 되겠지, 뭐."

한차례 푸념을 늘어놓은 피올란이 이번에는 하린의 손으로 시선을 옮겼다.

하린이 낑낑대며 인벤토리 안에서 무언가를 꺼내고 있었기 때문이었다.

"그나저나 이안 님이 보내셨다는 물건은 뭐예요?"

"잠시만요!"

그리고 하린의 인벤토리에서 튀어나온 커다란 보따리를 본 피올란이 두 눈을 깜빡이며 말했다.

"이게 다 뭐예요?"

하린이 멋쩍은 표정을 지으며 대답했다.

"저는 뭔지 잘 모르겠는데 마정석이래요. 무슨 아이템 강화하는데 필요한 아이템이라던가……? 자기는 5강까진 전부 다 했다고 길드원들이랑 나눠 쓰라고 남은 거 전부 보냈다는데, 어떻게 써야 하는지 몰라서 피올란 님께 물어보려고 가져왔어요."

"……!"

하린의 말에 그간 시무룩했던 피올란의 표정이 대번에 밝아졌다.

"마, 마정석이라고요?"

"네. 분명 마정석이라고 했는데…… 어디 보자……."

보따리 안에서 검붉은 돌덩이 하나를 꺼낸 하린이 아이템의 정보를 확인하더니 고개를 끄덕였다.

"맞네요, 마정석. '최하급 마정석'이라고 쓰여 있는데요?"

단숨에 자리에서 일어나 하린의 옆으로 다가간 피올란이 마정석의 정보를 확인해 본 뒤, 만세를 불렀다.

"으아앗, 이안 님 최고!"

하린이 옆에서 고개를 주억거리며 동의했다.

"뭔지는 모르겠지만, 내 남친님 최고……!"

피올란은 '남친님'이라는 말이 조금 거슬렸지만 기분이 좋으니 넘어가기로 했다.

"그나저나 하린 님은 커뮤니티 아예 안 들어가시나 봐요? 어떻게 마정석을 모르실 수가 있어요?"

이안이 하린을 통해 보낸 마정석들은 전부 최하급이었지만, 현재 마정석의 시세는 그야말로 부르는 게 값일 정도로 비싼 아이템이었다.

아직까지도 수요에 비해 공급이 많이 부족했기 때문이다.

마계에 진입한 유저들도 아직 대부분이 모든 부위의 아이템을 5강까지 만들지 못했던 것.

피올란은 신이 나서 하린에게 마정석의 사용법을 설명했

고, 둘은 영주실에 앉아서 아이템을 하나하나 강화하기 시작했다.

'악마의 시험'은 무척이나 단순했다.

이안이 예상했던 것처럼, 악마의 순혈을 흡수한 유저의 '전투력'을 시험하는 것이었다.

어떻게 보면 셀라무스 전사의 시험과 비슷한 느낌.

하지만 완전히 똑같지는 않았다.

연속해서 등장하는 적을 물리쳐야 한다는 점이 동일하기는 했지만, 모든 스킬이 봉인당한 채 싸워야 했던 셀라무스의 시험과는 다르게 악마의 시험은 모든 스킬과 소환수들을 전부 활용할 수 있었다.

또, 악마의 시험에 등장하는 적들은 계속 같은 레벨의 마족들이었다.

바로, 이안과 같은 레벨인 188레벨이었던 것이다.

쾅- 콰쾅-!

띠링-.

-17번째 악마를 성공적으로 물리치셨습니다.

-5분간의 휴식 시간이 주어집니다.

-5분간의 휴식 시간이 전부 지나지 않더라도, 원한다면 곧바로 다음

전투를 진행하실 수 있습니다.

이안은 자신과 소환수들의 남은 생명력을 슬쩍 확인해 보았다.

'이제 슬슬 힘에 부치기 시작하는 건가? 계속해서 나와 동레벨의 적이 등장하는데, 확실히 난이도는 점점 더 올라가는군.'

숨을 한번 고른 이안은, 곧바로 다음 전투를 진행시켰다.

이안과 소환수들의 생명력이 절반도 넘게 닳아 있었지만, 그런 것은 상관없었다.

새로운 적이 등장하는 순간 이안과 소환수들의 모든 생명력은 다시 최대치까지 차올랐고, 모든 스킬의 재사용 대기시간은 초기화되었으니까.

"다음 전투를 진행하겠다."

–18번째 악마가 등장합니다.

우우웅–.

낮은 공명음과 함께, 이안의 눈앞의 공간을 찢고, 날카롭게 생긴 마족 하나가 등장했다.

이안은 등장한 마족의 정보를 재빨리 확인했고, 두 눈에 살짝 이채를 띄었다.

'드디어…… 상급 마족인 건가?'

이안은 조금 더 긴장한 표정으로 창대를 잡은 손에 힘을 주었다.

'가능할지는 모르겠지만 적어도 노블레스까지는 만나 보고 싶어.'

이안이 투기를 내뿜자, 등장한 마족이 괴성을 지르며 이안을 노려보았다.

-크아아오오-!

그리고 누가 먼저랄 것 없이, 마족과 이안이 서로를 향해 동시에 달려들었다.

레벨이 동일하다면, 단순한 실력 차이에서 승패가 판가름나는 것일까?

결론부터 말하자면, 그것은 아니었다.

특히 상대가 유저가 아닌 몬스터 혹은 NPC일 경우, 능력치는 레벨에 정비례하지 않기 때문이었다.

단적인 예로, 이안이 키우고 있는 소환수들만 보더라도 그렇지 않은가.

같은 100레벨의 소환수가 두 마리 있다고 가정하자.

한 소환수는 희귀 등급인 붉은 갈기 늑대이고, 다른 한 소환수는 전설 등급인 소버린 펜리르일 때, 둘의 능력치 차이는 어림잡아도 두 배 이상일 것이다.

그리고 그것은 마족들도 마찬가지였다.

마족들 또한 동레벨이더라도 등급이 높을수록 능력치가 뛰어난 것이다.

이안의 상대로 나타나는 마족들은, 모두 188레벨로 동일하다.

하지만 능력치는 그렇지 않았다.

마족의 경우는 등급이 올라갈수록 그 능력치 차이가 더욱 현격해지기 때문에, 하급 마족과 상급 마족의 능력치 차이가 동레벨 기준 세 배 가까이 벌어진다.

그렇기에 이안이 처음 악마의 심판을 시작했을 때 만났던 하급 마족들은, 그조차도 당황할 정도로 손쉬운 상대였다.

거의 다섯 번째 등장했던 녀석까지도 10초 안에 잡아 버릴 수 있을 정도였으니까.

하지만 같은 하급 마족 안에서도 점점 더 강력한 녀석들이 나오기 시작했고, 평마족이 등장하기 시작했을 때부터는 이안도 마냥 여유를 부릴 수는 없었다.

그리고 상급 마족을 상대하고 있는 지금.

이안은 정말 자신의 모든 능력을 쥐어 짜내고 있었다.

'능력치가 강력해지는 건 물론이고 AI 수준도 등급이 높아질수록 향상되고 있어.'

가상현실 게임에서 몬스터나 NPC의 AI란, 유저로 치면 '컨트롤 능력'이라고 할 수 있다.

쉽게 말해 상대의 능력치와 컨트롤 능력이, 갈수록 좋아진다는 뜻이었다.

"빡빡이, 귀룡의 포효!"

이안은 상대 마족의 공격이 라이의 등을 파고들기 직전, 빡빡이의 스킬을 발동시켰다.

귀룡의 포효는 일시적으로 상대를 도발시키고, 움직임을 40퍼센트만큼 느려지게 만드는 CC기다.

덕분에 마족의 움직임이 찰나지간 버벅거렸고, 그 틈을 타 공중으로 도약한 라이가 마족의 하복부에 긴 발톱을 쑤셔 박았다.

푸우욱―!

―크어어억!

그리고 괴성을 지르며 주저앉는 마족에게로, 카르세우스가 달려들었다.

―크롸롸롸롸―!

카르세우스는 커다란 입을 쩍 벌려 마족의 어깻죽지를 난폭하게 물어뜯었다.

―소환수 '카르세우스'가 '상급 마족의 영혼'에게 치명적인 피해를 입혔습니다.

―'상급 마족의 영혼'의 생명력이 39,877만큼 감소합니다.

연달아 터진 치명적인 공격으로, 마족의 영혼은 갈피를 못 잡고 무너지기 시작했다.

거의 무방비 상태가 되어 버린 마족의 영혼에 정령왕의 심판이 그대로 작렬하였다.

콰르릉―!

—'정령왕의 심판' 아이템의 고유 능력인 '심판의 번개'가 발동합니다.

이안의 창이 내리꽂힌 지점을 중심으로 사방으로 여러 줄기의 번갯불이 연속해서 떨어져 내렸다.

콰– 콰광–!

—'상급 마족의 영혼'의 생명력이 9,870만큼 감소합니다.

—'상급 마족의 영혼'의 생명력이 14,210만큼 감소합니다.

그것을 마지막으로, 마족의 몸이 회색빛으로 물들기 시작했다.

띠링–.

—25번째 악마를 성공적으로 물리치셨습니다.

이안이 숨을 거칠게 몰아쉬었다.

"후욱, 후욱—."

그는 회색빛으로 변한 뒤 사라져 가는 마족의 사체를 보며 속으로 생각했다.

'이제 거의 한계까지 온 것 같아. 이번 전투에서는 핀도 잃었으니까.'

물론 전투 불능 상태가 된 소환수도, 다음 마족이 등장할 때엔 되살아난다.

하지만 그것과는 별개로, 이안은 노블레스 등급의 마족이 상대로 나타난다면 이길 수 없을 것이라는 확신이 들고 있었다.

'단계가 넘어갈 때 버프 효과가 유지된다면, 희생 버프 중

첩으로 어떻게 해 볼 수도 있었을 텐데…….'

말도 안 되는 생각을 한 이안이 피식 웃었다.

매 전투가 끝날 때마다 스킬의 재사용 대기 시간이 초기화되고 소환수들은 전부 살아나기 때문에, '희생' 스킬을 매번 사용할 수 있었던 것이다.

하지만 재사용 대기 시간만 초기화되는 것이 아니라 버프 효과의 지속 시간도 초기화되기 때문에, 버프 효과를 중첩시킬 수는 없었다.

'어쨌든 가는 데까지는 가 봐야지.'

그나마 여기까지 온 것도 희생 스킬의 버프 효과 덕이라고 할 수 있었다.

이안은 자세를 잡고 다음 상대를 기다렸다.

"다음 전투를 진행하겠다."

하지만 이어서 떠오른 시스템 메시지는, 이안이 기대했던 것과는 전혀 다른 메시지였다.

–악마의 시험을 모두 통과하셨습니다.

–'시험의 방'이 종료됩니다.

–'마계 100구역'으로 이동합니다.

'으으음……?'

메시지가 떠오름과 동시에 이안의 시야는 다시 어둡게 변했다.

이안은 묘한 기분이 되었다.

'뭐지? 악마의 순혈로 한 번에 노블레스 이상의 등급을 받는 건 불가능한 거였나?'

악마의 순혈로 가능한 최고 수준의 마계 등급을 받았다는 뿌듯함과 동시에, 노블레스 등급의 마족을 상대해 보지 못했다는 아쉬움이 동시에 떠올랐다.

'조금 아쉽긴 하지만, 그래도 좋은 게 좋은 거지, 뭐. 어차피 마지막에 상대했던 놈이 거의 내 한계 수준으로 느껴졌으니까.'

사실 이안은 알 수 없었지만, 악마의 시험에서 노블레스 이상의 마족이 아예 등장하지 않는 것은 아니었다.

경우에 따라서는 마왕까지도 악마의 순혈을 통해 만날 수 있다.

하지만 이안이 가지고 있던 악마의 순혈로는 불가능한 일이었다.

이안의 악마의 순혈은 상급 마족인 얀쿤의 피로 만들어진 것이었고, 상급 마족의 피로 만들어진 악마의 순혈이 그보다 상위 마족의 영혼을 불러올 수는 없었으니까.

그리고 이안이 한 번에 얻은 상급 마족의 등급은, 유저가 처음 얻을 수 있는 마계 등급의 한계치라고 봐도 무방했다.

노블레스나 마왕 등급의 마계 영혼을, 일반 유저가 이기는 것도 불가능에 가까울뿐더러, 애초에 노블레스 이상의 등급을 가진 마족의 피를 얻는 것 자체가 불가능한 것이기 때문이었다.

일반적인 루트로 유저들이 얻을 수 있는 악마의 순혈은, 끽해야 평마족의 피로 만들어진 것일 터였다.

어찌 되었든 어두워졌던 시야는 다시 점점 밝아졌고, 그의 눈앞에 다시 분노의 도시 중앙 광장의 풍경이 펼쳐졌다.

그리고 이안의 눈앞에는 새로운 시스템 메시지가 연이어서 떠오르기 시작했다.

–악마의 시험을 성공적으로 완수하셨습니다.

–최종 돌파 단계 : 25

–유저 '이안' 님의 마계 등급이 '상급 마족'으로 책정되셨습니다.

–마계의 새로운 능력치인 '마기'를 15,000만큼 추가로 부여받았습니다.

–마계의 새로운 능력치인 '마기 발동률'을 3퍼센트만큼 추가로 부여받았습니다.

–'반인반마半人半魔가 되는 데 성공하셨습니다.'

–최초로 '반인반마'가 되셨습니다.

–명성을 50만 만큼 획득합니다.

–마기 발동률이 영구적으로 2퍼센트만큼 증가합니다.

–항마력이 영구적으로 5퍼센트만큼 증가합니다.

"크으!"

이안의 입에서 저도 모르게 탄성이 흘러나왔다.

얀쿤을 제외하고는 아직 한 번도 본 적 없는 '상급 마족'

등급을 대번에 얻게 된 것이었다.

게다가 역시나 짭짤하기 그지없는 최초 달성 보상까지 함께였다.

'그런데 얀쿤은 거의 5만에 가까운 마기를 보유하고 있다 했었는데…… 왜 난 1만5천 밖에 부여받지 못한 거지?'

이안은 알 수 없었지만, 1만5천이라는 수치는 평마족이 상급 마족으로 승급하기 위해 보유해야 하는 최소한의 마기량이었다.

"웃차."

자리에서 일어난 이안은 다시 열심히 걸음을 옮겼다.

'이제 세라핌을 만난 다음, 세르비안에게 가서 히든 클래스를 얻으면 되는 건가?'

이안은 앞으로의 계획을 정리하며, 분노의 도시 입구를 지키던 헤이스카를 향해 움직였다.

그런데 걸음을 옮기는 이안의 뒷모습에 붉은 잔상이 남아 어지럽게 퍼져 나가고 있었다.

그것은 '상급 마족' 이상의 마계 등급을 가져야만 나타나는 일종의 표식과도 같은 것이었다.

"쉴 틈이 없어요, 쉴 틈이!"

그리고 마계에 접속해 있는 모든 유저들의 시야에, 한 줄의 월드 메시지가 떠올랐다.

띠링-.

–'이안' 유저가 최초로 '반인반마'가 되는 데 성공하셨습니다.

헤이스카는 얀쿤을 만나고 돌아온 이안에게 더욱 극진한 예를 취했다.

얀쿤에게서 받은 증표 때문이 아니더라도, 이안 자체가 이제 상급 마족의 위엄을 뿜어내고 있었기 때문이었다.

이안은 이제 헤이스카에게 편히 하대를 했다.

"그러니까, 동문에서 좀 더 북쪽으로 올라가면 세라핌 님의 저택이 있다는 거지?"

헤이스카가 고개를 끄덕였다.

"그렇습니다, 이안 님. 아마 지붕이 뾰족뾰족하고 특이하게 생긴 저택이라, 찾기 그렇게 어렵지는 않을 겁니다."

"오케이, 알겠어. 그럼 나중에 또 보자고."

"옛."

그렇게 돌아서서 다시 분노의 도시 안쪽으로 들어가려던 이안은, 뭔가 생각났는지 다시 헤이스카를 향해 고개를 돌렸다.

"아 참, 헤이스카."

"말씀하십쇼."

"혹시 내 가신들은…… 여전히 안으로 데리고 들어갈 수 없는 건가?"

헤이스카가 고개를 끄덕였다.

"그건…… 곤란할 것 같습니다, 이안 님."

이안이 입맛을 다셨다.

"쩝, 어쩔 수 없지 뭐."

"죄송합니다."

그리고 이안은 생각난 것이 하나 더 있었다.

"그리고 헤이스카, 혹시 노예 계약서라는 아이템에 대해 알고 있어?"

이안의 말에 무표정하던 헤이스카의 표정이 살짝 놀란 듯 상기되었다.

"노예 계약서요?"

이안이 고개를 끄덕이며 대답했다.

"응. 어쩌다 보니 손에 넣었는데, 어떻게 사용해야 하는 아이템인지 잘 모르겠어서 말이야. 중앙 광장에 있는 노예시장에 가서 그냥 사용하면 되는 건가?"

헤이스카가 난처한 표정으로 대답했다.

"노예 계약은 상급 마족 이상의 마계 등급을 가지고 있어야만 가능한 고위 마족의 특권입니다. 그 노예 계약서는 그 특권을 1회에 한해 아무나 사용할 수 있게 만들어 주는 귀한 아이템이고요."

이안이 고개를 주억거렸다.

"거기까지는 나도 알아. 그런데 어디서 어떻게 사용해야 할지를 모르겠어서 그래. 아까 지나오면서 노예시장을 한번 훑어봤는데, 어떻게 생겨먹은 구조인지를 잘 모르겠더라고."

헤이스카의 말이 이어졌다.

"으음…… 저는 평마족이기 때문에 아직 한 번도 노예 계약을 해 본 적이 없어서 잘 모르겠습니다. 하지만 제 생각에 상급 마족이신 이안 님께 크게 필요한 아이템은 아닐 것 같습니다. 경매장에서 팔아넘긴다면 엄청 비싼 값에 팔 수 있으니, 판매하시는 것도 한번쯤 생각해 보시는 게……."

하지만 이안은 아직 노예 계약서를 팔아넘길 생각이 없었다.

'이게 비싸게 팔리면 뭐 얼마나 비싸게 팔리겠어. 돈이야 영지랑 길드에서 나오는 것만 해도 차고 넘치는데……'

부르주아 영주의 여유로움이 엿보이는 대목이었다.

"뭐, 아무튼 알겠어, 헤이스카. 고마워."

헤이스카가 가볍게 웃으며 대답했다.

"별말씀을. 언제든 제 도움이 필요하시면 찾아오십시오. 아, 그리고…… 노예 계약에 관한 정보가 궁금하시다면, 세라핌 님께 가시는 김에 여쭤 보는 것도 좋겠습니다. 백 년이 넘게 노블레스 등급을 지켜 내고 계신 세라핌 님이라면, 못해도 수십 이상의 노예를 거느려 보셨을 테니까 말입니다."

공식 커뮤니티의 마계 관련 게시판들은 난리가 났다.

원래도 실시간으로 글이 리젠되던 활발한 게시판들이었지만, 지금은 거의 실시간 채팅을 방불케 할 정도로 게시물들이 올라오고 있었다. 그리고 그 발단은 물론, 이안이 띄운 월드 메시지 때문이었다.

–'이안' 유저가 최초로 '반인반마'가 되는 데 성공하셨습니다.

이 한 줄의 메시지는 마계에 있던 모든 유저들이 이안을 찾게 만들기에 부족함이 없었다.

–혹시 마계에서 한번이라도 이안 님 본 적 있는 분 없나요?

–왜요? 반인반마 되는 방법이라도 물어보게요?

–당연하죠.

–헐, 님들 그걸 아직도 모름?

– 엥? 그러는 님은 알아요?

–당연하죠.

–헉, 뭔데요? 저도 좀 알려 줘요.

–악마의 순혈을 얻으면 반마가 될 수 있다고 카일란 공식 홈페이지 공략 페이지에 나와 있는데…… 다들 그것도 안 읽어 보신 거임?

–하…… 그걸 누가 몰라요? 악마의 순혈을 어디에서 얻을 수 있는지에 대한 정보를 얻고 싶은 거죠.

–아하…….

사실 '악마의 순혈'이 반인반마가 되는 데 필요한 아이템이라는 정보는, 이미 공식 홈페이지에 개발자 노트를 통해 이미 풀려 있었다. 하지만 악마의 순혈을 얻는 루트에 대해서는 그 어떠한 단서도 아직 나타나지 않은 것이다.

—그런데 님들, 너무 순진하신 거 아님? 님이 이안이면, 순순히 다른 유저들한테 정보를 풀 거 같음? 나 같으면 최대한 다른 사람들한테 알려지지 않게 어떻게든 정보 차단하고 최대한 꿀 빨 거 같은데.

—하, 방법까진 바라지도 않고 힌트라도 어떻게 얻고 싶으니까 그렇죠.

—근데 윗분, 제가 지금 112~115구역에서 며칠째 사냥 중이거든요? 지금 제가 있는 구역이 현재 뚫려 있는 구역 중에 가장 깊숙한 지역인데, 여기서도 이안 님 봤다는 사람 아무도 없어요.

—으음…… 110구역 수문장이 아직까지 버티고 서 있는 거로 봐선 아직 110구역 안쪽으로는 아무도 들어가지 않았다는 얘긴데, 그럼 대체 이안 님은 어디 있는 걸까요?

이안이 최초로 마계에 진입했다는 메시지를 띄웠을 때도, 또 다른 어떤 유저가 최초로 초월 등급의 장비 강화에 성공했다는 메시지를 띄웠을 때도, 지금처럼 게시판이 활활 타오르지는 않았다.

그때도 다들 이안을 부러워하기는 했지만 그것은 유저들도 시간이 지나면 달성할 수 있는 목표였고, 그랬기에 그저 부러움으로 그친 것이었다.

하지만 이번에는 달랐다.

반인반마가 되는 것은, 마계 콘텐츠들 중 가장 핵심인 듀얼 클래스를 얻기 위한 필수적인 전제 조건이었다.

한데, 그럼에도 불구하고 그 어떤 정보도 아직 커뮤니티에 풀린 것이 없는 것이다.

마계가 열린 지 한 달도 훨씬 넘은 이 시점에, 아직 듀얼 클래스로 가는 어떤 단서도 잡지 못한 일반 유저들은 애가 탈 수 밖에 없었다.

그런데 대뜸, 단서를 누군가 찾아낸 것도 아니고, 아예 반인반마가 되는 데 성공해 버린 유저가 나타난 것이다.

그리고 여기에 대한 충격은 상위권에 랭크된 유저일수록 더했다. 특히 카일란 초기부터 랭킹 100위권 안쪽에 있던 최상위 랭커들은 이안이 무척이나 아니꼬울 수밖에 없었다.

그들의 눈에 이안은, 자신들보다 한참 클래스가 떨어지는 후발 주자에 불과한 유저였던 것이다.

이안의 레벨이 아직까지 랭킹 목록에 노출된 적이 단 한 번도 없었기 때문이다.

–이안 저놈은, 운 진짜 좋은 것 같음.

–맞아요, 지가 아무리 날고 기어도 신규 클래스에 심지어 레벨 업 지옥인 소환술사면 아무리 높게 봐 줘도 160레벨 될까 말까인데 무슨 치트라도 쓰는 건지 귀신같이 신규 콘텐츠 계속 선점하네요.

-ㅇㅇ 분명 뭔가 있음. 진짜 오지게 운 좋은 거 아니면 LB사에 뇌물이라도 먹인 게 분명함.

-그런데 이안이 대체 마계는 어떻게 도는 건지가 궁금하네요. 신규 클래스들 중에 제법 네임드 랭커들도, 마계 진입했다가도 120구역도 제대로 못 돌고 사망하던데…….

-아, 그건…… 저번에 방송 보니까 가신 하나가 엄청 고레벨이더라구요. 어디서 운 좋게 고레벨 가신 주워서 겨우 마계 돌고 있는 듯.

-으, 이안 놈, 투기장이라도 한번 나오면 내가 발라 줄 텐데.

-윗 님, 그건 아닌 듯요. 전에 중부 대륙 전쟁 때 이라한이랑 샤크란이 이안 잠깐씩 상대하는 거 봤는데, 이안 전투 능력 진짜 지립니다.

-노노, 제가 이라한 님께 직접 들었는데, 그땐 이라한 님도 전력으로 싸웠던 게 아니래요. 사실 그렇잖아요. 레벨도 20~30이상 차이 나는 전사 클래스가 PVP 호구인 소환술사 따위랑 비등하다는 게 말이나 됩니까?

-그건 그렇지만…….

이안이 활약하고 인지도가 높아질수록, 랭커들의 그에 대한 질투는 더욱 심해질 뿐이었다.

이안과 직접 맞상대해 본 몇몇 랭커들을 제외하고는, 최상위권에 있는 대부분의 유저들이 이안의 능력에 대한 소문이 실제보다 많이 부풀려져 있다고 생각했다.

그리고 거기에는 사실, 이안이 의도적으로 자신의 능력치를 은폐한 것도 한몫했다.

처음에야 귀찮아서 정보 공개를 하지 않았을 뿐이었지만, 국가를 새로 하나 세우겠다는 원대한 목표를 세운 뒤로는 철저히 자신의 능력을 은폐했던 것이다. 로터스 길드 내부적으로도, 일부러 이안 자신의 능력을 평가절하해서 소문내도록 입을 맞췄을 정도로 이안은 철저했다.

어찌 되었든, 덕분에 랭커들의 이안에 대한 이미지는, '단순히 운만 좋은 별것 없는 유저' 정도로 인식되어 가고 있었다.

하지만 최근 들어 지속적으로 이안에 대한 경계심을 키우고 있는 유저가 하나 있었다.

분노의 도시 치안대장의 부탁 II(히든)(연계)

분노의 도시 치안대장을 맡고 있는 로로스는, 마계 원로회로부터 중요한 임무를 하나 부여받았다.

(중략)

로로스의 부하 둘을 데리고 마계 100구역 외곽에 있는 어둠의 성소를 소탕하고 돌아오자.

퀘스트 난이도 : SS

퀘스트 조건 : '분노의 도시 치안대장의 부탁 I (히든)(연계)' 퀘스트를 성공적으로 수행한 유저.

제한 시간 : 없음

보상 : 악마의 순혈, 중급 마정석x5

*거절할 수 없는 퀘스트입니다.

붉은 빛깔의 로브를 두른 아름다운 여인.

홍염의 군주 레미르는, 자신의 눈앞에 떠오른 퀘스트 창을 쭉 읽어 내려가며 묘한 표정을 짓고 있었다.

"후우, 드디어 찾았어."

그리고 작은 목소리로 중얼거리는 그녀의 옆에, 마족의 영혼이 하나 떠오르더니 킬킬거리며 웃었다.

-키킥, 축하해, 레미르. 이제 너도 곧 악마의 능력을 쓸 수 있게 되겠네. 물론 아무리 빨리 퀘스트를 완수해도 최초는 아니겠지만 말이야, 키키킥.

카산드라의 말에 레미르의 고운 눈썹이 와락 일그러졌다.

"시끄러워, 카산드라. 나도 알고 있다고."

레미르는 랭커들과의 연합으로 110구역을 뚫은 뒤, 빠르게 맵을 진행시켜 그들 중 가장 먼저 분노의 도시에 도착했다.

분노의 도시에서 악마의 순혈에 대한 단서를 찾을 수 있을 것이라 확신했기 때문이었다.

'그리고 지금 이렇게 찾았지.'

여기까지는 무척이나 순조로웠다.

단지 문제가 있다면, 퀘스트를 받기 바로 5분 전에 이안이 반인반마가 되었다는 월드 메시지를 읽어 버렸다는 것.

경쟁심에 불타 쉬지 않고 달려왔던 레미르는, 닭 쫓던 개처럼 허탈해질 수밖에 없었다.

'후우, 대체 이안이라는 녀석. 뭐 하는 놈인지 구경이라도 해 보고 싶네.'

그녀의 예상이 맞다면, 방금 반인반마가 되는 데 성공한 이안도 분노의 도시에서 멀지 않은 곳에 있을 게 분명했다.

'사무엘 진이나 마틴은 이안의 능력이 별것 아니라고 생각하고 있지만, 절대로 그럴 리가 없어. 오히려 샤크란이 가장 이안을 정확히 판단하고 있는 것 같아.'

레미르는 루스펠 제국의 출신이었기 때문에 원래 카이몬 제국 출신인 샤크란이나 이라한보다는, 루스펠 소속 랭커인 사무엘 진이나 마틴과 더 친분이 있었다. 그래서 처음에 이안에 대한 정보를 접할 때 그들을 통해 접하게 되었고, 그래서 마계에 들어오기 전까지만 해도 이안을 얕잡아보았다.

'이안에 대한 판단을 전면 수정해야겠어.'

레미르가 붉게 빛나는 자신의 지팡이를 슬쩍 움켜쥐며, 퀘스트를 진행하기 위해 이동하기 시작했다.

'어쩌면 이미 망해 가는 루스펠 제국 황실이나, 타이탄 길드보다도, 내 목적을 달성하는 데 가장 도움이 될 만한 조력자가 이안일지도 모르겠어.'

뿍- 뿌북-!

분노의 도시 외곽 지역에 있는 한 깊숙한 던전.

웬 머리 큰 거북이 하나가 뒤뚱거리며 기어 다니고 있었다.

—뿍, 뿌뿍! 마계에는 힘이 가득 담겨 있는 음식들이 많다뿍! 맛은 조금 없지만, 그래도 만족스럽뿍.

오직 식탐 하나만으로 끊임없이 마계를 여행 중인 대두 거북 뿍뿍이였다.

한 달 전만 하더라도 주기적으로 한 번씩 자신을 소환하던 주인도, 최근에는 잠잠해졌다. 덕분에 뿍뿍이는 그야말로 신나게 마계를 돌아다니고 있었다.

—왠지 모르겠지만 주인이 조금 보고 싶뿍. 하지만 지금은 자유가 더 좋다뿍.

처음부터 그렇지는 않았지만, 요즘 들어 뿍뿍이는 이안이 어디에 있는지 본능적으로 느껴지기 시작했다.

이안의 기운이 움직이는 방향을 저절로 알게 되었다고 할까? 가끔 미트볼이 그리워 이안을 찾아가고 싶기도 했지만, 아직은 때가 아니라고 생각했다.

'주인 놈이 소환하면 그때 보러 가도 된다뿍. 그때까지 기다려야겠뿍.'

이안이 소환하지 않더라도 이안을 찾아갈 능력은 있었지만, 그렇게 되면 아마 자유를 잃게 될 것이 분명했다.

소환하지 않아도 뿍뿍이가 돌아다닐 수 있다는 사실을 알게 된다면, 이안은 계속해서 옆에 두고 부려먹으려고 할 게 뻔했으니까.

뿍뿍이는 영특한 거북이였다.

―으, 그래도 내가 빡빡이처럼 인간들의 말을 할 수 있게 된 것은 자랑하고 싶뿍.

사실 뿍뿍이가 삐뚤어지게 된 계기는, 빡빡이에 대한 열등감 때문이었다. 뿍뿍이가 보기에 빡빡이는, 말도 멋지게 하고 반짝이는 멋진 외모를 가진 엘리트 거북이였기 때문이었다.

―나쁜 주인 놈, 날 빨리 소환해 줘라뿍. 그동안 약초 많이 먹어서 머리도 더 커지고 등껍질도 더 단단해졌다뿍. 얼른 자랑하고 싶뿍!

애정이 필요한 거북 뿍뿍이는 또다시 맛있는 마계 약초를 찾아 걸음을 옮기기 시작했다.

뿍― 뿍― 뿍―.

인간의 말을 할 수 있게 되었지만, 여전히 움직일 때는 뿍뿍거리는 소리와 함께였다.

그런 뿍뿍이가 자꾸 거슬렸는지, 던전 구석에서 낮잠을 청하던 중급 마수 한 마리가 뿍뿍이을 노려보았다.

찌릿―.

우락부락한 황소.

정확히 말하자면 고대 신화에 등장하는 미노타우루스를 연상케 하는 외형을 가진 거대한 마수의 눈빛을 느낀 뿍뿍이가 고개를 획 돌렸다.

뿍―!

마수와 눈이 마주친 뿍뿍이가 버럭 하고 역정을 내었다.

―지금 심기가 매우 불편하다뿍! 불만 있으면 덤벼라뿍! 내가 혼내 주

겠뿍!

—푸릉— 푸르릉—!

그런데 놀랍게도, 잠시 동안 뿍뿍이와 신경전을 벌이던 중급 마수는 얼마 지나지 않아 꼬리를 내리고 슬그머니 고개를 돌려 버렸다. 그리고 그 모양을 본 뿍뿍이가 의기양양한 표정으로 다시 걷기 시작했다.

—별것도 아닌 녀석이 귀찮게 한다뿍. 빨리 힘을 더 모아서 나도 빡빡이처럼 멋있어져야겠뿍.

뿍뿍이는 자신의 외모가 약해 보여서 마수들이 귀찮게 한다고 생각했다. 그리고 뿍뿍이는 본능적으로, 계속해서 힘을 모으면 빡빡이처럼 될 수 있다고 느끼고 있었다.

—뿍! 하나 더 찾았뿍!

잠깐 사이 던전 구석에 자라고 있던 마계 약초 하나를 찾은 뿍뿍이는, 잽싸게 달려가 주변을 파헤치고 약초를 우물우물 씹어 먹기 시작했다.

뿍— 뿍—.

그리고 잠시 후, 뿍뿍이의 등껍질이 파랗게 빛나기 시작했다.

우우웅—.

하지만 뿍뿍이는 그것을 아는지 모르는지, 약초를 파먹는데 온 정신을 집중하고 있었다.

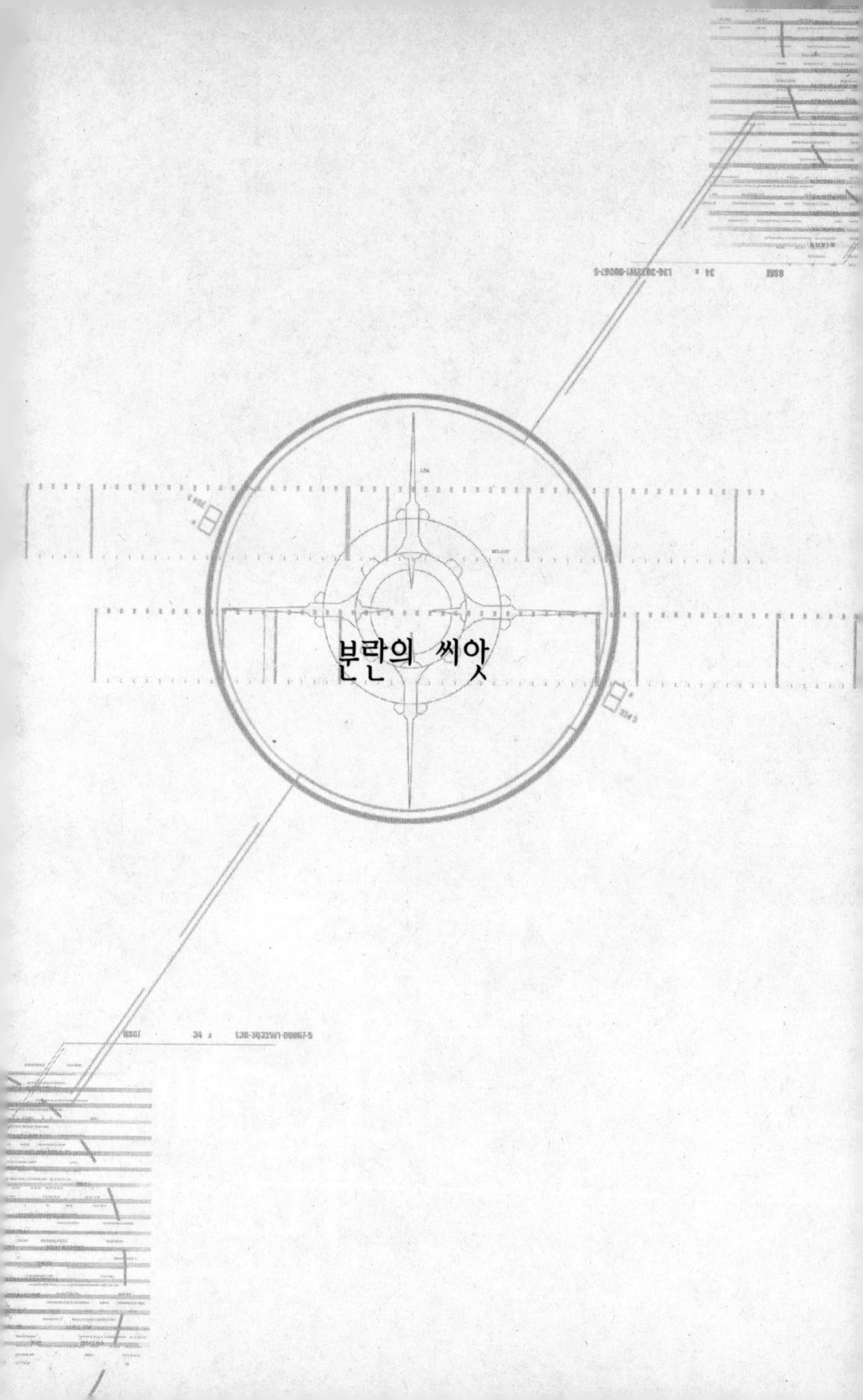

분란의 씨앗

Taming
Master
테이밍마스터

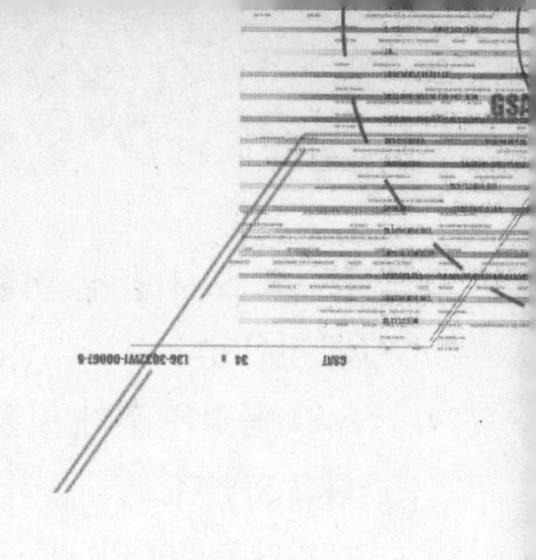

꿀꺽-.

헤이스카의 도움으로 세라핌의 저택을 찾아간 이안은, 정문에 들어서자마자 마른침을 삼켰다.

'와…… 이게 무슨 저택이야? 마왕성같이 생겼는데.'

분명히 세라핌 혼자 사는 저택으로 알고 찾아온 곳에는, 거의 북부 대륙 로터스 영지의 영주성과 비슷한 규모의 건물이 들어서 있었다.

이안은 그 위압감에 위축되어 조심스럽게 걸음을 옮겼다.

'이 길 따라서 쭉 들어가면, 세라핌을 만날 수 있는 건가?'

길은 커다란 정원을 따라 구불구불 나 있었다.

특이한 것은, 온통 어둡고 칙칙한 검붉은 빛으로 가득했던 분노의 도시 안에, 어울리지 않는 예쁜 정원이 들어서 있다는 것이었다.

그 풍경은 뭔가 이질적이면서도 몽환적인 분위기를 연출하고 있었다.

이안은 뒤따라 걷고 있던 카르세우스를 향해 슬쩍 고개를 돌렸다.

"카르세우스, 이 안쪽에 인기척 같은 거 느껴져 혹시?"

잠시 걸음을 멈춰 눈을 감고 정신을 집중한 카르세우스는 고개를 천천히 저었다.

"글쎄, 잘 모르겠다, 주인. 이 정원 전체에 강력한 결계 같은 게 쳐 있는 것 같다."

분노의 도시 안에서, 이안은 인간형으로 폴리모프한 카르세우스 만을 대동하고 움직였다.

다른 소환수들은 지나치게 눈에 띄었기 때문이다.

"으음…… 뭐지? 괜히 으스스한 게 좀 무서운데?"

이안은 중얼거리며 다시 걸음을 옮기기 시작했고, 카르세우스가 다시 그 뒤를 따라 걸었다.

그런데 그때, 둘의 귓전으로 낮고 칼칼한 목소리가 날카롭게 파고들었다.

–인간, 그리고 드래곤이라……. 보기 힘든 특이한 조합이군. 오, 게다가 평범한 인간이 아니라 반마였어. 오랜만에 보는 반인반마야. 후후.

그 목소리에 이안은 반사적으로 고개를 돌려 목소리의 주인을 찾기 시작했다.

그때, 목소리가 계속 이어졌다.

–두리번거릴 것 없다, 놈. 나는 네놈이 볼 수 없는 곳에 있으니까.

그에 멋쩍은 표정이 된 이안은 뒷머리를 긁적이며 허공을 향해 입을 열었다.

"세라핌 님이십니까?"

–그렇다, 내가 바로 분노의 도시 부성주인 세라핌이다. 나를 찾아온 건가?

이안이 고개를 끄덕이며 대답했다.

"그렇습니다, 세라핌 님을 뵙기 위해 왔습니다."

–무슨 일이지?

이안이 이리엘에게서 받은 퀘스트창을 다시 열어 슬쩍 한 번 훑어본 뒤 입을 열었다.

"이리엘 님께서 보내셔서 왔습니다. 파괴마에 대한 이야기를 하고 싶습니다."

–……!

이안의 한 마디에 잠시간 저택의 정원에는, 고요한 적막이 맴돌았다.

그리고 세라핌의 말이 다시 이어졌다.

–생각보다 중요한 손님이셨군. 이렇게 얘기할 문제는 아닌 것 같으니, 안쪽에서 대화하도록 하지.

세라핌의 말이 끝나고 이안이 뭐라 대꾸를 하려는 순간,

이안과 카르세우스의 발밑에서 붉은 빛이 원형으로 뿜어져 나오기 시작했다.

"이게 뭐지?"

카르세우스가 대답했다.

"마법진인 것 같다."

"마법진이라는 게 원래 원격으로도 그릴 수 있는 거야?"

"그건 나도 잘……."

그리고 그 위에 서 있던 둘의 신형이 허공으로 떠오르더니, 잠시 후 오간 데 없이 사라져 버렸다.

"후후, 듀얼 클래스를 얻는 방법이 반인반마가 되는 것 이외에도 다른 루트가 있다는 걸 아는 놈들은 없겠지?"

분노의 도시 북부 지구.

북문 밖으로 나가 마계 100구역의 한 음침한 던전에 들어선 남자는, 씨익 웃으며 중얼거렸다.

"그래, 이안 네놈이 운이며 실력이며 확실히 대단한 녀석이라는 것은 알겠어. 하지만 그래도 넘을 수 없는 벽은 있다는 걸 보여 주도록 하지."

사내는 수십이 넘는 가신들을 이끌고 던전에 진입했다.

그의 허리에는 파란 빛이 일렁이는 장검 한 자루가 매어 있었다.

그것은 카일란에서 가장 유명한 마검사의 증표와도 같은 물건이었다.

그는 바로 다크루나 길드의 길드 마스터 '이라한'.

"마스터, 정비가 모두 끝났습니다."

"수고했다."

이라한은 원래부터도 비공식 통합 랭킹 1위에 가장 가까울 것이라 추측되는 최상위 랭커였다.

게다가 중부 대륙 양대 제국의 전쟁이 카이몬 제국의 압도적인 승리로 마무리되면서, 당연히 카이몬 제국의 실권을 가진 다크루나 길드의 세는 더욱 커졌다.

다크루나 길드의 길드마스터인 이라한이 더욱 강한 힘을 갖게 된 것은 당연한 수순.

얼마 전 커뮤니티에 올라왔던 영상들 중에서 중부 대륙 최고 난이도 던전인 홀드림의 신전을 이라한이 돌파하는 영상이 있었다.

당시 그 영상은 무척이나 화제가 됐었는데, 가장 큰 이유는 이라한이 길드 파티가 아닌 혼자의 힘으로 던전을 돌파했기 때문이었다.

자신의 가신들만을 데리고 단일 유저의 힘으로 가뿐하게 던전을 돌파하는 모습은 많은 유저들에게 감탄을 불러일으킬 수밖에 없었다.

원래 홀드림의 신전은 160레벨 이상의 유저로만 스무 명 풀 파티를 꾸려서 도전해야 공략이 가능한 곳으로 알려져 있었기 때문이었다.

그래서 이라한의 자신감은 최근 하늘을 찌르고 있었다.

하지만 그런 그가 유일하게 신경 쓰는 존재가 하나 있었는데, 그가 바로 이안이었다.

파이로 요새 공성전 당시 이안의 전투 능력을 가장 제대로 겪어 본 것이 바로 이라한이었기 때문이다.

'마계 진입 자체는 이안 놈보다 조금 늦었지만 내게는 히든 퀘스트가 있으니까, 후후.'

이라한은 자신이 지금 진행 중인 퀘스트만 성공적으로 완료한다면 독보적인 존재가 될 수 있을 것이라는 믿음이 있었다.

'후후, 반마는 결코 진마眞魔를 이길 수 없을 테지.'

이라한의 두 눈에 붉은 빛의 흉광이 스쳐 지나갔다.

붉은 마법진과 함께 이안이 순간이동한 곳은 세라핌의 집무실이었다.

유럽의 바로크 로코코 시대의 화려한 문양들을 연상시킬 정도로 현란한 조각들이 수놓아진 세라핌의 집무실.

그 한가운데 있는 석좌에 거구의 사내가 앉아 이안을 내려다보고 있었다.

그는, 세라핌이었다.

"그래, 아이야, 이리엘에게서 파괴마에 관한 이야기를 들었단 말이지?"

세라핌의 말에 이안이 고개를 끄덕였다.

"그렇습니다. 이리엘 님께서 파괴마들이 또다시 태동하려 한다며 세라핌 님께 도움을 청하라 하셨습니다."

"흐음, 내 도움이라……."

"저는 정확히 모릅니다. 하지만 마계 내부의 분란을 막아야 인간계와 마계의 전면전을 피할 수 있을 것이라고 하셨습니다."

세라핌이 천천히 고개를 끄덕였다.

"그렇지. 이리엘 그 아이는 참 신기하단 말이지. 어찌 그 먼 곳에서 마계 내부의 상황을 알아챘는지……."

세라핌이 눈을 지그시 감았다.

그는 우락부락한 거구를 가진 전사의 모습을 한 인물이었지만, 파랗고 맑은 눈동자 안에는 현기를 가득 담은 현자의 모습도 가지고 있었다.

"어쨌든 마침 잘 왔어. 정말 기가 막힌 타이밍에 이리엘이 자네를 나에게로 보냈군."

"그렇……습니까?"

이안은 조심스레 반문을 하며 세라핌의 다음 말을 기다

렸다.

'이제 퀘스트가 뜰 타이밍인가?'

그리고 이안의 예측처럼 여지없이 퀘스트 창이 그의 시야에 떠올랐다.

띠링-.

마족의 태동 III (히든)(연계)

'반마'이자 노블레스 등급의 마족인 '세라핌'.
그는 마족이기 이전에 인간 영웅 출신의 인물이었기 때문에 마계와 인간계의 전면전이 일어나는 것을 원치 않는다.
하지만 최근, 파괴마들을 주축으로 한 마계의 일부 세력이 인간계로의 침공을 획책하고 있으며, 그 계획의 일환으로 반대파인 세력들을 하나씩 숙청하기 시작했다.
그들이 아직까지 노블레스 이상의 등급인 마족들에게 마수를 뻗지는 못했지만, 몇몇 상급 마족들이 파괴마들의 계략에 빠져 징벌의 탑에 갇히거나 암살을 당하기 시작했다.
파괴마들의 세력이 커지기 전에, 최대한 빨리 일반 마족들의 세력을 규합하여 그들에 대응할 수 있는 세력을 형성시켜야만 한다.
마계 80구역에 있는 '악마의 성'으로 가서 마왕 '레카르도'에게 이 사실을 전하자.
퀘스트 난이도 : SS
퀘스트 조건 : '마족의 태동 II (히든)(연계)' 퀘스트를 성공적으로 수행한 유저.
제한 시간 : 30일
보상 : ?
*거절할 수 없는 퀘스트입니다.

퀘스트를 다 읽은 이안은 천천히 고개를 주억거렸다.

'이번에도 그냥 NPC만 찾으면 되는 간단한 이동 퀘스트네. 물론 80구역까지 뚫는 게 결코 간단하지는 않겠지만 말이지.'

게다가 30일이라는 제한 시간도 있었다.

제한 시간이 짧은 것은 아니었으나, 그래도 그 자체만으로도 이안에게 압박이 되기는 충분했다.

이안이 세라핌에게 물었다.

"마왕 레카르도 님은 악마의 성 성주이신가요?"

이안의 물음에 세라핌이 고개를 끄덕이며 대답했다.

"그렇다. 그분께 내가 준 서신을 전달하면 될 거야."

세라핌의 말이 끝남과 동시에, 이안의 눈앞에 누런 두루마리 종이 한 장이 둘둘 말린 채 떠올랐다.

–'세라핌의 서신' 아이템을 획득하셨습니다.

세라핌의 말이 다시 이어졌다.

"너무 늦어서도 안 되지만, 시간이 촉박한 사안은 아니니 준비를 철저히 한 뒤에 움직이는 게 좋을 거다. 지금의 네 능력으로 마계 80구역은 무척이나 위험한 곳일 것 같구나."

세라핌은 노블레스 등급의 마족답게 이안의 마계 등급을 한 눈에 꿰뚫어 보았다.

이안이 고개를 끄덕이며 대답했다.

"예, 그렇지 않아도 최소 듀얼 클래스는 얻고 움직이려 했었습니다."

"그래, 그것도 괜찮지. 상급 마족이라는 제법 높은 마계 등급을 가진 반마라면 듀얼 클래스도 어렵지 않게 얻을 수 있을 테니까 말이야."

세라핌은 창밖에 보이는 높게 솟은 탑을 가리키며 말을 이었다.

"저기 저 건물이 직업의 탑이라네. 저기에 가면 자네가 원하는 듀얼 클래스를 얻을 수 있을 거야."

"그렇군요."

이안은 대답하기는 했지만, 물론 직업의 탑에서 듀얼 클래스를 얻을 생각이 전혀 없었다.

'107구역부터 먼저 가서 세르비안의 연구소에 가야겠어.'

세르비안으로부터 히든 클래스를 얻을 생각에, 이안은 벌써부터 기분이 들뜨는 것을 느꼈다.

"아, 그리고 세라핌 님."

"말하시게."

"'얀쿤'이라는 상급 마족을 아십니까?"

이안의 물음에 세라핌이 살짝 놀란 표정이 되었다.

"얀쿤이라면 당연히 알고 있지. 한데, 자네가 그를 어떻게 아는 거지?"

이안은 세라핌에게 얀쿤과 있었던 일을 간결하게 추려 설명해 주었다.

물론 이안 자신의 활약상을 조금씩은 부풀려서 얘기하는

것도 잊지 않았다.

'노블레스 등급의 마족과 친밀도를 쌓아 놓는 것은 언젠가는 분명 도움이 될 테니까.'

이안의 얘기를 전부 다 들은 세라핌이 쓴웃음을 지으며 입을 열었다.

"허허, 그런 일이…… 나도 모르는 사이에 얀쿤이 징벌의 탑에 갇혀 있었단 말이지?"

"그렇습니다. 하지만 분노의 도시 부성주이신 세라핌 님이 아예 모르고 계실 줄은 몰랐네요."

세라핌이 낮은 한숨을 쉬고는 입을 열었다.

"이 분노의 도시는 이미 파괴마들이 거의 장악했기 때문이지. 그들이 내 눈과 귀를 가리고 있어."

"파괴마들요?"

세라핌이 천천히 고개를 끄덕였다.

"그래. 성주인 마왕 히키온도 파괴마에 물든 지 오래다."

그 말에 이안의 표정이 살짝 굳었다.

'뭐야, 그러면 세라핌의 힘으로도 얀쿤을 풀어 줄 수 없을지도 모르는 거잖아?'

얀쿤의 해방 여부는 이안의 전력에 엄청나게 큰 영향을 줄 것이었다.

상급 마족이자 350레벨인 얀쿤이 이안의 전력에 합류한다면, 못해도 한 배 반에서 두 배 정도 전력이 상승되는 효과를 가져올 것이었으니까.

그리고 이안의 생각을 읽기라도 했다는 듯, 세라핌이 말을 이었다.

“하지만 사실을 안 이상, 얀쿤 정도는 내가 힘을 써서 징벌의 탑에서 해방시켜 줄 수 있으니 걱정 말게.”

이안이 안도의 한숨을 쉬었다.

“휴우, 다행이군요. 그의 도움을 받아야 제가 마계 80구역까지 무사히 도달할 수 있을 것 같거든요.”

세라핌이 고개를 끄덕였다.

“빠르면 사흘, 늦어도 닷새 안에는 얀쿤을 빼내어 주겠네. 그 안에 자네는 듀얼 클래스를 얻고 돌아오면 되겠군.”

“그러도록 하지요.”

이안의 머리가 빠르게 회전하기 시작했다.

‘이제 세라핌에게 볼 일은 전부 끝난 게 맞는 건가? 이제 여길 나가서 사흘 내로 세르비안의 연구소만 다녀오면 해야 할 일은 더 없겠지?’

하지만 뭔가 빼먹은 듯한 찜찜함이 남아 있었고, 이안은 곧 그 원인을 생각해 낼 수 있었다.

‘아, 맞다. 노예시장! 노예시장도 들러야겠어.’

마계에서 노예가 어떤 역할을 해 줄 수 있는지는 잘 모르지만, 그래도 있는 것이 없는 것보다는 분명 나을 것이다.

이안은 곧바로 세라핌에게 노예시장에 관한 정보를 물어

보았다.

"세라핌 님, 움직이기 전에 마지막으로 궁금한 것이 하나 있습니다."

"말씀하시게."

이안이 인벤토리에서 가지고 있던 노예 계약서를 꺼내어 들며 말을 이었다.

"분노의 도시 중앙 광장에 있는 노예시장에 대한 정보를 좀 얻고 싶습니다."

이안은 세라핌을 향해 시선을 돌렸다.

하지만 어쩐 일인지, 세라핌은 아무런 대답도 않고 있었다.

"세라핌 님……?"

그러나 그는 이안이 불러도 어디론가 시선이 고정된 채, 미동조차 하지 않았다.

이안은 그의 시선이 향한 곳으로 고개를 돌려보았다.

그리고 세라핌의 시선이 향한 곳에는 이안의 손에 들려 있는 노예 계약서가 있었다.

'뭐야? 왜 이걸 저렇게 뚫어져라 보고 있는 거지?'

이안이 다시 세라핌을 불렀다.

"세라핌 님!"

그리고 그제야 정신을 차린 세라핌이, 화들짝 놀라며 멋쩍게 웃었다.

"하, 하핫. 미안하네. 잠시 자네가 손에 쥔 물건에 정신이

팔려서 말이야."

이안은 손에 들려있던 노예 계약서와 세라핌을 번갈아 응시하며 속으로 중얼거렸다.

'저 거리에서 계약서 안에 쓰여 있는 내용을 읽기라도 한 건가?'

그리고 이안이 고개를 갸웃거리고 있을 때, 세라핌의 말이 이어졌다.

"자네, 정말 운이 엄청나게 좋군."

세라핌에게서 들은 이야기는 제법 길었지만, 간략하게 요약하자면 이러했다.

1. 분노의 도시 노예시장의 주인인 노블레스 마족 '다이스'가 노예 계약서를 급하게 찾고 있고, 노예 계약서를 가져오는 이에게 1회에 한해 노예시장 최하층을 개방하겠다고 공언했다.

2. 노예시장의 최하층은 평상시엔 마왕들에게만 오픈한다는 룰이 적용되어 있고, 일 년에 한 번 반나절 동안만 노블레스 이상의 마족들에게 오픈되는 곳이다.

3. 노예시장 최하층에는 노블레스 마족인 세라핌조차도 탐이 날 정도로 희귀한 노예들이 많이 매물로 나오는 곳이다.

세라핌의 설명을 들은 이안은 뭔가 굉장한 기회라는 느낌을 받음과 동시에, 의문이 들었다.

"아니, 그런데…… 노예 계약서가 뭐라고 노예시장의 주인이라는 분이 그렇게 대단한 특전을 내건 거죠? 게다가 노예시장의 주인씩이나 되는 노블레스 마족이 노예 계약서 한 장 없어요?"

이안의 물음에 세라핌이 피식 웃으며 대답했다.

"노예 계약서의 가치를 생각보다 너무 모르고 있군."

"……?"

"확실히 노예 계약서 아이템이 가지고 있는 능력 자체는 큰 가치를 가지고 있지 않지."

노예 계약서의 효용은, 원래대로라면 노예를 고용할 수 없는 평마족 이하의 마족들에게만 가치가 있는 물건이었다.

상급 마족 이상의 마족들에게도 고용할 노예의 가격을 반절로 깎을 수 있다는 메리트가 있기는 했지만, 대단하다고 할 만한 것은 아닌 수준이었다.

사실 이안이 의아하게 느끼는 것은 당연했다.

"그런데요?"

"하지만 노예 계약서는 무척이나 희귀해."

"예?"

"마계 전체에서 매년, 단 세 장만 발급되는 물건이기 때문에 그 희귀도가 상상초월이란 말이지."

"음……?"

간혹 그런 물건이 있다.

대단하다고 할 수 없는 물건임에도, 희귀도 하나만으로 그 가치가 엄청나게 올라가는 물건.

그렇다고 해도 아직 모든 의문점이 전부 풀린 것은 아니었기에, 이안의 입이 다시 열렸다.

“음…… 그렇다고는 해도 노블레스 등급이라는 노예시장의 주인이, 대체 노예 계약서가 왜 필요한 걸까요? 그에게는 전혀 쓸모가 없는 물건이잖아요?”

세라핌이 웃으며 대답했다.

“그는 예쁜 딸이 있는 팔불출 아버지이기 때문이지.”

생각지도 못했던 대답에, 이안이 당황스러운 표정을 지었다.

“예에?”

“다이스는 노블레스이지만, 그의 딸인 ‘샤샤’는 아직 평마족이야. 그리고 그녀가 자신의 스무 번째 생일 선물로 노예를 갖고 싶어 했다는군.”

그제야 이안은 지금의 상황이 머릿속에서 명료히 정리되기 시작했다.

‘그러니까…… 딸내미 생일 선물 때문에 노예 계약서가 필요한 거였어?’

어찌 되었든 세라핌의 설명으로 미루어 봤을 때, ‘노예시장의 최하층’은 히든 피스라 불러도 무방할 정도로 큰 가치를 가지고 있는 곳임이 분명했다.

'그리고 그런 곳에 들어갈 수 있는 기회가 생긴 거지.'

이안의 시선이 다시 세라핌을 향했다.

"그럼 전 이걸 들고 다이스를 찾아가면 되는 건가요?"

이안이 노예 계약서를 흔들거리며 얘기하자, 세라핌이 고개를 끄덕였다.

"그렇지."

퀘스트들을 비롯해 해야 할 일이 무척이나 많아진 이안은 머리가 복잡해졌다.

'뭐, 하나씩 차근차근 정리해 나가면 되겠지.'

하지만 그렇다고 해서 설렁설렁할 생각은 추호도 없었다.

이안이 세라핌을 향해 다시 입을 열었다.

"그건 그렇고, 세라핌 님은 노예시장 최하층에 들어가 보신 적 있죠?"

"물론이지. 나는 매년 1회 최하층이 개방되는 날에는 빼먹지 않고 항상 노예시장을 방문하지."

이안이 입꼬리를 씨익 말아 올리며 말했다.

"그럼 정보 좀 주세요."

처음에는 무척이나 귀찮아하던 세라핌이었지만, 이안이 지속적으로 간곡히 부탁하자 천천히 입을 열기 시작했다.

그리고 처음에 귀찮아하던 것과는 달리 제법 상세하게 아는 정보들을 설명해 주었다.

"일단, 좋은 노예를 고르기 위한 가장 중요한 포인트부터 알려 주도록 하지."

"포인트요?"

"아무나 알지 못하는 고급 정보들이니, 한 마디도 놓치지 말고 기억하도록."

세라핌이 말해 준 첫 번째 정보는, 노예시장은 기본적으로 아래층으로 내려갈수록 더 상등급의 노예가 있을 확률이 높다는 것이었다.

최하층이 아니고서야 그 차이가 크지는 않았기 때문에 아는 이들이 많지 않았지만, 이것은 꽤나 중요한 정보였다.

"네가 갈 곳인 '최하층' 또한 최하층이라는 이름으로 묶여 있기는 하지만 세 개 층으로 구성된 복층 구조의 공간이고, 당연히 가장 아래쪽에 있는 노예들이 상급 노예일 확률이 높다."

"아하, 확실히 제게는 유용한 정보네요. 하지만 이게 그렇게 고급 정보예요? 노예시장을 활용해 본 마족들이라면 대부분 알 것 같은 정보인데……."

"그렇지 않다. 좋은 노예를 식별할 줄 모르는 놈들은 고용해 보고도 모르는 경우가 태반이기 때문이지."

그 다음으로 세라핌이 말해 준 정보는, 노예 정보를 식별하는 방법이었다.

그의 말에 의하면, 노예시장에서는 노예를 구입하기 전에 노예의 등급을 알 수 없다고 했다.

"상급 마족 이상이라면 누구나 노예의 정보는 확인할 수가 있다. 하지만 거의 절반 이상의 정보들이 블라인드 처리되어 있을 거야. 그리고 당연하겠지만, 가장 중요한 정보인 노예의 '등급'은 계약서에 도장을 찍기 전까지 확인할 수 없지."

그 이유는 노예에 책정되는 가격에 상한선과 하한선이 정해져 있기 때문이라고 했다.

노예의 가격이 등급과 능력치에 따라 자유롭게 매겨진다면, 노예시장은 시장경제의 원리에 따라 알아서 굴러가게 될 것이다.

하지만 높은 등급의 노예와 낮은 등급의 노예의 가격이 큰 차이가 나지 않는다면, 아무도 낮은 등급의 노예를 사려 하지 않을 것이기 때문이었다.

"그래서 노예의 정보를 확인할 때, 필수적으로 구매자가 확인해야 할 것은 노예의 종족이다."

"아하. 노예는 마족이 아닌가 봐요?"

"아니, 노예 중에 마족도 있다. 심지어는 상급 이상의 등급을 가지고 있던 마족도 있지. 하지만 그런 경우는 극히 일부이고, 대부분 다른 차원계의 다양한 종족들이 노예로 들어온다."

"마계의 침략 전쟁에 의한 전쟁 노예 같은 개념이군요."

"그렇다고 볼 수 있지. 더 정확히 말하자면 과거의 전쟁 노예랄까."

"과거의 전쟁 노예요?"

"지금 마계는 침략 전쟁을 하지 않고 있지만, 과거에는 수많은 차원계를 침공했었지. 그리고 그 당시 완전히 마계에 굴복한 종족들과 차원계가 우리 마계의 식민지가 되었어. 지금 노예로 들어오는 이들은 오래전 식민지가 된 차원계의 종족들이라고 보면 되지."

"아하. 만약 마계와 인간계의 전쟁에서 인간계가 완전히 굴복한다면, 인간들이 노예가 되어 노예시장에 나오게 되겠군요."

"그렇지. 나도 지금이야 마족으로서의 권력을 누리고 있지만, 근본은 인간일세. 그렇기 때문에 지금 어떻게든 인간계와의 차원 전쟁을 막아 보려 하는 것이고."

"아하……."

"갑자기 이야기가 다른 곳으로 새어 버렸군. 다시 본론으로 돌아가자면……."

세라핌은 이안에게 상급 노예일 확률이 가장 높은 종족 몇 가지를 이야기해 주었다.

"문엘프나 다크팬텀 혹은 카라곤 중에 하나를 발견한다면, 계약해도 손해 볼 일은 없을 거야."

"오호……."

열심히 메모하는 이안을 보며 세라핌이 한마디를 더 추가했다.

"문엘프는 밝은 보랏빛 피부를 가진 엘프의 생김새를 하고 있고, 다크팬텀은 거의 불투명한 탁한 몸을 가진 유령이라고 생각하면 된다. 마지막으로 카라곤은 하프 드래곤이라고도 불리우는 용같이 생긴 인간이지."

"용같이 생긴 인간……? 은 대체 어떻게 생긴 건가요?"

"그건 가서 직접 보면 알아."

"……."

그리고 마지막으로 세라핌이 알려 준 정보는, 노예들의 스킬과 관련된 것이었다.

"노예에 관해 잘 모르는 놈들이 노예 계약을 할 때, 쓸데없이 노예의 전투 능력치를 비교해서 가장 공격력이 센 놈을 고르곤 하는데 제발 그러지 마."

"으음……?"

순간 이안은 뜨끔 하는 것을 느꼈다.

세라핌의 얘기가 아니었다면 자신이 왠지 그랬을 것 같기 때문이었다.

'아마 최하층에 있는 모든 노예들의 전투 능력치를 다 비교해서 제일 높은 놈으로 골랐을지도…….'

이안은 뒷머리를 긁적이며 그 이유를 물었다.

"왜죠?"

"노예를 일반적인 전투 전력으로 쓰는 거야말로 정말 최악의 선택이기 때문이지. 효율이 제로에 가깝다고 해야 할까?"

"어째서요?"

"기본적으로 노예가 아무리 전투 능력이 뛰어나 봐야 상급 마족을 이길 수 있을 정도로 강력한 녀석은 없을 거고, 만약 있다고 하더라도 노예들이 가질 수 있는 노예만의 고유 능력이 훨씬 더 매력적이기 때문이지."

이안은 더욱 흥미가 동하는 것을 느꼈다.

'뭐지? 뭔가 또 새로운 콘텐츠인가?'

강한 전력을 추가하는 것도 물론 중요하기는 했지만, 그거야 가신을 등용하거나 소환수를 포획하는 등 다른 부분에서도 얼마든지 충족시킬 수 있는 방법이 많았다.

때문에 이안은 노예 콘텐츠 만의 특별한 뭔가가 있다는 것이 더욱 흥미로운 것이었다.

"오호, 예를 들어 줄 수 있을까요?"

세라핌의 말이 이어졌다.

"우선 문엘프의 경우, '밤'이나 '달'과 관련된 조건부 광역 패시브 능력을 가지고 있는 경우가 많아."

문엘프의 능력은, 듣자마자 바로 떠오르는 바가 있었다.

'아, 라이가 가진 패시브 능력 같은 것을 광역으로 얻을 수 있게 되는 건가?'

그렇다면 그것은 엄청난 도움이 될 게 분명했다.

'특히 달이 세 개인 이 마계에서는 더더욱 도움이 되겠어.'

세라핌이 다시 입을 열었다.

"다크팬텀의 경우에는, 전투 능력이 정말 0에 수렴하지만, 기가 막힌 은신 능력을 가지고 있지."

이안이 의아한 표정으로 되물었다.

"전투 능력이 없는 데 은신 능력이 무슨 의미가 있죠?"

"다크팬텀은 가지 못하는 곳이 거의 없고, 마기나 신성력을 제외한 어떤 공격에도 피해를 입지 않아. 게다가 일정 시간 동안 자신을 투명화시킬 수도 있어서 위험 지역을 정찰하는 데 엄청나게 특화되어 있지."

여기까지 들은 이안은 고개를 갸웃거렸다.

'확실히 좋은 능력이기는 한데 문엘프에 비해서는 뭔가 부족해 보이는 감이…….'

하지만 세라핌의 말은 끝난 것이 아니었다.

"그리고 다크팬텀 중에 가끔 '어둠의 영역'이라는 고유 능력을 가진 녀석들이 있는데, 이게 진짜 대박이야."

"'어둠의 영역'이라……. 뭔가 멋져 보이긴 하는군요."

"멋진 정도가 아니지. 어둠의 영역이 시전되면, 일정 시간 동안 범위 내의 모든 적들의 시야가 사라져 버려. 길어야 15초 정도긴 하지만, 대규모 전장에서 이 능력은 승패를 뒤집어 놓을 정도로 막강한 영향력을 줄 수 있다고. 게다가 상태 이상 면역도 모두 무시해 버리지."

순간 이안의 표정이 달라졌다.

대규모 전투라면 누구보다도 빠삭한 이안이었기에, 그 능력의 진가를 바로 알아챈 것이다.

'진짜 끔찍한 능력이군. 난전 중에 광역으로 시야가 사라져 버리면, 아마 15초가 15년 같을 거야.'

마지막으로 카라곤의 고유 능력에 대한 설명이 이어졌다.

"카라곤, 이놈은 나도 아직 노예로 못 써 본 종족인데, 이 놈이야말로 발견하면 무조건 계약해야 될 놈이야."

그 말에 이안의 기대치가 더욱 높아졌다.

"어떤 능력을 갖고 있는데요?"

세라핌이 대답했다.

"공간을 왜곡시키는 능력."

"음……?"

"공간을 자기 마음대로 접었다 폈다 하는 놈이야. 얘가 있으면 단체로 축지법을 사용할 수 있게 된다고 보면 돼."

"……."

"물론 재사용 대기 시간이나 소모값 같은 게 있겠지만…… 그래도 거의 그런 게 느껴지지 않을 정도로 계속해서 능력을 사용하더라고. 내가 직접 사용해 본 것은 아니라 정확히는 모르지만 말이야."

지금까지 열심히 추천 종족들의 고유 능력에 대한 정보를 정리하고 있던 이안의 머릿속이, 순간 백짓장처럼 하얗게 변했다.

그리고 그 안에 카라곤이라는 세 글자만이 남았다.

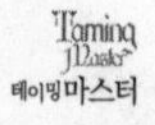

'그래, 카라곤. 너로 정했다!'

하지만 이안은 이때까지만 해도 몰랐다.

반나절 뒤 자신에게 닥쳐올 재앙을…….

원래 인생이라는 게 뜻대로 다 흘러가지는 않는 법이었다.

세라핌에게 몇 가지 주의 사항을 더 들은 뒤, 이안은 곧바로 노예시장을 향해 걸음을 옮겼다.

그리고 도착한 지 얼마 지나지 않아서, 어렵지 않게 노예시장의 주인인 다이스를 만날 수 있었다.

다이스와 친분이 있던 세라핌이, 미리 다이스에게 언질을 해 두었기 때문이었다.

이안을 처음 대면한 다이스는 반갑게 그를 맞았다.

"호오, 상급 마족이 온다고 해서 그냥 그런 줄로만 알았는데…… 반마였군."

다이스는 몸집이 좀 거대한 편인 세라핌과는 다르게 왜소한 노인의 모습을 하고 있었다.

하지만 그에게서 풍겨지는 분위기마저 그런 것은 아니었다.

노블레스 등급의 마족답게 다이스의 주변으로 퍼지는 아우라는 무척이나 위압적이었다.

"네, 반갑습니다, 이안이라고 합니다."

"후후, 게다가 소환술사라…… 정말 특별한 손님이시구먼, 클클."

대번에 자신의 클래스까지 알아본 다이스를 보며, 이안은 조금 놀랐지만 곧 고개를 끄덕였다.

'옆에 카르세우스가 서 있어서 알아챈 것이려나?'

어찌 되었든 지금 중요한 것은 그 부분이 아니었기에, 이안은 얼른 인벤토리에서 노예 계약서를 꺼내어 다이스에게 내밀었다.

"물건은 가져왔습니다."

다이스는 곧바로 이안을 향해 손을 뻗었다.

그러자 이안의 손에 들려 있던 계약서가 팔랑거리며 다이스를 향해 날아갔다.

그리고 계약서를 받아들고 확인한 다이스는 흡족한 미소를 지었다.

"좋아, 물건은 확실하군. 이 귀한 물건을 자네가 어떻게 얻었는지 조금 궁금하기는 하네만…… 뭐, 그게 중요한 건 아니니까."

원하는 물건을 얻은 다이스는 만족스러운 미소를 지었고, 그의 누런 이빨이 입술 사이로 슬쩍 드러났다.

이안이 마주 웃어 보이며 말했다.

"뭐, 어쩌다 보니 얻을 수 있었습니다."

다이스가 피식 웃었다.

"자네 오늘 계 탄 것일세."

말을 마친 뒤, 작은 다이스의 몸이 허공으로 두둥실 떠올랐다.

“따라와. 최하층으로 안내하도록 하지.”

다이스가 허공에 뜬 채로 움직이기 시작하자, 이안은 재빨리 그의 뒤로 따라붙었다.

열심히 걸음을 옮기는 이안의 머릿속은, 이곳에 오기 전 세라핌에게 들었던 정보들로 가득 차 있었다.

지이잉-.

넓디넓은 마계 100구역의 최남단.

그리고 그곳에 있는 거대한 포털.

황량한 황야와 같은 지형에 덩그러니 떠올라 있는 붉은 빛깔의 포털은, 무척이나 위압감 넘치는 모습을 하고 있었다.

아무도 없는 것만 같던 공간이었건만 잠시 후, 한 남자가 붉은 포털 바깥으로 튕겨 나왔다.

콰앙-!

사내는 커다란 굉음과 함께 멀찍이 튕겨 나와, 바닥을 데굴데굴 굴러 축 늘어졌다.

“제기랄, 진짜 오지게도 세군.”

거의 넝마가 된 갑주를 털며 천천히 일어선 사내는, 바로 타이탄 길드의 길드마스터인 샤크란이었다.

"어차피 한동안 90번대 구역으로 진입할 생각은 없었지만…… 이거 생각보다 더 골치 아프겠는걸."

샤크란이 천천히 걸음을 돌려 움직이기 시작하자, 근처에 은신해 있던 타이탄 길드의 길드원들이 튀어나와 그를 부축했다.

그중 가장 앞쪽에서 튀어나와 가장 먼저 샤크란의 어깨를 받쳐 준 남자는 광휘의 기사 세일론이었다.

"샤크란 님, 어떻게 되신 겁니까? 살아 나오셨네요?"

듣기에 따라 의도가 의심스러운 이상한 어감을 가진 그의 말에, 샤크란이 인상을 팍 쓰며 대꾸했다.

"인마, 너는 길마가 살아 돌아온 게 불만이냐?"

그에 세일론이 살짝 주춤하며 대꾸했다.

"아, 아니 왜 또 이러십니까아. 그런 말 아니라는 거 잘 아시잖아요오."

세일론의 앙탈에 샤크란의 표정이 더욱 구겨졌다.

"확 씨, 징그럽다, 이놈아."

그리고 인벤토리에서 물병을 꺼내 목을 축인 샤크란이 다시 천천히 입을 열었다.

"두 자리대 구역으로 진입하는 이 포털 말이야."

샤크란의 말에 타이탄 길드원들의 시선이 전부 그의 입으로 모였다.

샤크란은 계속 말을 이었다.

"지금까지의 관문들과는 좀 성격이 다르다."

"어떤데요?"

"우선 여럿이 동시에 트라이할 수 있는 구조가 아니야."

샤크란은 포털 안에 몸을 웅크리고 있던 괴물 같은 녀석을 슬쩍 떠올렸다.

"열 명, 아니 백 명이 들어가더라도, 진입한 인원 모두는 각기 다른 시험의 방에 들어가게 되고…… 그 안에는 영웅 등급의 마수 한 놈이 또아리를 틀고 있다."

샤크란의 이야기를 듣던 길드원 모두는, 그의 한마디도 놓치지 않겠다는 표정으로 집중하고 있었다.

100구역의 관문에 처음으로 도전한 샤크란의 말은 곧 엄청난 정보였기 때문이었다.

세일론이 샤크란을 향해 물었다.

"마스터께선 그럼, 놈을 잡으신 겁니까?"

샤크란이 어이없다는 표정으로 되물었다.

"그럼 내가 여기로 튕겨 나왔겠냐? 99구역으로 이동했겠지."

세일론이 입을 삐죽이며 대꾸했다.

"아니, 살아 돌아오셨기에……. 그럼 마수가 마스터를 이겨 놓고도 살려서 돌려보내 줬단 말입니까?"

샤크란이 고개를 절레절레 저었다.

"아니, 나는 놈에게 처참하게 당했지. 봐주는 것 따위는 없었어. 다만 내 생명력이 10퍼센트 이하로 떨어지자 자동으로 바깥으로 튕겨 나가지더라고."

그제야 이해가 된다는 듯, 세일론을 비롯한 타이탄 길드의 유저들이 고개를 주억거렸다.

"그렇군요. 놈은 어땠습니까? 그래도 마스터시라면 비등하게 싸웠겠죠?"

한 유저의 말에 샤크란이 쓴웃음을 지으며 고개를 저었다.

"아니. 턱도 없는 차이로 무참히 깨졌다. 마지막 순간까지 놈의 생명력을 절반도 채 닳게 하지 못했어."

그 말에 유저들이 마른침을 꿀꺽 삼켰다.

샤크란이 누구였던가?

카이몬 제국 투기장에서 이라한과 나란히 1위를 한 번씩 거머쥔, 최강의 유저 아니었던가.

그런 그가 이 정도로 큰 차이를 보이며 당했다는 것은, 다른 이들은 덤벼 보지도 못할 정도라는 이야기나 다름없었다.

"200레벨은 넘긴 뒤에 다시 도전해 봐야겠어."

샤크란의 말에 다른 유저들은 고개를 끄덕이며 천천히 발걸음을 돌렸지만, 세일론은 눈을 반짝이며 포털을 응시하고 있었다.

"세일론, 뭐해? 안 갈 거야?"

샤크란의 물음에 세일론이 씨익 웃으며 대답했다.

"생명력 10퍼센트 남기고 튕겨져 나온다면서요."

"그런데?"

"기왕 여기까지 온 거. 죽지 않는다면 한번 들어가서 놈을 상대해 보고 나오렵니다."

세일론의 말에 샤크란이 피식 웃었다.

"좋을 대로."

페널티가 없다면 한번쯤 무지막지한 '놈'의 강력함을 느껴 보는 것도 좋으리라.

샤크란이 인벤토리에서 물약 하나를 꺼내어 세일론에게 건네었다.

"이거라도 빨고 들어가라."

그에 세일론의 두 눈이 반짝였다.

"오, 이 귀한 걸!"

샤크란이 피식피식 웃음을 흘리며 대꾸했다.

"도핑이라도 해야 뭐라도 좀 해 보고 나올 거 아냐. 다 싸우고 나면 분노의 도시로 돌아오도록 해. 우린 그 안쪽에서 정비하고 있을 테니까."

세일론이 눈을 빛내며 고개를 끄덕였다.

"알겠습니다, 마스터. 배려 감사합니다."

말을 마친 세일론은 지체 없이 포털 안쪽으로 몸을 날렸고, 나머지 타이탄 길드의 일행들은 걸음을 돌려 분노의 도시를 향해 움직이기 시작했다.

샤크란은 잠시 고개를 돌려 세일론이 사라진 포털 안쪽을 응시했다.

'200레벨 찍는 것으로도 부족해. 듀얼 클래스라도 얻고 나면 트라이해 볼 만하려나…….'

'놈'을 상대하느라 소진한 체력이 많이 돌아왔는지, 샤크란의 무거웠던 발걸음은 조금씩 가벼워졌다.

그리고 잠시 후, 타이탄 길드의 일행이 사라지고 나자, 100구역의 포털 앞은 다시 아무도 없던 황량한 공터로 변하였다.

사실 마계 110구역까지만 하더라도, 관문이 있는 포털 앞은 수많은 유저들이 모여 있는 베이스캠프 같은 느낌이었다.

처음 유저들이 모이기 시작한 것은 관문을 트라이하기 위해 순서를 기다리는 사람들이 늘어나면서였지만, 시간이 지나자 아예 유저끼리 거래를 하거나 파티를 꾸리는 만남의 장으로 변해 버린 것이다.

이는 거점이나 마을 같은 것이 하나도 없는 마계 외곽 지역이었기에 일어난 일이었다.

하지만 아직 110구역을 통과한 유저들은 세 자릿수도 채 되지 않을 정도로 적었고, 게다가 100구역까지 도달한 인원은 그 절반도 채 되지 않았다.

그렇기에 100구역의 관문 앞은 이토록 조용한 것이었다.

휘이잉-.

을씨년스러운 마계의 바람이 포털의 주변을 훑고 지나갔다.

그런데 그때…….

부스럭-.

포털 근처에 있던 수풀이 부스럭거리더니, 작은 그림자 하나가 불쑥 튀어나왔다.

뿍-.

그러고는 머리 크고 짧은 다리를 가진, 늠름한 자태를 가진 거북이 한 마리가 나타났다.

그림자의 정체는 다름 아닌 뿍뿍이였다.

뿍- 뿍- 뿍-.

한 걸음 걸을 때마다 뿍뿍거리는 소리를 내며 천천히 포털 앞까지 다가온 뿍뿍이는 고개를 좌우로 열심히 돌리며 주변에 누가 없는지 확인했다.

-뿍, 인간들은 전부 돌아간 거겠뿍……?

뿍뿍이는 그 어떤 인간과도 마주치고 싶지 않았다.

인간을 마주쳤다가 유명한 거북이인 자신을 알아보기라도 한다면 골치 아파지기 때문이었다.

-저번에 117구역에선 조금 위험했뿍!

뿍뿍이는 이안의 전투 영상에 자주 등장했고, 또 그 외모가 워낙 독보적이다 보니 많은 유저들에게 알려진 이안의 마스코트와 같은 소환수였다.

덕분에 별생각 없이 마계를 돌아다니다가 팬들의 손에 잡혀 이안에게로 끌려갈 뻔한 적이 있었는데, 그 이후로 뿍뿍이는 인간들을 멀리하고 있었다.

—인간들이 없는…… 더 깊숙한 마계로 가야겠뿍!

뿍뿍이는 늠름한 걸음걸이로 한 걸음 한 걸음 포털을 향해 움직였다.

뿍— 뿍— 뿍—.

그리고 붉은 포털의 문에 머리를 들이미는 순간!

쿠웅—.

둔탁한 소리를 내며, 뿍뿍이의 머리가 포털에 막혀 튕겨 나왔다.

지금까지 한 번도 겪지 못했던 이상한 현상에, 뿍뿍이는 무척이나 당황스러운 표정이 되었다.

—뿍! 이 포털 고장났뿍! 왜 이러냐뿍!

하지만 이대로 포기할 수는 없었기에, 뿍뿍이는 다시 한 번 있는 힘껏 몸을 포털 안으로 밀어 넣었다.

터엉—!

그러나 돌아오는 것은 머리 전체를 울리는 고통과 함께, 시스템 메시지 한 줄뿐이었다.

—주인 '이안'의 발길이 닿지 않았던 맵으로 진입할 수 없습니다.

메시지를 확인한 뿍뿍이가 무척이나 심술 난 표정이 되었다.

—뿍! 게으른 주인 놈! 아직 여기도 안 들어가 보고 뭐했냐뿍!

하지만 뿍뿍이는 되지 않는 일에 시간을 들이는 바보 같은 거북이가 아니었다.

뿍뿍이는 미련 없이 걸음을 돌려 또다시 어디론가 걷기 시작했다.

뿍- 뿍- 뿍-.

-우리 라이는 잘 살고 있겠뿍?

그리운 얼굴을 떠올리는 뿍뿍이.

라이를 떠올리자 자신에게 미트볼을 양보하곤 했던 핀의 얼굴도 같이 떠올랐다.

-뿍……. 악덕 주인 밑에서 고생하고 있을 동료들이 그립뿍…….

뿍뿍이는 그 어느 때보다도 진지한 표정을 하며, 무언가를 결심한 듯 중얼거렸다.

-조금만 기다려라뿍. 빡빡이보다 멋진 거북이가 되면 그때 돌아가겠뿍.

뿍뿍이는 오늘도 고독한 걸음을 옮기기 시작했다.

오늘따라 등에 진 등껍질이 유난히 무겁게 느껴졌다.

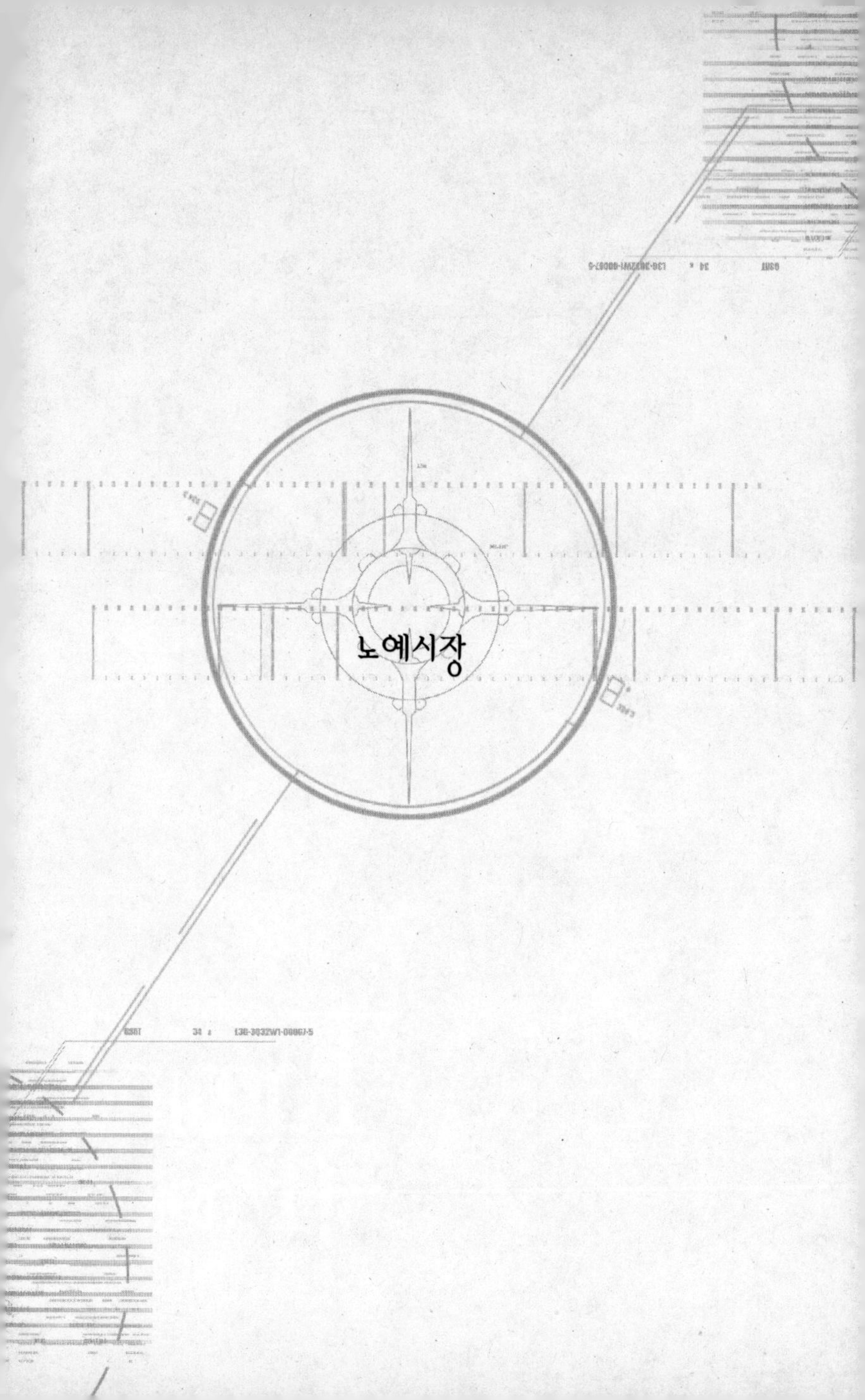
노예시장

Taming
Master
Taming
Master
테이밍마스터

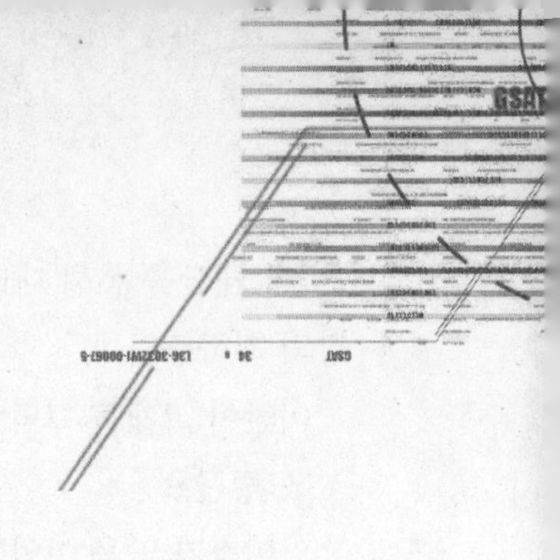

끼익- 끼기긱- 쿵-!

듣기 거북스러운 마찰음과 지하 전체가 울릴 정도로 묵직한 소리가 퍼져 나간 뒤, 이안과 다이스의 앞을 가로막고 있던 거대한 철문이 느릿느릿하게 위로 올라가기 시작했다.

그극- 그그극-.

그리고 그 안쪽에는 황금빛으로 번쩍이는 계단이 이안을 맞이하고 있었다.

'무슨 노예 상점 안으로 들어가는 입구가 이렇게 화려해?'

일단 문이 열리긴 했지만, 어찌해야 할지 모른 이안은 두 눈을 깜빡이며 다이스를 응시했다.

그에 다이스가 웃으며 입을 열었다.

"이 계단을 통해 내려가면, 바로 우리 분노의 도시 노예시장의 최하층일세."

이안이 고개를 끄덕였다.

"그렇군요."

다이스가 말을 이었다.

"다른 곳에는 해당 사항이 없네만, 이 최하층의 경우에는 한번 입장할 때 하나 이상의 노예를 계약할 수 없게 룰이 정해져 있다네."

이안은 고개를 주억거리며 대답했다.

"세라핌 님에게 어지간한 내용은 들어서 알고 있습니다."

"그래? 그렇다면 설명하기가 수월하겠구먼."

다이스가 천천히 계단을 따라 내려가기 시작했고, 이안이 그 뒤를 따랐다.

"주어진 시간은 반나절이다. 반나절 내로는 계약할 노예를 결정하고 계약해야 하네. 만약 제한 시간이 지나거나 자네가 하나의 노예와 계약하고 나면, 자네는 노예시장 최상층으로 자동 워프될 걸세."

세라핌의 주의 사항 중 하나를 떠올린 이안은 속으로 중얼거렸다.

'시간이 촉박할 거라고 하더니 생각보다 많은 시간을 주는데?'

이안은 짧게 대답했다.

"알겠습니다."

이윽고 계단을 다 내려가자 탁 트인 공간이 나왔고, 이안의 두 눈이 놀라움으로 인해 살짝 커졌다.

'희귀한 노예들만 모아 놓은 최하층이라고 해서 지나온 층들보다 규모가 작을 것이라고 생각했는데…… 오히려 더 크잖아?'

그리고 빠르게 공간을 훑어보기 시작했다.

이 안에 있는 모든 노예들의 정보를 확인하려면 반나절이 결코 많은 시간이 아니었다.

최하층 안쪽에 들어서자마자 두리번거리는 이안을 보며, 다이스가 씨익 웃었다.

"그럼, 무운을 비네. 꼭 영웅 등급 이상의 노예를 찾길 바라네, 이안."

노예의 등급은 가신이나 소환수, 아이템과 마찬가지로 일반 등급부터 신화 등급까지로 나뉘어 있는 시스템이라고 했다.

하지만 그 희귀도 면에서는 얘기가 달랐다.

노예의 경우 거의 대부분이 일반 등급을 가지고 있었고 희귀 등급은 말 그대로 희귀했으며, 유일 등급부터는 찾기 힘든 엄청난 희귀도를 가지고 있다는 것이었다.

그러니 다이스가 말한 영웅 등급의 노예는 존재하는지조차 의문스러운 수준이었다.

이안이 씨익 웃으며 고개를 끄덕였다.

"고맙습니다, 다이스 님. 꼭 그러도록 하죠."

다이스가 마주 웃으며 대답했다.

"그래. 그래도 이 최하층에는, 못해도 희귀 등급 이상의 노예들만이 있으니 자네가 아주 상심할 일은 없을 거네. 하하핫."

말을 마친 다이스가 허공에서 꺼지듯 사라졌고, 이안은 사방에 늘어서 있는 노예의 옥사를 향해 빠르게 걸음을 옮겼다.

분노의 도시 남동쪽의 작은 2층 건물.

그 건물 1층의 홀에는, 어림잡아도 열다섯 정도는 되어 보이는 인원이 둘러앉아 있었다.

그리고 그 가운데 서 있는 사내는 바로 샤크란이었다.

"다들 알고 있겠지만…… 이번 길드 퀘스트는 우리 타이탄 길드에게 둘도 없는 기회다."

모든 이들의 시선이 샤크란의 입을 향해 있었고, 그는 계속해서 말을 이었다.

"마계에서 최초로 길드 퀘스트를 받아 낸 것도 우리고, 이 퀘스트 덕에 아직 몇 명 발 딛지도 못한 이 분노의 도시에 우리 길드만 스무 명이나 들어설 수 있었다."

이안은 상급 마족의 인장 덕에 별다른 걸림돌 없이 분노의 도시에 발을 들일 수 있다.

하지만 다른 유저들이 분노의 도시에 들어가기 위해선, 도시 치안대의 퀘스트를 완료해야만 한다.

그리고 치안대 퀘스트의 난이도는 어지간한 최상위 랭커가 아니고서는 엄두도 내지 못할 만큼 어마어마한 난이도를 자랑했기에, 며칠 전만 해도 분노의 도시는 다섯 명도 채 되지 않는 유저들만이 들어설 수 있는 공간이었다.

애초에 110구역을 통과한 유저가 열 명도 되지 않았으니 어쩌면 당연한 일인지도 몰랐다.

게다가 솔로나 듀오로만 진행할 수 있다는 조건이 붙어 있는 퀘스트여서, 110구역의 수문장을 상대할 때처럼 랭커 여럿이 힘을 합칠 수도 없었던 상황이었다.

전사 클래스의 최강자로 꼽히는 샤크란과, 기사 클래스의 순위를 다투는 세일론조차 둘이 힘을 있는 대로 쥐어 짜내고서야 겨우 클리어할 수 있었던 것이다.

그런데 그 과정에서 두 사람에게 뜻밖의 행운이 찾아왔다.

분노의 도시 치안대 퀘스트를 진행하는 파티 안에, 같은 길드의 길드마스터와 부길드마스터가 함께 포함되어 있으면 히든 퀘스트가 발동하는 장치가 숨겨져 있었던 것이다.

게다가 그 히든 퀘스트는 바로 마계 최초의 길드 퀘스트였다.

그리고 최초 길드 퀘스트 발동 보상으로 얻은 대가가 어마어마했다.

자그마치 길드 소속인 하나의 파티가 전부 분노의 도시 안으로 소환되며, 그와 동시에 도시 출입 자격이 생긴 것이었으니까.

파티 구성 최대 인원은 스무 명이었기에, 그만큼 이동되어 들어온 것이다.

이는 얼핏 보면 실질적인 재화와 같은 보상을 얻는 것도 아니기에 별것 아닌 것처럼 보일 수도 있었지만, 사실 엄청난 것이었다.

새로운 콘텐츠가 무궁무진하게 들어서 있는 분노의 도시 안에, 타이탄 길드만 풀 파티를 구성할 수 있는 전력이 들어오게 됐으니 말이다.

"이 기회를 절대로 날려 버려서는 안 된다."

타이탄 길드 소속 유저들의 눈이 반짝반짝 빛났다.

다크루나 때문에 항상 2위 길드라는 꼬리표를 달고 살았던 그들이었기에, 이번 기회는 더욱이 놓치고 싶지 않았다.

"알겠습니다, 마스터!"

누군가의 힘찬 대답이 울려 퍼짐과 동시에, 여기저기서 기합성이 터져 나왔다.

길드원들을 한번 찬찬히 둘러본 샤크란이 씨익 웃으며 검을 빼어들었다.

척-!

"세일론이 돌아오는 즉시, 퀘스트를 마무리짓기 위해 움직인다."

이안은 벌써 2시간 째 노예들의 정보를 확인하고 있었다.

"으음…… 이놈은 패스하는 게 좋겠어. 오랜만에 찾은 문엘프 종족이긴 하지만 고유 능력에 종족 특화 옵션이 안 붙어 있네."

노예시장 최하층의 구조는 조금 특이했다.

노예가 갇혀 있는 셀 수 없이 많은 감옥이 늘어서 있는 것은 상층부와 다를 바 없었다.

하지만 최하층의 노예들은 전부 독방을 가지고 있었던 것이다.

게다가 일반적인 창살이 아닌 투명한 마법 결계 같은 것이 그들을 가두고 있었다.

그러나 안이 훤하게 들여다보일 만큼 투명한 구조임에도 불구하고 이안이 바로 옆을 지나가도 시선조차 주지 않는 것으로 봐서는, 안에서 바깥은 보이지 않게 되어 있는 마법 결계인 듯했다.

"하아, 역시 세라핌이 말했던 것처럼 찾기가 쉽지는 않네."

세라핌이 이안에게 추천했던 종족인 문엘프, 다크팬텀, 그리고 카라곤.

이 세 종족은 수많은 노예들 사이에서도 정말 드물게 발견될 만큼 그 숫자가 적었다.

게다가 그냥 그 종족을 고르면 되는 것도 아니었다.

'종족 고유 능력을 가진 녀석이 아니면 의미가 없으니까…….'

세라핌이 추천했던 종족이 좋은 이유는, 그들 종족만이 가질 수 있는 고유 능력 때문이었다.

한데 그 종족이라고 해서 무조건 종족 고유 능력을 가지고 있는 게 아니었던 것이다.

노예 정보 창에서 이안이 확인할 수 있는 정보는, 예를 들면 이런 식이었다.

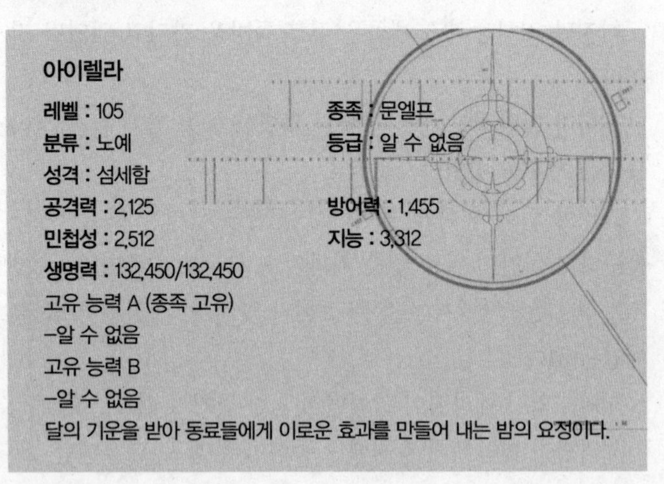
아이렐라

레벨 : 105　　**종족** : 문엘프
분류 : 노예　　**등급** : 알 수 없음
성격 : 섬세함
공격력 : 2,125　　**방어력** : 1,455
민첩성 : 2,512　　**지능** : 3,312
생명력 : 132,450/132,450
고유 능력 A (종족 고유)
–알 수 없음
고유 능력 B
–알 수 없음
달의 기운을 받아 동료들에게 이로운 효과를 만들어 내는 밤의 요정이다.

> 밤의 요정은 무척이나 희귀한 종족이며, 작고 귀엽지만, 그들의 힘은 강력해서 밤의 귀족인 뱀파이어들도 함부로 하지 못한다고 알려져 있다.

이안이 지금 일일이 주의 깊게 확인하고 있는 부분은, 바로 노예의 종족과 고유 능력의 옆에 떠 있는 괄호 안의 문구였다.

괄호 안의 문구의 종류는 총 다섯 종류가 있었는데, 그것들이 의미하는 바는 다음과 같았다.

1. 종족 고유 : 해당 고유 능력이 노예의 종족과 관련된 고유 능력임을 의미한다.

2. 종족 특화 : 해당 고유 능력과 관련된 종족이 사용할 때 두 단계 강력하게 발동되는 고유 능력임을 의미한다.

3. 희귀 능력 : 해당 고유 능력이 희귀한 고유 능력임을 의미한다.

4. 강화 능력 : 해당 고유 능력이 한 단계 강화된 고유 능력임을 의미한다.

5. 진화 능력 : 해당 고유 능력이 노예의 레벨 업에 따라 발전할 수 있는 능력임을 의미한다.

3, 4, 5번의 문구도 있으면 좋은 것이 분명한 옵션이었지만, 지금 이안이 가장 주의 깊게 살피는 것은 1번과 2번의 문구였다.

특히 2번 문구인 종족 특화는, 선행 조건으로 반드시 1번 문구인 종족 고유가 붙어 있을 때만 의미가 있었다.

쉽게 말해 문엘프 종족인 노예가 자신의 종족과 관련되지 않은 고유 능력을 가지고 있을 때, '종족 특화' 옵션이 붙어 있어 봐야 아무런 효과가 적용되지 않는다는 것이었다.

이런 정보들은 모두 세라핌을 통해 알아낼 수 있는 것들이었고, 이 방향으로 명석하게 두뇌가 돌아가는 이안은 한 번 듣고 모조리 시스템에 대해 이해해 버린 것이었다.

하지만 그렇기에 이안이 노예를 고르는 과정은 더욱더 고통스러울 수 밖에 없었다.

'제기랄. 내가 모든 조건을 전부 다 충족시키는 노예를 반드시 골라내고 말 거야!'

지금 이안이 원하는 노예는 '종족 고유'이자 '종족 특화' 옵션이 붙어 있는 고유 능력을 최소 하나, 그리고 '종족 고유'하나라도 붙어 있는 고유 능력을 추가로 가지고 있어야 한다.

'아니면 종족 고유에 강화 능력만 붙어 있어도 나쁘지 않겠지.'

'강화 능력' 옵션은 '종족 특화' 옵션에 비해 고유 능력이 강화되는 정도가 한 단계 부족했지만, 그래도 없는 것보다야 훨씬 나았다.

'그런데 설마, 세 개 이상의 옵션이 같이 붙어 있는 것도 있으려나?'

고유 능력 옆에 두 개까지의 옵션이 동시에 붙은 경우는 봤다.

하지만 세 개가 붙은 경우는 아직 못 보았기에, 이안은 스스로 생각해 놓고도 고개를 절레절레 저었다.

"너무 눈만 높아졌다가는, 시간이 가기 전에 한 놈도 제대로 고르지 못할 거야."

이안 스스로가 만들어 놓은 조건을 모두 만족시키면서 세라핌이 언질해 준 세 종족 중의 하나인 희귀한 녀석으로 찾아내야 했으니까.

하지만 찾아내기만 한다면 분명 높은 등급의 노예일 것임을, 이안은 믿어 의심치 않았다.

"아직 3시간이나 더 남았어! 그 안에 꼭 찾아내고 만다!"

이안은 두 눈을 부릅뜨고 다시 걸음을 옮기기 시작했다.

그리고 잠시 후, 힘이 잔뜩 들어간 그의 눈에, 새카맣고 탁한 몸체를 가진 노예 하나가 들어왔다.

'오, 오랜만에 다크팬텀인가.'

이안은 재빨리 그가 있는 결계 앞으로 뛰어가 서둘러 노예의 정보를 확인했다.

그런데 다음 순간, 이안의 두 눈이 휘둥그레져 있었다.

그것은 노예의 정보 창 위쪽에 떠 있는 노예의 종족 정보 때문이었다.

—종족 : 카르가 팬텀

'카르가 팬텀이라고……? 이건 뭐지?'

분명히 세라핌이 추천해 주었던 세 가지 종족 중 하나는 아니다.

그렇기 때문에 원래대로였다면, 종족을 확인하는 순간 그냥 지나쳤어야 했을 녀석이다.

하지만 이안은 그럴 수 없었다.

'생김새가 다크팬텀이랑 엄청 비슷하잖아!'

사실 생김새랄 것도 없었다.

다크팬텀은 정해진 외형 같은 게 없었으니까.

마치 어두운 구름이 뭉게뭉게 피어오르며 둥둥 떠다니는 듯한 모양을 가진 게 일반적인 다크팬텀의 모습이었다.

이안이 생김새가 비슷하다고 한 것은, 그 질감(?)과 느낌이 비슷하다는 의미였다.

그리고 조금 특이한 것은, 카르가 팬텀은 다른 다크팬텀들과는 다르게 어떤 구체적인 형태를 가지고 있다는 점이었다.

그리고 그 형태는 마치…….

"이렇게 귀여운 드래곤은 처음 본다, 주인."

이안의 등 뒤에서 불쑥 튀어나와 입을 연 카르세우스의 말처럼, 카르가 팬텀은 작고 귀여운 도마뱀의 모습을 하고 있었다.

"드, 드래곤?"

하지만 이안이 볼 때, 카르가 팬텀의 외형은 드래곤이라고 하기 보단, 작은 날개가 달린 공룡 같은 느낌이었다.

이안이 팬텀과 카르세우스를 번갈아 응시한 뒤, 카르세우스에게 물었다.

"카르세우스, 너도 어릴 땐 이렇게 대두였어? 게다가 물풍선같이 생긴 볼록한 배에 내 손바닥만 한 날개라니……."

이안의 말에 카르세우스가 순간적으로 발끈했다.

"주인, 신룡인 내가 어렸을 때 저렇게 못생겼었을 리가 없지 않나!"

씩씩거리는 카르세우스를 보며, 이안이 피식 웃었다.

"방금 전엔 걔 귀엽다며."

카르세우스가 잠시 멈칫하더니 대답했다.

"귀, 귀엽게 못생겼다."

"……."

이안은 잠깐 동안 '카르가 팬텀'이라는 종족을 가진 녀석을 멍하니 쳐다봤다.

'왠지 뿍뿍이랑 어울릴 것 같은 녀석인데…….'

카르가 팬텀의 외모에 꽂혀 잠시 정신 줄을 놓고 있던 이안은, 화들짝 놀라며 녀석의 정보 창을 얼른 열어 보았다.

'아차, 이럴 시간이 없지!'

찾던 종족이 아니었지만, 왠지 이놈만은 세부 정보까지 다 확인해 보고 싶었다.

그리고 이안의 눈앞에 카르가 팬텀의 정보 창이 커다랗게 다시 열렸다.

카카

레벨 : 145
종족 : 카르가 팬텀
분류 : 노예
등급 : 알 수 없음
성격 : 겁이 많음
공격력 : 135
방어력 : 77
민첩성 : 97
지능 : 7,812
생명력 : 2,334/2,334
고유 능력 A (종족 고유)(종족 특화)(강화 능력)
–알 수 없음
고유 능력 B (희귀 능력)
–알 수 없음
고유 능력 C (종족 고유)(종족 특화)(진화 능력)(강화 능력)
–알 수 없음
이제는 잊힌 고대의 종족이다.
다크 팬텀의 원류가 되는 종족이라는 설도 있고, 카르곤 종족의 조상이라는 설도 있지만, 진실은 아무도 알지 못한다.
머리가 크고 몸집은 작아 마치 성장을 덜 한 듯 보이는 모습이다.
하지만 놀랍게도, 최소 3천년 이상은 살아온 화석 같은 존재이다.
귀엽다는 말을 가장 싫어한다.

정보 창을 모두 읽은 이안은 멍한 표정이 되었다.

'뭐지, 이 엄청난 녀석은……?'

이안의 두 눈이 고유 능력을 향해 고정되어 있었다.

고유 능력 옆에 덕지덕지 붙어 있는 저 엄청난 옵션들을 보라.

이안은 저도 모르게 곁에 바로 앞에 놓인 계약서를 향해 손을 뻗을 뻔했다.

“이, 이건 악마의 유혹이야!”

그는 영문 모를 소리를 지껄이며 양손으로 머리를 움켜잡았다.

카르세우스가 어이없는 표정으로 이안을 응시했고, 이안은 다시 찬찬히 카르가 팬텀의 정보를 살펴보았다.

‘왜 넌 이런 이상한 종족인 거니? 네가 다크팬텀이나 카르곤이었으면 생각할 것도 없이 바로 계약했을 텐데…….’

그럼에도 불구하고 이안은, 쉽게 이 녀석을 포기할 수가 없었다.

그의 게임 감각이, 자꾸 녀석을 선택하라 얘기하고 있었다.

‘후, 정신 차리고 조금만 더 살펴보자.’

하지만 카르가 팬텀의 정보 창은, 자세히 읽으면 읽을수록 가관이었다.

특히, 가장 충격적인 부분은 전투 능력이었다.

‘스텟 창은 또 왜 이 모양이야? 미친! 지능이 생명력보다 세 배 이상 높잖아? 뭐 이런 경우가 다 있어?’

스텟 창이야말로 진정 잘못 확인한 줄 알았다.

레벨이 145인데, 생명력이 1만도 되지 않는 기형 생물체는 카일란을 플레이하면서 처음 만나는 이안이었다.

‘와…… 씨, 얜 진짜 빡빡이 입에 가볍게 물려도 즉사하겠는데?’

방어력을 제외한 모든 전투 능력이 바닥을 기는 빡빡이였지만, 카르가 팬텀을 보니 뿍뿍이는 양반이었다는 것을 알 수 있었다.

"아니, 지능은 높으면 뭐해? 나머지 스텟이 좋아야 지능이 높은 게 그걸 받쳐 주는 건데……."

유저 캐릭터의 경우, 지능 능력치가 높을수록 마법 계열 공격력과 마나, 마나 회복량 등의 능력치가 올라간다.

그렇기에 사실 마법사를 제외하고는 크게 중요하지 않은 능력치가 바로 지능이었다.

하지만 유저가 아닌 게임 내 몬스터나 NPC, 소환수 등은 달랐다.

그들에게 지능은 마법 공격력, 마나, 마나 회복량 등의 전투 스텟 상승 효과 외에도 AI에 결정적인 영향을 끼치는 요소였던 것이다.

'AI가 아무리 높아도…… 이런 솜 덩어리 같은 능력치로는 아무것도 할 수 있는 게 없을 텐데.'

카르가 팬텀의 전투 능력은, 그야말로 솜뭉치로 만든 드래곤 같은 외형에 걸맞은 그런 능력치라 할 수 있었다.

이안이 정보 창에 고정되어 있던 시선을 슬쩍 돌려 카르세우스를 응시했다.

"어떡할까, 카르세우스?"

"뭘 말인가."

"쟤, 어떻게 생각해? 쟤로 영입할까?"

"크흐음……."

잠시 두 눈을 가늘게 뜨고 뭉게구름처럼 생긴 아기 드래곤을 바라보던 카르세우스가, 결정했다는 듯 고개를 천천히 주억거렸다.

"주인."

"응?"

"재는 안 되겠다."

"음…… 왜?"

"너무 못생겼다. 왠지 내 찬란했던 어린 시절을 욕보이는 느낌이랄까?"

하지만 카르세우스의 진지한 의견에도 불구하고, 이안은 고개를 절레절레 저었다.

"아니야, 다시 생각해 보자. 그래도 고유 능력이 엄청난 녀석인 것 같아."

"싫다, 못생겼다."

"아니, 그래도……."

카르세우스가 이안을 째려봤다.

"주인!"

버럭 하는 카르세우스를 보며, 이안이 살짝 움찔했다.

"으응……?"

"주인, 그거 같다!"

알 수 없는 얘기를 하는 카르세우스를 향해, 이안이 다시

한 번 되물었다.

"그게 뭔데?"

"그…… 답정너! 주인, 주인이 답정너였다!"

생각지도 못한 카르세우스의 공격에, 이안은 당황했다.

"응?"

"'답은 정해져 있고, 넌 대답만 하면 돼!'를 방금 주인이 시전했다!"

이안은 깊은 한숨을 내쉬며 고개를 절레절레 저었다.

"그것도 빡빡이가 가르쳐 준 거냐."

카르세우스가 고개를 끄덕였다.

"처음 공부할 땐 무슨 말인지 이해하기가 힘들었는데, 방금 주인을 보고 깨달았다."

"……."

카르세우스가 슬픈 눈을 하며 이안을 응시했다.

"또 왜."

카르세우스의 말이 이어졌다.

"빡빡이가 답정너는 심각한 불치병이랬다."

"……."

"우리 주인이 불치병에 걸렸군……."

우수에 찬 눈빛으로 허공을 응시하는 카르세우스를 무시하며, 이안은 냉큼 계약서를 향해 손을 뻗었다.

그러자 카르가 팬텀의 계약서가 팔랑거리며 날아와 이안

의 손에 쥐였다.

그렇게 이안은, 생각하지도 못한 노예를 하나 얻게 되었다.

어지간한 마계 구역 하나에 가까울 정도로 넓고 거대한 도시인 분노의 도시.

그리고 그 정중앙에는 커다란 성이 하나 세워져 있었다.

그 성의 거대한 성곽들은, 울긋불긋한 화염으로 뒤덮여 있는 기이한 형상을 하고 있었는데, 악마들은 그것을 '지옥불'이라고 하였다.

"후후, 드디어 이 안으로 발을 들이게 되다니."

샤크란의 일행, 그러니까 타이탄 길드의 길드원들이 열린 성문의 안쪽으로 걸음을 내딛자, 그들 모두의 눈앞에 한 줄의 시스템 메시지가 떠올랐다.

띠링-.

-최초로 분노의 마왕성에 입장하셨습니다.

-길드 명성이 15만 만큼 증가합니다.

-개인 명성이 각 5만 만큼씩 증가합니다.

-항마력이 0.5퍼센트만큼 증가합니다.

줄줄이 떠오르는 메시지들을 보며, 샤크란은 입꼬리가 말려 올라가는 것을 감출 수 없었다.

"후후, 이번 마계 콘텐츠야말로 우리 타이탄 길드에서 완벽히 선점할 수 있겠어."

타이탄 길드원들은 지체 없이 마왕성 안쪽으로 향했다.

그 안에 연계 길드 퀘스트를 줄, 분노의 마왕이 기다리고 있을 것이다.

의기양양한 샤크란의 표정과 그에 못지않게 들떠 있는 타이탄 길드원들의 발걸음.

하지만 잠시 후, 그들의 표정은 코끼리 발에 깔린 시루떡처럼 처참히 일그러질 수밖에 없었다.

"그러니까…… 모든 클래스의 유저가 파티에 전부 하나씩 포함되어야 한다는 말입니까?"

마왕성 꼭대기에 있는 마왕 집무실.

분노의 마왕인 히키온의 앞에 샤크란이 당황한 표정으로 그를 마주보며 서 있었고, 그 뒤로 도열해 있는 다른 길드원들도 적잖이 얼빠진 표정이었다.

하지만 마왕은 느긋한 표정을 지으며 샤크란을 향해 말했다.

"그렇다네. 모든 클래스가 각각 하나씩 포함된, 총 여덟의 인원으로 이루어진 파티를 만들어 내 임무를 완수해야만 한다네.”

샤크란은 한 걸음 물러서며 헛기침을 했다.

“크흐흠!”

그로서는 당황할 수밖에 없는 퀘스트 조건이었다.

‘잘 나가다가 이게 무슨 날벼락이야?’

지금 샤크란이 진행 중인 퀘스트의 보상은, 분노의 도시 길드 관리소에 퀘스트 진행 인원의 길드를 등록할 수 있게 해 주는 것이었다.

이것은 얼핏 보았을 때, 별것 아닌 보상처럼 보일 수 있다.

하지만 도시에 정식 길드로 등록되는 순간 부여되는 추가 혜택들은 생각보다 다양하고 효과적인 것들이었다.

기본적으로 분노의 도시에 잡템을 팔거나, 도시 상점에서 뭔가를 구입할 때 붙게 되는 수수료가 대폭 감소한다.

또 분노의 도시 중앙 광장에 있는 마계 신전에서 버프를 받을 수 있게 되며, 마계 신전의 바로 옆에 있는 워프 게이트도 사용할 수 있게 된다.

물론 워프 게이트는 마계 밖의 게이트들과 연결되어 있지는 않았기 때문에 당장에 큰 효용은 없었다.

하지만 나중을 생각한다면 무척이나 유용할 것임은 분명했다.

‘그런데 이런 식으로 퀘스트가 막혀 버리다니……!’

한데, 술술 풀리던 퀘스트에서 갑자기 엉뚱한 조건이 붙어 버렸다.

퀘스트 진행시 모든 클래스가 포함된 파티를 구성하여 마왕의 과제를 해결해야 한다는 것.

이것이 지금의 타이탄 길드로서는 불가능한 조건이었던 것이다.

모든 클래스라면 신규 클래스들도 당연히 포함되는 것이기 때문이다.

'그래, 길드에 그래도 160레벨 언저리인 암살자는 있어. 흑마법사의 경우에는 170레벨도 넘은 녀석이 하나 있으니 어떻게든 마계로 데려오면 올 수는 있을 거야.'

하지만 문제는 역시 소환술사였다.

'그런데 미친……. 소환술사는 대체 어디서 구해 와야 하는 거냐고! 지금 랭킹 1위 소환술사가 165레벨인가 그러던데…… 망할!'

심지어 타이탄 길드 내에 있는 소환술사 유저 중, 가장 레벨이 높은 유저는 140레벨도 채 안 되는 것으로 알고 있었다.

140레벨이라면, 샤크란의 기준에서, 마계에 들어와 봐야 전력에 아무런 도움도 줄 수 없는 그런 터무니없이 낮은 레벨이었다.

샤크란의 머리가 지끈거리기 시작할 때, 마왕 히키온이 샤크란의 머릿속에 들어갔다 나오기라도 한 듯 한 마디를 더 던졌다.

"어쭙잖은 유저가 하나라도 포함된다면, 내 시험을 통과하는 건 거의 불가능에 가까울 거야. 난 그렇게 녹록한 마왕이 아니거든."

샤크란의 입에서 길게 한숨이 새어나왔다.

"와아……!"

"꼬마 놈, 잘한다! 조금만 더!"

"힐러들, 뭐해? 전부 흑마법사한테 힐 몰아 주라고!"

100번대 구역으로 넘어가는 길목을 막고 있는 수문장 즉, 110구역의 포털을 지키고 있는 수문장인 셀라쿠마는 스무 명의 유저들로 구성된 풀 파티를 상대하는 중이었다.

그리고 결계 바깥에는 수많은 유저들이 있었는데, 그들은 전투를 지켜보며 마치 운동경기 응원이라도 하듯 열렬히 도전자들을 응원하고 있었다.

그야 물론, 도전 파티가 셀라쿠마를 처치하는 데 성공하면 관문이 열릴 것이라는 생각 때문이었다.

그리고 그 파티를 주도하는 흑마법사가 하나 있었는데, 다름 아닌 간지훈이였다.

"카노엘 형, 광역 스킬 좀 끊어 줘!"

"오케이! 오르덴, 드래곤 피어!"

크오오오-!

훈이의 옆에는 역시 카노엘이 함께하고 있었고, 카노엘의 소환수가 된 블랙 드래곤은 어느새 제법 덩치가 자라 늠름한 모습이 되어 있었다.

-소환술사 '카노엘'의 소환수, '오르덴'이 '드래곤 피어'를 사용했습니다.

-수문장 '셀라쿠마'가 10초간 '침묵' 상태에 빠지며, 3초간 '공포' 상태가 됩니다.

-수문장 '셀라쿠마'의 생명력이 17,998만큼 감소합니다.

훈이는 쉴 새 없이 파티원들과 자신의 언데드들에게 지시를 내렸다.

"발람, 지금이야!"

-알겠다, 주인!

훈이의 곁을 항상 따라다니는 데스나이트 '발람'은 검을 높게 치켜들며 셀라쿠마를 향해 말을 달리기 시작했다.

그리고 발람의 뒤를 따라 둘의 데스나이트들이 함께 돌격했다.

훈이의 레벨과 흑마법의 숙련도가 오르면서, 어느덧 데스나이트도 세 기나 소환할 수 있게 되었던 것이다.

'후, 이놈을 잡으면 레벨 업도 하나 더 할 수 있겠지?'

훈이의 눈이 예리하게 빛났다.

셀라쿠마의 생명력 게이지 바가 빠르게 깜빡이기 시작하고 있었기 때문이었다.

'1레벨만 더 오르면 180레벨. 어쩌면 새로운 스킬이 하나 생길 수도 있어.'

공식 랭킹 목록에 이름을 올리고 있는 흑마법사 중, 가장 고 레벨의 유저가 177레벨이었다.

원래도 레벨이 높은 편이었던 훈이였지만 원래 레벨로는 흑마법사 랭킹 1위를 넘지 못했었는데, 이제는 넘어서게 된 것이다.

훈이는 광역으로 흩뿌려지는 셀라쿠마의 공격들을 요리조리 피해가며, 쉴 새 없이 손을 움직였다.

펑– 퍼퍼펑–!

그리고 훈이의 완드에서 뻗어 나간 묵빛의 광선들은 여지없이 셀라쿠마의 몸통을 뚫고 지나갔다.

–크아아오! 한낱 인간들 따위가……!

셀라쿠마는 광기에 차 있었지만, 전투의 양상은 거의 훈이 파티의 승리로 이미 기울어져 버린 듯했다.

훈이는 공격 마법이란 공격 마법은 죄다 쏘아 내며 재빨리 액티브 스킬들의 재사용 대기 시간들을 체크했다.

'크으, 역시 임모탈의 권능이 좋긴 해. 이렇게 스킬을 난사해도 어둠 마력이 마르질 않네.'

그와 동시에 그는 언데드들을 컨트롤하며 엄청난 멀티태스킹 능력을 보여 주었다.

관중들은 그런 훈이의 능력을 보며 크게 감탄했다.

"오오……! 저 꼬마 누구야? 엄청나잖아!"

"그러게, 흑마법사 랭킹 목록에 저런 꼬마는 없었던 것 같은데!"

"아니야, 그럴 리가 없어. 여기 이 녀석이 흑마법사 랭킹 20위인데, 저 녀석이 얘보다 두 배는 강력한 것 같아!"

"야 씨, 두 배라니! 그 정돈 아니잖아!"

그렇게 십여 분 정도가 더 지났을까.

–캬아아오오!

셀라쿠마가 쉴 새 없이 쏟아지는 공격들을 광역 쉴드로 막아 내며 한 손을 높게 치켜들었다.

그리고 그것을 본 훈이의 두 눈이 빛났다.

'이거다! 이것만 제대로 튕겨 내면 이 전투는 끝이야!'

훈이가 셀라쿠마에 도전하는 것은 처음이었지만, 110구역에 일주일 정도 머물면서 그에게 도전하는 다른 유저들의 전투는 수도 없이 보아왔다.

그래서 이미 셀라쿠마의 공격 패턴을 전부 꿰고 있었던 것이다.

'와라! 제대로 타이밍 맞춰서 골로 보내 주마!'

훈이의 오른손에도 시커먼 기류가 넘실거리기 시작했다.

지금 셀라쿠마가 사용하려는 것은 그의 스킬들 중에 가장 파괴력이 강력한 것이었고, 훈이는 피해량을 되돌려 주는 스킬인 '망자의 보복'을 통해 셀라쿠마를 역으로 처치하려는 것이었다.

이것은 이안과 함께 임모탈을 상대할 때도 썼던 방법이었다.

훈이와 카노엘의 눈이 순간 마주쳤다.

"형, 알지?"

"오케이!"

둘은 이미 전투에 들어오기 전부터 말을 어느 정도 맞춰 놓은 상태였기 때문에, 눈빛 교환만으로도 각자의 역할을 이해할 수 있었다.

"용용아, 지금이야!"

"크르릉!"

카노엘의 명령과 동시에 그의 소환수인 레드 드레이크 용용이가 날개를 펼치며 셀라쿠마를 향해 뛰어들었다.

-크아아아아!

용용이를 발견한 셀라쿠마의 손에서 시뻘건 광선이 뿜어져 나왔다.

콰아아!

그리고 그 순간, 훈이의 손에서 쏘아진 어둠의 기류가 용용이를 휘감았다.

"망자의 보복!"

쾅- 콰콰쾅-!

붉은 광선과 어둠의 기류가 마치 허공에서 만나는 듯한 착각이 들 정도로 기가 막힌 타이밍이었다.

당연하겠지만, 붉은 광선은 다시 왔던 길을 되돌아가 셀라쿠마의 심장을 꿰뚫었다.

–크악– 크아악!

그리고 자신의 손에서 뿜어져 나온 광선에 격중당한 셀라쿠마는, 그대로 모든 생명력이 소진되고 말았다.

털썩– 쿠웅–!

셀라쿠마의 거구가 바닥에 무너져 내렸다.

"와아아!"

"와아! 꼬마 놈, 멋지다!"

"잘생겼다!"

동시에 관중들의 환호성이 터져 나왔다.

"아자잣!"

훈이는 두 주먹을 불끈 쥐며 씨익 웃었고, 카노엘이 뛰어와 훈이를 와락 껴안았다.

"이야, 훈이 너 진짜 엄청났어!"

훈이는 카노엘이 내민 주먹에 자신의 주먹을 맞부딪치며 거만한 표정으로 씨익 웃었다.

"난 우주 최강 흑마법사니까."

훈이와 일행들은 서로에게 수고의 말을 건넨 뒤 109구역으로 향하는 포털로 걸음을 옮겼다.

그리고 그들이 사라지자 결계가 해제되며 109구역으로 가는 길목이 오픈되었고, 기다렸다는 듯 수많은 유저들이 그 안으로 물 밀 듯 쏟아져 들어갔다.

훈이는 포털을 타며 생각했다.

'이안형을 비롯해서 몇몇 랭커들은 이미 100구역까지 들어간 걸로 알고 있는데…… 그럼 왜 아직까지 110구역의 수문장이 남아 있었던 거지? 120구역처럼 한번 사라졌다가 다시 생긴 건가?'

훈이는 알 수 없었지만, 마지막에 훈이가 시전한 망자의 보복만 아니었더라면 훈이 일행도 셀라쿠마를 처치하지 않고 109구역으로 넘어가게 되었을 것이었다.

단지 한 번에 너무 강력한 대미지가 들어와서 셀라쿠마가 전투를 중단시킬 겨를도 없이 사망해 버린 것이었다.

덕분에 수많은 유저들이 이득을 보게 된 셈이었다.

'뭐, 아무래도 상관없지. 일단 이안 형이나 찾아야겠어.'

이안을 떠올린 훈이의 경쟁심이 다시금 불타오르기 시작했다.

"주인, 우리 지금 어디로 가는 거냐?"

"107구역으로 간다."

"거긴 왜 가는 건데?"

"알 거 없어, 인마!"

이안은 지금 무척이나 기분이 언짢은 상태였다.

'아오 씨! 고집 부리지 말고 카르세우스의 말을 들었어야 했는데……!'

그리고 그 이유는 지금 이안의 뒤에 둥둥 떠 있는 새로운 식구인 '카카' 때문이었다.

카카는 이안이 새로 얻은 노예인 카르가 팬텀의 이름이었다.

'부가 옵션이란 옵션은 다 달려 있는데 메인 옵션이 이 모양이면 어떻게 하자는 거냐고……!'

이안은 카카와 계약하자마자 즉시 블라인드 처리되어 있던 고유 능력들을 확인했고, 그 즉시 실망할 수밖에 없었다.

카카의 고유 능력들은 다음과 같았다.

어둠의 후예 (종족 고유)(종족 특화)(강화 능력)

어둠의 후예인 카르가 팬텀은, 빛 속성의 공격을 제외한 모든 공격에 면역력을 가지고 있습니다. 하지만 빛 속성의 공격에는 쉰 배 만큼의 피해를 입습니다.

욕심 많은 몽마夢魔 (희귀 능력)

—몽마는 꿈속에서 일어났던 일들을 현실화시킬 수 있는 능력을 가진 마귀이다.

욕심 많은 몽마인 카카는, 꿈을 꿀 때마다 꿈속에서 희귀한 물건을 하나씩 가지고 나타날 것이다.

봉인되어 있는 능력 (종족 고유)(종족 특화)(진화 능력)(강화 능력)

–알 수 없음
(각성하기 전에는 사용할 수 없는 능력입니다.)

'후우, 어떻게 써먹을 수 있는 능력이 하나도 없냐고.'

첫 번째 고유 능력인 '어둠의 후예'는 다크팬텀이 가지고 있다는 능력과 비슷한 것이었다.

다크팬텀은 신성력과 마기를 제외한 모든 공격에 대해 모두 면역인 데 반해 이 녀석은 신성력에만 피해를 입는다는 이야기였으니, 여기까지만 보면 오히려 더 좋은 수준이었다.

하지만 문제는, 뒤에 붙어 있는 '빛 속성의 공격에 쉰 배만큼의 피해를 입습니다.'라는 부분이었다.

'제기랄! 이건 뭐 눈앞에다 대고 꼬마 전구만 켜도 사망하겠네!'

카일란에서 빛 속성의 공격은, 언데드를 제외하고는 거의 대미지를 입히지 못한다.

사실 그렇기에 다크팬텀의 패시브가 의미가 있었던 것이다.

'마기는 어차피 발동률 자체가 엄청나게 낮고, 마계가 아니면 가지고 있는 적들도 없을 테니까. 또, 다크팬텀은 언데드가 아니고, 그렇다면 빛 속성의 공격에 별로 피해를 입지 않았을 테지.'

사제들의 최상위 광역 공격 스킬인 '빛의 영역'조차 언데드가 아닌 이들에게는 2천의 대미지도 입히기 힘들다는 것을 생각한다면, 빛 속성의 공격은 사실상 무시해도 되는 수준이었다.

하지만 쉰 배라면 이야기가 달라진다.

'사제들이 전직 하자마자 배우는 홀리라이트 기본 대미지가 50으로 알고 있는데……. 그거 맞아도 앤 한 방에 죽는 거잖아.'

'카카'의 현재 최대 생명력은 2,300정도.

대미지 50짜리 홀리라이트는 쉰 배 뻥튀기된 대미지로 들어올 것이고, 2,500의 피해를 입은 카카는 그대로 사망하게 될 것이다.

이안의 입에서 한숨이 길게 새어 나왔다.

'후우…….'

게다가 두 번째 고유 능력은 더욱 문제였다.

처음에는 두 번째 고유 능력에 어느 정도 기대감이 있었던 이안이지만, 단 한 차례의 대화로 그 기대도 무참히 짓밟히고 말았다.

"카카."

"왜 불러, 주인?"

"너 근데 잠은 언제 자냐?"

"왜?"

"너 고유 능력 중에 '욕심 많은 몽마'라는 능력 있잖아. 그거 쓰려면 자야 되니까 물어보는 거지. 자고 일어나면 아이

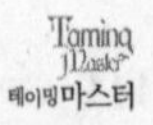

템 하나 생기는 거 아니야?"

"음…… 저기, 주인아."

"응?"

"나 자는 방법 모른다."

"……?"

"우리 어둠의 일족은 잠을 자지 않아. 난 3천년 동안 자 본 적이 한 번도 없어."

"헐……."

"나도 잠이라는 걸 한번 자 보고 싶다. 그거 되게 좋다던데."

"……."

이러니 이안이 열불이 나지 않을 수 있겠는가?

그야말로 당장 쓸모 있는 부분이 단 하나도 없는, 관상용 솜뭉치를 데려온 것이었다.

"야, 카카."

"왜 부르냐, 주인?"

"너 대체 몽마 능력은 왜 갖고 있는 거냐?"

"모르겠다, 주인. 나도 알고 싶다."

"으으……."

하지만 카카는 이안에게만 외면받는 존재였지, 그를 제외한 나머지 일행들에게는 인기 만점이었다.

특히 카카를 보는 세리아의 두 눈에는 하트가 한가득 담겨 있는 착각이 들 정도였다.

"어머, 얘 날개 움직이는 것 좀 봐요! 너무 귀엽잖아! 배도 볼록한 게 완전 내 스타일이야!"

카이자르마저 카카의 귀여운 매력에 흠뻑 빠졌다.

"흠흠, 그렇군. 자세히 보니 날갯짓을 한 번 할 때마다 배도 아래위로 움직이는데?"

다들 이안의 뒤에 둥둥 떠 있는 카카를 관찰하기에 여념이 없었다.

"그런데 대체 재는 어떻게 날아다니는 거지? 저렇게 작은 날개를 저리 느릿느릿하게 움직이는데…… 허공에 어떻게 떠 있는 거야?"

카르세우스의 궁금증을 들은 카카가 순간 뒤로 고개를 홱 돌리더니, 아예 날갯짓을 멈추고는 대답했다.

"난 원래 그냥 날 수 있어."

"…… 날개는 그냥 폼이었구나."

세리아가 두 눈으로 하트를 발사하며 또다시 감탄사를 내질렀다.

"어머, 어떡해! 완전 귀여워!"

카카가 세리아를 째려보며 경고했다.

"난 귀엽다는 말이 제일 싫다. 앞으로 조심해 줬으면 좋겠어!"

하지만 그런 것이 통할 리가 없었다.

다섯 살짜리 꼬마가 저런 대사를 했다고 생각해 보라. 얼마나 귀엽겠는가.

카카가 세리아를 향해 오만상을 찌푸렸다.

"이익……!"

그리고 그 광경을 슬쩍 돌아본 이안만이 고개를 절레절레 저으며 터덜터덜 걸음을 옮겼다.

"휴우…… 갑자기 암세포가 자라나는 것 같아."

어쨌든 새로운 활력소(?)를 얻게 된 이안 일행은 빠르게 107구역을 향해 움직였다.

한층 강력해진 전력 때문인지, 반나절도 채 지나지 않아 107구역에 도착할 수 있었다.

그리고 107구역 안에서 어렵지 않게 세르비안의 연구소를 찾은 이안이, 입꼬리를 씨익 말아 올렸다.

'어쨌든 듀얼 클래스만큼은 누구보다 빨리 얻을 수 있겠어.'

연구소를 향해 저벅저벅 걸어간 이안이, 힘차게 연구소의 문을 열어젖혔다.

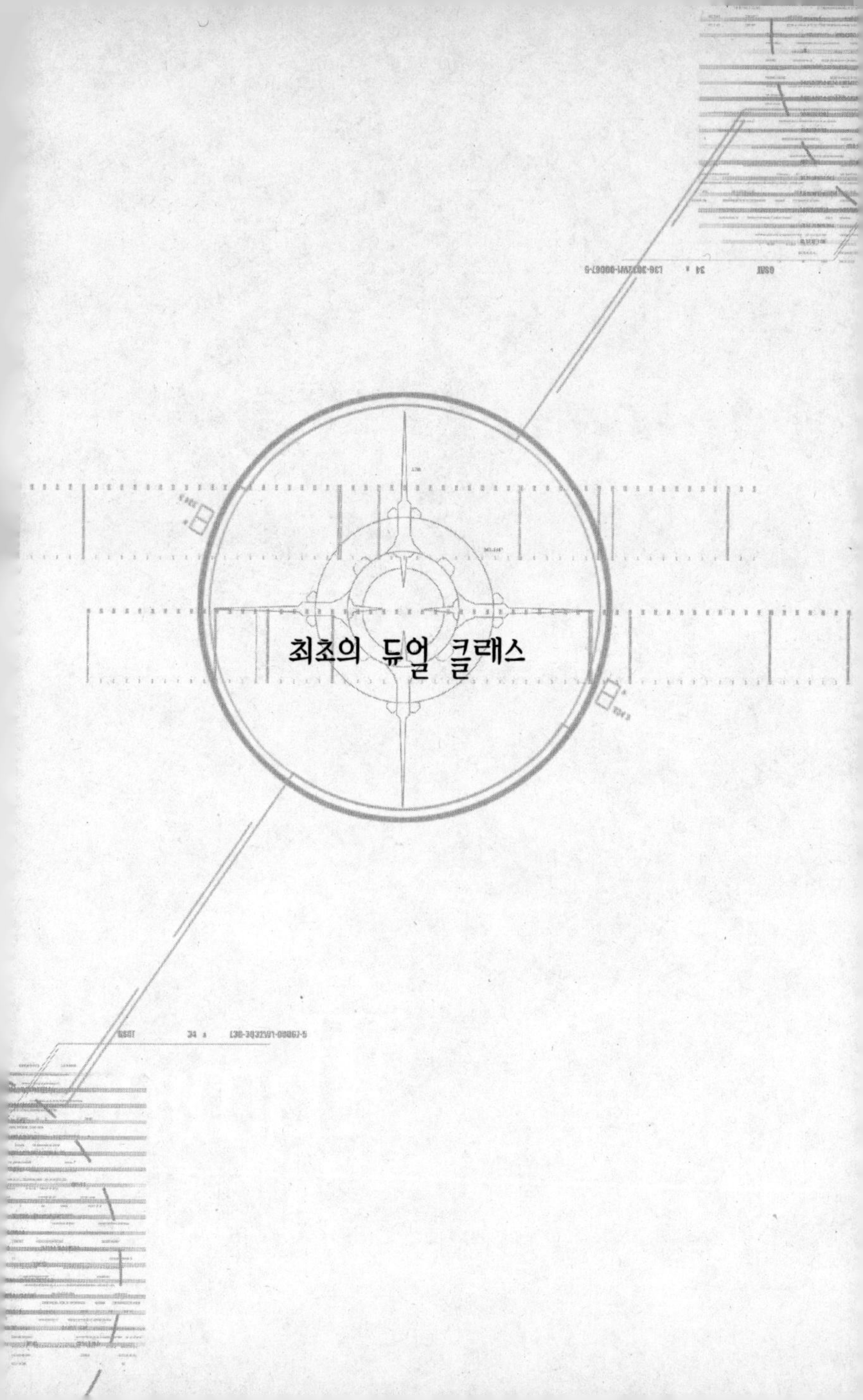

최초의 듀얼 클래스

Taming
Master

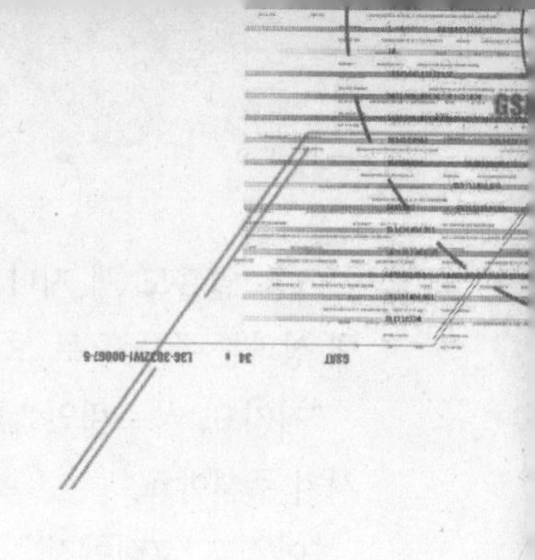

이안이 돌아오기까지 몇 달을 예상했던 세르비안은, 이안을 발견하자마자 벙 찐 표정이 될 수밖에 없었다.

"이런…… 괴물 같은 놈!"

세르비안은 이안을 보자마자 그가 반인반마가 되는 데 성공했으며, 심지어 상급 마족의 수준까지 한 번에 도달했다는 걸 알 수 있었기 때문이었다.

이안이 씨익 웃으며 대꾸했다.

"오랜만에 보는데 인사가 너무 과격한 거 아닙니까?"

하지만 사실, 세르비안의 반응은 오히려 담백하다고 할 수 있었다.

너무 놀라서 두 눈만 껌뻑거리고 있었으니까.

그는 열흘도 채 지나지 않은 짧은 시간 동안 이안이 이뤄낸 성과를 두 눈으로 보고도 믿을 수가 없었다.

"저기요, 세르비안 님? 왜 말씀이 없으세요? 이제 저 전직시켜 주셔야죠."

"어? 그, 그래야지."

이안의 재촉에 겨우 정신을 차린 세르비안이 다시 말을 이었다.

"그런데 미안해서 어쩌나……."

"네?"

미안해서 어쩌냐는 말에 이안은 잠시 불길함을 느꼈지만, 곧 안도의 한숨을 쉴 수 있었다.

"자네가 이렇게 빨리 돌아올 줄 몰라서, 아직 내 연구실이 준비가 덜 되었다네."

"아, 뭐 그런 거라면야. 그런데 얼마나 기다려야 하죠?"

세르비안은 쓴웃음을 지으며 말을 이었다.

"글쎄…… 못해도 일주일 정도는 더 걸리지 싶어."

이안의 표정이 살짝 구겨졌다.

'일주일? 일주일이나 기다리라고? 그럴 순 없지. 그 때가 되면 최초 듀얼 클래스 타이틀을 뺏길지도 모르잖아?'

마음이 조급해진 이안이 재차 말했다.

"혹시, 제가 세르비안 님을 도우면 좀 더 일찍 일을 마칠 수 있을까요?"

이안의 말에 세르비안이 반색하며 대답했다.

"오, 자네가 도와준다면야 나야 너무 고맙지."

그리고 이안이 뭐라 대답하기도 전에 불쑥 허공으로 퀘스트 창이 떠올랐다.

띠링-.

마수 연성술의 시작 Ⅲ (히든)(연계)

엘프 최초의 반마이자, 소환마인 세르비안은, 당신의 실력과 자질에 무척이나 감탄했다.

그렇기 때문에 그는 빠른 시일 내로 당신을 자신의 제자로 삼고 싶어 한다.

하지만 당신이 너무 빨리 과제를 달성해 온 탓에 아직 준비가 덜 되었다.

세르비안의 연구실을 복원하는데 힘을 보태어 가능한 빨리 복원을 마무리 짓도록 하자.

퀘스트 난이도 : S

퀘스트 조건 : 세르비안의 두 번째 시험을 통과한 유저.

'반인반마'이자 소환술사인 유저.

제한 시간 : 없음

보상 : 카오스 스톤 x20, 하급 연마석 x20

*퀘스트 성공시, 소환마-召喚魔(마수 연성술사)로 전직할 수 있는 기회를 얻습니다.

퀘스트를 수락하시겠습니까?

물론 이안은 곧바로 퀘스트를 수락했고, 일분일초가 아깝다는 듯 재빨리 세르비안을 향해 물었다.

"그럼 제가 해야 할 일은 뭐죠?"

"아니, 자네 뭐 이리 마음이 급해?"

"아 됐고, 빨리 얘기 좀 해 줘요."

"으음……. 그렇다면 일단 하급 마수인 슈플리의 깃털을 일흔 개만 좀 구해다 줄 수 있겠나?"

세르비안의 말이 끝나자마자 퀘스트 메시지가 한 줄 떠올랐다.

띠링-.

-퀘스트- 슈플리의 깃털 채집 : 0/70

메시지를 보자마자 뒤돌아 나가려던 이안은, 다시 고개를 돌려 세르비안을 향해 말했다.

"한 번에 필요한 거 전부 다 불러 봐요. 왔다갔다 않고 한 번에 전부 구해 오게."

세르비안은 조금 당황했는지, 이마에 땀을 삐질삐질 흘리며 천천히 읊기 시작했다.

"그, 그래? 그렇다면……."

그리고 이안의 눈앞에 연달아 퀘스트 메시지가 떠오르기 시작했다.

-퀘스트 : 비거의 어금니 채집 (0/35)

-퀘스트 : 카트로의 발톱 채집 (0/95)

메시지를 전부 확인한 이안은 뒤도 돌아보지 않고 연구실을 다시 나섰다.

세르비안은 그런 그의 뒷모습을 보며 고개를 절레절레 저을 수밖에 없었다.

"종잡을 수 없는 녀석이구먼."

그리고 그의 입꼬리가 슬쩍 말려 올라갔다.

"하지만 마음에 든단 말이지."

세르비안도 걸음을 돌려 작업실로 들어갔다.

괴물 같은 녀석이 또 순식간에 과제를 전부 달성해서 돌아올 게 분명하니, 최대한 빨리 다른 일들을 마무리해 놓아야 했다.

"세일론."

"예, 마스터."

"이거 도저히 안 되는 걸까?"

"그걸 제게 물어보시면……."

마왕의 시험에 세 번이나 연속으로 실패한 타이탄 길드의 파티는 침울한 분위기였다.

나름 길드 내에서 각 클래스별로 가장 뛰어난 유저들만 모아서 퀘스트 진행에 나섰으나, 정말 턱도 없이 무참히 실패한 것이었다.

"아오, 진짜! 어떻게 될 것도 같은데!"

샤크란이 신규 클래스 유저들을 한번 둘러보고는 한숨을

푹 쉬었다.

처음에 걱정했던 소환술사를 제외하고도, 흑마법사 유저나 암살자 유저 또한 거대한 구멍이었기 때문이었다.

'그동안 무조건 전투력 높은 고레벨 유저들만 영입하다 보니까 상대적으로 신규 클래스 전력 모집을 너무 등한시한 것 같아.'

신규 클래스 유저들의 레벨이 낮은 것만이 문제가 아니었다.

레벨은 다들 그래도 나름대로 그 클래스 내에서는 높은 유저들이었는데, 실력이 너무 형편없었던 것이다.

카일란은 레벨이 같더라도 컨트롤 능력에 따라 그 전투력이 천차만별이었기 때문에, 사태는 더욱 심각했다.

'후우, 어떻게 해야 한담…….'

사실 이미 답은 알고 있었다.

퀘스트 구성원을 타이탄 길드 유저들로만 하는 것이 아니라, 다른 길드의 유저들도 파티에 받아서 각 클래스별로 최상의 전력을 가지고 트라이하면 될 것이었다.

하지만 그럼에도 불구하고, 샤크란은 아직 포기할 수 없었다.

'어떻게 얻은 길드 퀘스트인데……! 이걸 다른 길드들과 나눠 가질 순 없지!'

샤크란은 주먹을 불끈 쥐며 벌떡 일어났다.

"세일론, 좀만 더 해 보자."

세일론이 한숨을 푹 쉬며 대답했다.

"너무 어려운데 말입니다……."

"그래도, 다른 길드를 끼우는 건 절대로 안 돼!"

"그거야 저도 그러고 싶죠."

"하다가 정 안 되면 신규 클래스 랭커 유저 중에 길드가 없는 유저들이라도 영입해서 진행해 보자고."

그런데 샤크란의 마지막 말을 듣는 순간, 세일론이 자리에서 벌떡 일어났다.

"아, 마스터, 저 갑자기 생각난 게 하나 있습니다!"

"뭔데?"

"바로 어제였나? 길드 정보통을 통해서 재밌는 소식을 하나 들었었거든요."

"……?"

세일론이 씨익 웃으며 말을 이었다.

"110구역의 마계 수문장이 처치됐는데, 그 처치에 성공한 파티의 주역이 흑마법사 유저였다는 얘기가 있습니다. 게다가 그는, 어느 길드 소속도 아니라고 하더군요."

"정말이냐?"

세일론은 고개를 끄덕였고, 샤크란의 입가에는 함박웃음이 맺혔다.

"당장 영입 추진해!"

이안은 무려 하루 만에, 세르비안이 내준 과제들을 모조리 완수하고 돌아왔다.

그리고 세르비안의 입이 쩍 벌어졌음은 물론이었다.

"이제는 더 놀랄 게 없을 것이라고 생각했는데……."

잠도 제대로 자지 못하고 퀘스트를 수행하기 위해 끝없이 마수들을 사냥한 이안은, 퀭한 눈을 하고 있었다.

'아씨, 졸려 죽겠네. 그래도 듀얼 클래스로 전직에 성공했다는 메시지를 확인하기 전까지는, 편히 눈 감을 수 없지!'

듀얼 클래스를 향한 이안의 의지는 그 무엇으로도 막을 수 없었다.

"후우, 어쨌든 이제 정말 끝난 거죠?"

이안의 눈빛을 보고 움찔한 세르비안은 황급히 고개를 끄덕였다.

여기서 뭔가 더 퀘스트를 줬다가는, 들고 있는 창으로 자신의 몸을 난도질할 수도 있겠다는 생각이 들었다.

"그, 그렇다네. 수고했어, 이안! 자네는 정말 대단해!"

그리고 이안이 그토록 기다려 왔던 메시지가 눈앞에 주르륵 펼쳐졌다.

띠링-!

-마수 연성술의 시작 III (히든)(연계) 퀘스트를 성공적으로 클리어하셨

습니다!

—클리어 등급 : SSS

—명성치를 85,000만큼 획득하셨습니다.

—'카오스 스톤' 아이템을 20개만큼 획득하셨습니다.

—'하급 연마석' 아이템을 20개만큼 획득하셨습니다.

—반마, '세르비안'이 당신에게 '소환마-召喚魔(마수 연성술사)' 클래스로의 전직을 제안합니다.

—'소환마-召喚魔(마수 연성술사)' 클래스는 마계에서만 얻을 수 있는 듀얼 클래스입니다.

—듀얼 클래스는 본래 가지고 있던 클래스를 유지하면서 동시에 전직할 수 있기 때문에, 기존 클래스에는 아무런 영향을 끼치지 않습니다.

—'소환마-召喚魔(마수 연성술사)' 클래스로 전직하시겠습니까?

세르비안과 이안의 눈이 마주쳤다.

"내게 마수 연성술을 한번 배워 보겠는가?"

이안의 얼굴에 함박웃음이 떠올랐다.

"오케이, 당연하죠! 바로 전직하겠습니다!"

"잘 생각했네. 자네는 분명 훌륭한 연성술사가 될 수 있을 게야."

이어서 그토록 보기 위해 노력했던 메시지들이 이안의 눈앞에 나타났다.

—'소환마-召喚魔(마수 연성술사)'로의 전직에 성공하셨습니다!

—최초로 듀얼 클래스를 얻는 데 성공하셨습니다!

—지금부터 일주일간, 모든 듀얼 클래스 스킬의 숙련도가 한 배 반만큼 빠르게 증가합니다.

—명성을 20만 만큼 획득하셨습니다.

—'알 수 없는 마수의 알' 아이템을 획득하셨습니다.

"휴우, 난이도가 생각보다 크게 어렵지는 않네. 마지막 단계까지 클리어했는데 생각보다 수월했어."

레미르는 양손으로 흡수되는 붉은 구슬을 보며 중얼거렸다.

그리고 그런 그의 앞에 둥실둥실 떠 있던 카산드라가 고개를 끄덕이며 레미르에게 말했다.

—확실히 네 능력이 뛰어나긴 해, 레미르. 악마의 시험을 마지막 단계까지 이렇게 쉽게 클리어할 줄은 몰랐어. 비록 악마의 순혈 자체가 평마족의 것이었다고는 해도 말이야.

레미르는 발밑에서 일렁이는 붉은 기운을 보며 고개를 끄덕였다.

"하지만 아쉬워. 네 말에 의하면 악마의 순혈이 상급 마족의 것이었다면, 한 번에 상급 마족의 등급을 얻을 수도 있었던 거잖아."

카산드라가 고개를 끄덕였다.

—그건 그렇지. 하지만 상급 마족의 순혈을 네가 어디서 구할 수 있겠

어? 지금 네가 해낸 정도가 거의 최상일 거야. 게다가 넌, 마지막 시험 상대까지 압도적인 차이로 처치했기 때문에 평마족 등급 안에서도 엄청나게 높은 판정을 받았고.

"그런 거야?"

—응. 반마가 되자마자 마기가 1만이니까…… 앞으로 5천만 더 모으면 상급 마족이 될 수 있어.

그제야 레미르는 만족스러운 표정이 되었다.

"그렇군. 그렇다면 얼른 상급 마족이 되어야겠어."

—그전에 듀얼 클래스부터 얻는 게 좋지 않을까? 아마 듀얼 클래스를 얻는다면 네 사냥 속도도 지금보다 한 배 반은 더 빨라질걸?

레미르의 붉은 입술에 슬쩍 미소가 얹혔다.

"그래야겠지?"

하지만 그녀의 그 미소는, 곧바로 사라질 수밖에 없었다.

물론 그 이유는, 마계 전역에 떠오른 한 줄의 월드 메시지 때문이었다.

—유저, '이안'이 최초로 듀얼 클래스를 얻는 데 성공하셨습니다!

레미르의 고운 얼굴이, 와락 일그러졌다.

최초로 듀얼 클래스를 얻는 데 성공한 이안은, 클래스에 대해 살펴볼 겨를조차 없이 곧바로 접속을 종료하고 취침에

들어갔다.

세르비안의 과제들을 빠른 시간 내에 전부 다 해내느라 잠을 제대로 자지 못했기 때문이었다.

하지만 그 와중에도 이안이 잊지 않은 것이 있었으니, 그것은 바로 테이밍 마스터 클래스의 티어가 올라가면서 얻은 히든 스킬인 '교감 Ⅰ' 스킬이었다.

교감 스킬은 바로 이안이 접속 종료한 동안에도 소환수들에게 사냥을 시킬 수 있는 무시무시한 스킬이었다.

이 때문에 최근 이안의 소환수들은, 정말 죽을 맛이었다.

"크허어엉, 주인은 쉬면서 왜 우리는 사냥하라고 시키는 거냐!"

"딱 5시간만 더 사냥하고 돌아가서 쉬어. 나도 안 쉬고 사냥하고 싶은데, 눈이 감겨서 어쩔 수가 없네."

"으어! 주인아, 우리도 졸립다……!"

"나 나갔다 들어오면 쉬게 해 줄게."

"거짓말!"

이안은 마치 바람난 마누라를 내쫓기라도 하듯, 소환수들을 죄다 연구소 바깥으로 내쫓은 뒤 접속을 종료했다.

그리고 이안의 소환수들은, 울며 겨자 먹기로 연구소 앞마당의 마수들을 사냥하기 시작했다.

"흐어엉, 주인 나쁘다. 밉다!"

빡빡이의 불평에 카르세우스가 동조했다.

"맞다, 주인 놈은 변태가 분명하다."

꾸룩- 꾸꾹-!

말을 하지 못하는 핀도 강력하게 항의했으며…….

크릉- 크르릉-!

할리 또한 울상을 짓고 있었다.

다만 묵묵히 사냥 중인 유일한 소환수가 하나 있었으니…….

"크르르, 난 주인을 정말 잘 만난 것 같다. 크큭."

바로 사냥 중독에 빠진 펜리르의 제왕, 라이였다.

빡빡이가 질린 표정을 지었다.

"라이가 이상하다, 카르세우스."

빡빡이의 말에, 카르세우스가 고개를 끄덕였다.

"나도 그렇게 생각한다. 어쩌면 주인 놈의 또 다른 자아가 라이에게 들어가 있는 것 같기도 하군."

"그래도 라이가 있으니 우리가 좀 놀아도 돼서 좋긴 하다."

"맞다. 우린 라이에게 고마워해야 해."

덕분에 빡빡이와 핀은 설렁설렁 라이를 도와 가며 사냥을 할 수 있었다.

그리고 할리가 열심히 모아 온 하급 마수들을 향해, 카르세우스가 브레스를 뿜어내었다.

화르륵-!

불평이 많긴 했지만, 이안의 소환수들은 이안 없이도 나름

체계적인 사냥을 하고 있었다.

소환수들은 그동안의 이안과의 사냥 방식이 몸에 배어 있었기에, 따로 생각지 않아도 각자의 역할에 따라 움직이고 있었던 것이다.

그런데, 이안의 소환수들과 달리, 그들이 이렇게 근무시간 외 노동에 투입되자 신난 이들이 따로 있었다.

"크으, 영주 놈은 정말 대단하다."

바로 카이자르를 비롯한 이안의 가신들이었다.

가신들은 따로 소환하거나 하는 개념이 아니었기 때문에, 이안이 없을 때도 항상 사냥을 해 왔었던 것이다.

그들은 동지가 생긴 것이 무척이나 기뻤다.

"와아, 우리끼리 사냥할 땐 내 치유술을 쓸 대상이 부족해서 아쉬웠는데 잘됐어요."

원래부터 이안의 소환수들을 좋아하던 세리아부터…….

"으음, 확실히 빡빡이가 앞에서 버텨 주면 전투가 한결 수월하지!"

평소에는 말수도 별로 없던 폴린까지, 소환수들의 합류를 무척이나 기뻐했다.

그런데 그 슬픈 야근의 현장을 지켜보는 한 쌍의 눈빛이 있었다.

'뿍……! 역시 돌아가면 안 되겠뿍!'

그 시선의 주인공은, 바로 이안과 친구들이 그리워 근처에

까지 돌아왔던 불량거북 뿍뿍이였다.

'역시 주인은 무섭뿍! 이제 자기가 없을 때도 일을 시키고 있뿍!'

뿍뿍이는 다시 걸음을 돌렸다.

친구들이 저렇게 힘든 노역에 시달리고 있는데 자신만 편하게 지내는 것 같아 약간의 양심의 가책이 느껴지기도 했지만, 그렇다고 돌아갈 수는 없었다.

'뿍……! 나는 저기 끼어 봤자 도움도 안 될 거다뿍. 얼른 약초를 더 먹고 강해져서 빡빡이보다 멋진 거북이 된 후에 돌아가겠뿍!'

뿍뿍이가 걸을 때마다 아래위로 흔들거리는 그의 등껍질이, 어둠 속으로 조용히 사라졌다.

오랜만에 10시간도 넘게 푹 숙면을 취하고 돌아온 이안은, 게임에 접속하자마자 직업 정보 창을 열었다.

원래는 접속하면 항상 말동무를 해 줄 수 있는 카르세우스를 소환하곤 했지만, 그에게도 조금 더 휴식을 주기로 했다.

'다시 사냥 나갈 때까진 푹 쉬게 해 줘야지.'

고생한 소환수들을 향한, 이안 나름의 배려였다.

사실 그렇다고 하기 보단, 친밀도가 떨어지면 교감 스킬을 사용할 수 없기 때문에 어느 정도 소환수들의 눈치를 보는 것뿐이었다.

'자, 듀얼 클래스의 정보 창이나 열어 볼까?'

이안은 직업 정보 창의 '테이밍 마스터'라고 쓰인 바로 아래 부분에, '마수 연성술사' 창이 생긴 것을 보며 뿌듯한 미소를 지었다.

소환마-召喚魔(마수 연성술사)

직업 분류 : 마계 듀얼 클래스 **직업 등급 : 히든 클래스**

직업 숙련도 : 초급 (0퍼센트)

직업 관련 능력치 목록

1. 마기 - 마수를 통제하는 데 필요하다. 높은 등급의 마수를 보다 많이 소환하기 위해서는 막대한 양의 마기가 필요하다.
2. 마수 친화력 - 높은 등급의 마수를 포획하기 위해 필요하다.
3. 손재주 - 마수 연성의 성공률과 관련이 있다.

보유 중인 직업 관련 스킬 목록

1. 마수 소환술 (상세 정보 열기)
2. 정신 집중 (상세 정보 열기)
3. 마수 연성술 (상세 정보 열기)
4. 마수 분해술 (상세 정보 열기)

엘프 최초의 반마이자, 소환마인 세르비안이 수백 년간의 노력 끝에 만들어낸 히든 클래스이다.

세르비안은 금단의 비술인 '마수 연성술'을 개발했으며, 그를 통해 엄청나게 강력한 마수들을 만들어 내었다.

마수 연성술을 마스터한다면, 상상하기 힘들 정도로 강력한 마수를 만들어 낼 수 있을 것이다.

정보 창에서 이안의 눈에 가장 먼저 들어온 부분은, 역시

'직업 관련 능력치'였다.

'소환마 클래스에서는, 통솔력 대신에 마기가 쓰이는구나.'

소환술사는 높은 등급의 소환수를 많이 소환하기 위해 '통솔력' 능력치가 필요하다.

그리고 듀얼 클래스인 소환마에게 통솔력과 같은 역할을 하는 것이 마기인 셈이었다.

하지만 마기는 마나처럼 소모되는 능력치가 아니기 때문에, 마수를 소환한다고 해서 마기의 고정 대미지가 줄어드는 것은 아니다.

'마수 친화력은 원래 가지고 있던 친화력 스텟의 마계 버전이라고 생각하면 될 것 같고…….'

이안은 마수 친화력 바로 아래 떠 있는 손재주 능력치를 확인하고는 한숨을 푹 쉬었다.

'으으, 나 손재주 젬병인데, 마수 연성술에도 손재주 스텟이 필요한 거였어?'

현재 이안의 손재주 스텟은 500이 조금 넘는 정도였다.

이것도 그동안 소환수 전용 아이템들을 지속적으로 제작하면서 제법 많이 늘린 것이었지만, 아직까지 다른 스텟들에 비해 많이 부족한 수치였다.

'후우, 별수 있나. 노가다로 극복해야지.'

이안은 틈틈이 노가다를 더 열심히 해야겠다고 다짐하며, 이번에는 스킬 목록을 살펴보았다.

"음? 마수 소환술이야, 딱 봐도 뭔지 알겠고, 정신 집중은 뭐지?"

마수 소환술은 소환술사 클래스에 있는 소환술과 같은 역할을 하는 스킬일 것이었다.

그렇기에 이안은 마수 소환술을 패스하고 바로 아래 있는 정신 집중의 상세 정보를 열었다.

정신 집중

분류 : 액티브 스킬 **스킬 레벨 :** Lv 0
숙련도 : 0퍼센트
재사용 대기 시간 : 60분 **지속 시간 :** 없음
사용 조건 : 재사용 대기 시간이, 최대치의 절반 이하로 남아 있는 모든 스킬.
소환마는 정신을 집중하여 '정신 집중' 스킬을 제외한 자신의 모든 스킬과 전투 중인 소환수들의 모든 고유 능력의 재사용 대기 시간을 초기화시킬 수 있다.
정신 집중을 사용하는 즉시, 재사용 대기 시간이 절반 이하로 남은 모든 스킬이 활성화 상태가 된다.
보유한 스킬들의 남아 있는 재사용 대기 시간을 잘 고려한다면, 전투에 큰 도움이 될 수 있는 보조 스킬이다.
*스킬의 숙련도가 올라가면, 정신 집중의 재사용 대기 시간이 조금씩 줄어든다.
*정신 집중을 사용하면, 소환마 본인은 30초간 아무런 행동도 할 수 없다. (정신 집중의 숙련도가 올라갈수록, 움직일 수 없는 시간도 줄어든다.)

'음, 이 스킬은 히든 클래스인 마수 연성술사에게만 있는 스킬이 아니고, 소환마 클래스를 듀얼 클래스로 얻은 모든

소환술사들이 갖는 스킬인가 보네.'

정신 집중 스킬을 정독한 이안은, 자신의 스킬 빌드를 머릿속에서 빠르게 한 바퀴 돌려보았다.

'확실히 유용한 스킬이야. 30초 동안 아무 행동도 할 수 없다는 게 큰 위험요소이긴 하지만…… 숙련도를 많이 올리고 나면 정말 전투에 많은 도움이 되겠어.'

모든 스킬을 가장 효율적으로 굴리는 데 도가 튼 이안에게 정신 집중은 무척이나 메리트가 있는 스킬이었다.

정신 집중에 대해 대충 파악이 끝난 이안은, 이제 그 아래에 있는 '마수 연성술' 스킬의 세부 정보를 열어 보았다.

'이 스킬이야 말로 내 히든 클래스의 존재 이유, 그 자체일 테지.'

이안의 눈앞에 마수 연성술의 스킬 정보가 떠올랐다.

마수 연성술

분류 : 액티브 스킬 **스킬 레벨 :** Lv 0

숙련도 : 0퍼센트

재사용 대기 시간 : 없음 **지속 시간 :** 없음

사용 조건 : 충성도가 50 이상인 두 마리 이상의 마수를 보유하고 있어야 한다.

마수 연성술은, 두 마리 이상의 마수를 연성하여 더 강력한 마수를 만들어 낼 수 있는 금단의 비술이다.

시전자의 손재주가 높을수록 연성된 마수가 높은 등급으로 태어날 확률이 높아지며, 마수 연성의 성공률 또한 상승한다.

기본적으로 마수 연성을 위해서는, 연성으로 태어날 마수의 본체가 될 메인 마수가 하나 필요하며, 추가로 재료가 될 하나 이상의 마수가 필요하다.
마수 연성에 성공한다면, 메인 마수를 베이스로 한층 강화된 마수를 얻을 수 있을 것이다.
*본체가 될 마수는, 항상 재료가 될 마수보다 등급이 높거나, 혹은 같아야만 한다.
*마수 연성술에 실패한다면, 재료가 될 마수는 사라진다. 하지만 본체가 될 마수는 사라지지 않는다.
*마수 연성술의 스킬 레벨은 최대 10까지 성장시킬 수 있으며, 스킬 레벨에 따라 다룰 수 있는 마수의 등급이 달라진다.
–스킬 레벨 0~1 : 최대 '중급' 등급까지의 마수 연성 가능
–스킬 레벨 2~3 : 최대 '상급' 등급까지의 마수 연성 가능
–스킬 레벨 4~5 : 최대 '영웅' 등급까지의 마수 연성 가능
–스킬 레벨 6~8 : 최대 '전설' 등급까지의 마수 연성 가능
–스킬 레벨 9~10 : 모든 등급의 마수 연성 가능

이안이 열심히 마수 연성술의 정보를 읽고 있을 때, 작업실 안쪽에서 불쑥 세르비안이 문을 열고 나왔다.
"푹 쉬고 왔는가, 이안."
이안이 고개를 끄덕였다.
"그렇습니다."
"마수 연성술에 대해 살펴보는 중인가 보군."
이안이 말없이 다시 한 번 고개를 끄덕이자, 세르비안의 말이 이어졌다.
"얼른 연성술의 숙련도를 올려야 할 거야. 숙련도가 낮은

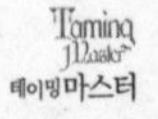

상태로는 하급 마수들조차 제대로 연성해 낼 수 없지."

마수들의 등급은 소환수와 크게 다르지 않았다.

일반과 희귀, 그리고 유일이라는 일반 소환수들의 등급 명칭만 하급, 중급, 상급으로 바뀌어 있을 뿐이라고 생각하면 이해하기 편했다.

이안이 세르비안을 향해 물었다.

"제가 정보를 확인해 보니, 0~2레벨의 스킬 레벨로도 중급 마수까지는 연성이 가능하다고 쓰여 있는데 하급 마수도 연성하기 힘들다는 건 무슨 말인가요?"

세르비안이 피식 웃으며 대답했다.

"물론 지금도 중급 마수들을 연성하는 걸 '시도'는 할 수 있겠지. 하지만 백 번이면 백 번 모두 다 실패하고 말 거야."

이안의 질문이 곧바로 이어졌다.

"실패를 하더라도 높은 등급의 마수들을 계속 연성해야 숙련도가 빨리 오르지 않을까요?"

세르비안은 고개를 절레절레 저었다.

"그렇지 않아. 연성에 실패한다면 자네의 연성술 숙련도는 조금도 오르지 않을 걸세. 물론 높은 등급의 마수를 연성하는 데 성공할수록 숙련도가 많이 오르기는 하네만…… 빠르게 숙련도를 올리고 싶다면, 초반에는 낮은 등급의 마수들을 계속 연성하는 것이 더 유리할 거야."

이안의 머릿속이 또다시 바빠졌다.

'그렇다면 지난번에 포획해 놓은 상급 마수 라키엘은 한동안 쓸 일이 없겠군.'

그리고 그런 이안을 보며, 세르비안이 진지한 표정으로 말을 이었다.

"마수 연성술사의 길은 결코 쉽지 않을 걸세. 끝없는 인내와 노력이 있어야 뛰어난 연성술사가 될 수 있어. 게다가 마법사들 못지않은 탐구 정신 또한 필요하다네. 마수 연성술이 성공하는 데는 스킬의 숙련도나 자네의 손재주도 중요한 요소로 작용하지만, 본체와 재료로 어떤 마수를 넣느냐도 엄청나게 큰 요소로 작용하기 때문이지. 아마 자네는 마수를 연구하는 데 재미를 붙여야만 할 거야."

세르비안은 이안을 겁주기 위해 한 말이었지만, 그 말을 들은 이안의 표정은 전혀 겁먹은 표정이 아니었다.

오히려 이안의 표정은 싱글벙글했다.

'연구와 탐구, 그리고 노가다라니……! 완전 내 취향이잖아!'

취향을 완벽하게 저격당한 이안의 두 눈이 더욱더 초롱초롱 빛나기 시작했다.

이안이 그 다음으로 세르비안에게 설명을 들은 것은 '마수 분해술'에 관한 내용이었다.

"마수 분해술 또한 연성술 못지않게 중요한 기술이라네. 분해술이 높아야만 분해한 마수로부터 훌륭한 재료를 얻을 수 있기 때문이지."

세르비안은 마수 분해술의 스킬 창부터 일단 띄워 놓았다.

마수 분해술

분류 : 액티브 스킬 **스킬 레벨 :** Lv 0
숙련도 : 0퍼센트
재사용 대기 시간 : 없음 **지속 시간 :** 없음
사용 조건 : 스킬 레벨에 따라 분해할 수 있는 마수의 등급이 결정된다.
(현재 분해 가능 마수 등급 : 중급 이하.)
마수 분해술은, 마수를 분해하여 연성 재료를 얻기 위해 필요한 능력이다. 기본적으로 마수 연성술은 두 마리 이상의 마수만 있으면 진행이 가능하지만, 마수 분해술로 얻은 연성 재료들을 함께 넣어야만 더 강력한 마수를 얻을 수 있기 때문에 분해술 또한 필수적인 능력이라고 할 수 있다.
분해되는 마수의 등급과 레벨, 그리고 보유한 고유 능력에 따라 얻을 수 있는 재료의 종류가 전부 달라지며, 강력한 마수를 분해할수록 더 훌륭한 재료를 얻을 수 있다.
*분해되는 마수의 등급보다 최대 2단계까지 높은 등급의 재료를 얻을 수 있으며, 분해술의 레벨과 숙련도가 높을수록 높은 등급의 재료를 얻을 확률이 높아진다.
*마수 분해술에 실패한다면, 마수가 사라짐은 물론 어떤 재료도 얻을 수 없다.
*마수 분해술의 스킬 레벨은 최대 10까지 성장시킬 수 있으며, 스킬 레벨에 따라 분해할 수 있는 마수의 등급이 달라진다.
-스킬 레벨 0~1 : 최대 '중급' 등급까지의 마수 분해 가능
-스킬 레벨 2~3 : 최대 '상급' 등급까지의 마수 분해 가능
-스킬 레벨 4~5 : 최대 '영웅' 등급까지의 마수 분해 가능
-스킬 레벨 6~8 : 최대 '전설' 등급까지의 마수 분해 가능
-스킬 레벨 9~10 : 모든 등급의 마수 분해 가능

"으음……."

연성술과 달리, 분해술은 스킬 정보만 읽어서는 제대로 감

이 잘 오지 않았다.

이안이 분해술의 정보 창을 여러 번 반복해서 읽자, 세르비안이 천천히 설명을 시작했다.

"분해술로 얻을 수 있는 아이템에는 엄청나게 많은 종류가 있다네."

"몇 종류나 되는데요?"

"그걸 다 셀 수는 없어. 나조차도 모든 종류를 알지 못하니까. 경험치 구슬이나 마정석 등, 별의별 아이템이 다 나온다네. 다만 연성술에 사용될 재료들 중 가장 대표적인 것 몇 가지에 대해 설명을 해 주도록 하지."

이안은 두 눈을 빛내며 세르비안의 다음 말을 기다렸다.

그리고 그 모습에 세르비안은 조금 질린 표정이 되었다.

'단순히 전투만 좋아하는 녀석인 줄 알았는데, 저 느끼한 표정은 뭐야?'

이안을 사냥 중독자 정도로 인식하고 있던 세르비안으로서는, 오히려 이안이 이런 이론 설명을 지루해할까 봐 걱정하고 있었다.

한데 이안의 태도가 생각했던 것과 너무 상반되니 당황한 것이었다.

"크흠, 좋은 자세야. 무튼 이야기를 시작하도록 하지."

세르비안은 분해 스킬로 얻을 수 있는 재료들 중 가장 대표적인 몇 가지에 대해 소개했다.

"일단 '마령석'이라는 아이템이 있네. 이 아이템은 분해술에 성공했을 시 어지간하면 하나 이상은 꼭 나오는 아이템이지."

"마정석이랑 이름이 비슷해서 헷갈리네요."

세르비안이 고개를 끄덕였다.

"맞아. 하지만 역할은 완전 다르다네. 쉽게 말해, 마령석은 마수 연성술을 성공시킬 확률을 높여 주는 아이템이니까."

"오오……."

쉽게 얻을 수 있는 아이템이라 해서 별 감흥 없이 듣고 있던 이안은, 마령석의 역할을 듣고는 눈이 다시 반짝였다.

연성술의 성공 확률을 높여 주는 것은 무엇보다 중요한 부분이었기 때문이었다.

"그리고 마령석에도 등급이 존재하는데, 당연히 높은 등급일수록 높여 주는 성공률 수치가 크게 증가한다네."

이안이 물었다.

"그럼 뭐, 신화 등급의 마령석 같은 걸 재료로 집어넣으면 거의 100퍼센트 확률로 연성에 성공하고 그런 건가요?"

이안의 돌발 질문에 잠시 생각하던 세르비안이 대답했다.

"음…… 꼭 그런 것만은 아니야. 성공률이 올라가는 정도가 연성술에 들어가는 마수들의 등급에 따라 상대적으로 바뀌기 때문이지."

"으음……."

"예를 들어, 영웅 등급의 마령석을 사용한다면, 아마 중급

이하의 마수를 재료로 사용한 마수 연성은 거의 100퍼센트의 확률로 성공하게 될 거야. 하지만 영웅 등급 이상의 높은 등급의 마수들을 연성할 때는, 영웅 등급의 마령석을 사용한다고 해도 높아 봐야 10~20퍼센트 정도 성공률이 오를 뿐일 걸세."

조금 복잡하긴 했지만, 이안은 곧바로 그의 말을 이해할 수 있었다.

'역시…… 그래야 밸런스가 맞지. 확률이 절대 수치로 올라가 버리면 밸런스도 깨지고 연구하는 재미도 줄어드니까.'

이안은 자타 공인 '게임 연구가'다운 생각을 하며 고개를 주억거렸고, 그런 그를 본 세르비안이 웃으며 다시 설명을 시작했다.

"그리고 다음으로 설명할 아이템은, '마수 능력석'이라는 아이템인데 이놈은 마령석과는 다르게 엄청나게 나올 확률이 낮은 아이템이야."

"마수 능력석이라……."

이안은 이번에도 역시 아이템의 이름만을 듣고는 그 용도를 파악할 수 없었다.

이안이 다시 세르비안의 말에 집중하기 시작했고, 그의 말이 이어졌다.

"마수 능력석은, 마수를 분해했을 때 1퍼센트도 채 되지 않는 낮은 확률로 드롭되는데, 해당 마수의 고유 능력 중 랜

덤으로 하나를 담고 있다네."

"고유 능력을 담고 있다는 게 무슨 말이죠?"

"그러니까…… 예를 들면, 지난번에 자네가 두들겨 패서 포획한 라키엘 기억나는가?"

이안은 고개를 끄덕였다.

꼬박 하루 종일에 걸친 혈투 끝에 겨우 잡은 녀석을 어찌 기억하지 못하겠는가.

세르비안이 다시 입을 열었다.

"리키엘은 보통 세 가지 정도의 고유 능력을 가지고 태어나는데, 그중 가장 대표적인 것이 '마력의 돌풍'이라는 고유 능력이라네."

"음, 본 것 같네요. 광역 딜링 스킬이었던 것 같아요."

세르비안이 고개를 주억거리며 말했다.

"맞아. 광역 공격 마법 스킬이지. 어쨌든 그게 중요한 것은 아니고, 자네가 만약 리키엘을 마수 분해술로 분해했을 때, 운이 좋다면 '마력의 돌풍' 능력이 담긴 능력석을 획득할 수 있게 된다는 얘기일세."

여기까지 듣고 난 이안의 두 눈이 살짝 커졌다.

'혹시 이 능력석이라는 게, 소환수에게 사용하면 고유 능력을 추가시키거나 기존의 능력과 바꿀 수 있는 그런 아이템인 건가?'

만약 그렇다면 엄청난 사기급 아이템이겠지만, 아쉽게도

그것은 아니었다.

"자네가 만약 마력 폭풍이 담긴 능력석을 얻었다고 했을 때 마수를 연성하는 과정에서 이 능력석을 사용한다면, 태어날 마수가 무척이나 높은 확률로 능력석에 담긴 스킬을 가지고 태어난다네."

"오오……."

기존의 소환수들에게 사용할 수는 없는 아이템이라 조금 아쉬웠지만, 그래도 이 정도만 하더라도 충분히 엄청난 도움이 될 아이템임이 분명했다.

이안이 세르비안에게 물었다.

"그렇다면 기본적으로 능력치가 뛰어난 마수를 베이스로 마수를 연성하고, 거기에 좋은 고유 능력이 담긴 마수 능력석을 넣어서 연성해 내는 것이 가장 베스트겠네요."

세르비안이 흡족한 표정으로 고개를 끄덕였다.

"바로 그렇지. 게다가 마수 능력석의 최대 장점은 능력석을 집어넣더라도 무작정 능력이 생기진 않는다는 것이지."

이안이 의문스러운 표정으로 질문했다.

"그게 어째서 좋은 거죠?"

세르비안이 웃으며 대답했다.

"만약 자네가 능력석으로 집어 넣은 고유 능력보다 태어날 마수가 가질 원래의 고유 능력이 더 좋다면, 능력석의 능력은 자동으로 소멸되어 버린다네. 이해가 되나?"

물론 이안은 곧바로 이해했다.

"오오, 진짜 좋네요. 리스크가 줄어드는 거군요."

"그렇지. 게다가 마수가 가지게 될 고유 능력 중에 가장 낮은 고유 능력이 사라지면서 그 자리에 능력석에 담겨 있는 능력이 들어가게 되니, 이 또한 엄청난 메리트가 아닐 수 없지."

이안과 세르비안은 쿵짝이 무척이나 잘 맞았다.

'마수에 대한 연구'라는 키워드 하나만으로, 둘은 2시간이 넘도록 계속해서 토론을 벌였다.

"크으, 세르비안 님, 마수의 세계는 엄청나게 심오하군요."

세르비안이 진지한 표정으로 고개를 끄덕였다.

"그렇다네. 후후, 이 세계를 이해할 수 있는 사람은 많지 않을 것이라 생각했는데 나는 정말 제자를 잘 만난 것 같구먼."

이안 또한 초롱초롱한 눈빛으로 대답했다.

"저도 마찬가집니다. 스승님 덕분에 좋은 것을 많이 알아갑니다."

세르비안이 씨익 웃으며 말을 이었다.

"하지만 오늘 자네가 배운 게 마수 연성술의 끝이라고 생각한다면 곤란하네. 자네의 직업 숙련도가 더욱 높아지면 기다리고 있는 새로운 스킬들이 또 많다네. 예를 들자면 '마령 무기 제작술'이라든가……."

흥미를 자극하는 새로운 스킬 이름의 등장에, 이안의 어조가 살짝 높아졌다.

"오옷, 그건 또 뭡니까?"

하지만 세르비안은 피식 웃으며 손을 까딱거렸다.

"그건 나중에 알려 주도록 하지. 자네가 지금 내게 배운 것들을 전부 습득하고 더 높은 수준의 마수 연성술사가 된 뒤에 말이야."

이안은 조금 아쉬웠지만, 더욱 전의를 불태웠다.

"크으, 알겠습니다. 그렇다면 일단은 배운 스킬들부터 숙련도를 열심히 쌓도록 하죠."

세르비안이 만족스러운 표정으로 고개를 끄덕였다.

"좋아. 그런 자세, 아주 좋아."

이안이 자리에서 벌떡 일어나며, 한 마디를 덧붙였다.

"이 제자, 더욱 정진해서 마수 연성술의 끝을 보여 드리도록 하겠습니다. 청출어람이 뭔지 증명해 보이도록 하죠."

마계 107구역은 외곽 지역 중에서는 그래도 제법 강한 편인 마수들이 등장하는 곳이었다.

상급 마수가 필드에 등장하는 수준은 아니었지만, 그래도 중급 마수들이 필드 몬스터의 30퍼센트 정도는 차지했기 때문이었다.

"라이, 뒤로 빠져! 한 대만 더 치면 죽어 버리겠어!"

"알겠다, 주인."

"빡빡이, 앞에서 몸빵 좀 해 주고 할리, 핀은 다른 마수들 접근 못 하게 시선 좀 끌어 줘!"

크릉- 크릉-!

이안은 천천히 앞으로 움직이면서 보이는 마수란 마수들은 죄다 포획하고 있었다.

"포획……!"

-하급 마수 '비거'를 포획하는 데 성공하셨습니다.

-듀얼 클래스 '소환마-召喚魔(마수 연성술사)'의 직업 숙련도가 0.15 퍼센트만큼 상승합니다.

한 마리의 마수를 추가로 포획한 이안은, 마수 정보 창을 열어 보유 중인 마수들을 살펴보았다.

마수 정보 창은 소환수 정보 창과는 별개로 만들어져 있었기 때문에, 관리하기가 편리했다.

'이제 한두 마리 정도 더 잡을 수 있으려나?'

하급 마수 한 마리 포획하는 데 필요한 마기는 대략 500~1,000 사이. 이안이 현재 보유한 마기량이 1만7천 정도 되었기 때문에 스물에서 스물다섯 마리 정도의 하급 마수를 한 번에 포획할 수 있었다.

이안은 보유한 마기로 잡을 수 있는 최대한 많은 마수들을 포획한 뒤, 106구역으로 넘어가는 포털 근처에 자리를 잡고 마수 연성을 시작했다.

"좋아, 이제 한번 마수 연성술의 숙련도를 올려 볼까?"

어차피 하급 마수들을 연성해서 만들어 낼 수 있는 마수가 이안의 눈에 찰 만큼 뛰어난 개체일 리 없었다.

이안이 일전에 포획했던 상급 마수인 라키엘 정도는 되어야 지금 이안의 전력에서 도움이 될 것이었는데, 지금의 연성 능력으로 그 수준의 마수를 만들어 내는 것은 당연히 불가능했기 때문이었다.

그렇기에 지금 이안은 그야말로 노가다를 하는 중이었다.

'빨리 3레벨 이상까지 연성술을 올려야 해.'

3레벨은 이안이 생각하는 최소치였고, 사실 그의 목표는 5레벨이었다.

5레벨은 되어야 영웅 등급 이상의 마수를 본격적으로 연성해 낼 수 있기 때문이다.

물론 3레벨만 되어도 상급 마수들을 재료로 다루는 것이 가능해지기 때문에, 영웅 등급의 마수도 연성할 수 있기는 했다.

다만 확률이 지옥같이 낮을 뿐이었다.

'세르비안의 말을 빌리면 거의 불가능이라고 봐도 좋다고 했었으니까…….'

어찌 되었든 자리를 잡고 앉은 이안은, 연성술 스킬을 사용해서 창을 띄우고는, 두 마리의 하급 마수를 재료로 집어

넣었다.

—지금부터 '마수 연성술'을 시작합니다.

—하급 마수 '슈플리'를 본체로 설정하시겠습니까?

"오케이."

—하급 마수 '비거'를 재료1로 설정하시겠습니까?

"그래."

연성술의 재료가 될 마수들을 설정하고 나자, 또다시 메시지가 떠올랐다.

—연성술에 필요한 아이템을 추가로 설정할 수 있습니다.

메시지와 함께 이안의 인벤토리 창이 떠올랐다.

이안은 잠시 고민하다가 세르비안에게서 받은 하급 마령석 하나를 꺼내어 들었다.

'그래 뭐, 일단 어떤 식으로 시스템이 작동되는지를 보는 게 중요하니까.'

그리고 하급 마령석을 연성 재료에 추가하자, 또 다시 메시지가 떠올랐다.

—'하급 마령석'을 연성 재료로 추가하셨습니다.

—연성술의 성공 확률이 20퍼센트만큼 증가합니다.

이안의 눈이 살짝 커졌다.

'오오, 그래도 가장 낮은 등급의 마수 연성이라 그런지 하급 마령석으로도 확률이 제법 많이 올라가네?'

그리고 모든 절차가 끝나자, 이안의 첫 번째 마수 연성이 시작되었다.

—연성술에 필요한 재료를 모두 설정하셨다면, 마수 연성을 시작합니다.

이안의 눈앞에 선택한 두 마리의 마수가 허공으로 떠올랐고, 손에 들려 있던 마령석이 하얗게 빛을 내며 허공으로 떠올랐다.

"오오……."

그리고 이안의 가신들이 그 장면을 흥미진진한 표정으로 지켜보았다.

"이건 뭐 하는 거냐, 영주 놈아?"

카이자르가 흥미롭다는 듯한 표정으로 물었지만, 연성술에 집중하는 중인 이안은 눈을 감은 채 아무런 대꾸도 하지 않았다.

대신에 이안의 양손이 허공으로 천천히 들렸고, 손에서 빠져나온 마기가 두 마리의 마수를 감싸며 하나로 합쳐지기 시작했다.

쿠오오오—!

붉은 기류와 하얀 빛이 합쳐지며 연출하는 신비로운 광경이 연출되었다.

그리고 잠시 후 하얀 빛이 허공에서 터져 나가며, 그 자리에서 새로운 한 마리의 마수가 탄생했다.

띠링—.

—'마수 연성술'을 성공적으로 완료하셨습니다!

–'마수 연성술'의 숙련도가 1.5퍼센트만큼 상승합니다.

–연성 등급 : B+

–연성 등급이 B등급 이상이므로, 마수의 등급이 한 단계 상승합니다.

–중급 마수 '카이로프'가 탄생했습니다.

–최초로 마수 연성을 성공하셨습니다.

–명성이 10만 만큼 상승합니다.

–'마수 연성술'의 숙련도가 추가로 10퍼센트만큼 상승합니다.

카이로프

레벨 : 1
분류 : 마수
등급 : 중급
성격 : 소심함
진화 불가
공격력 : 17
방어력 : 15
민첩성 : 8
지능 : 10
생명력 : 225/225
고유 능력
*광포화 (패시브)
일반 공격을 성공할 시, 5퍼센트의 확률로 10초 동안 광포화 상태가 된다. 광포화 상태가 되면 방어력이 30퍼센트 감소하며, 공격력이 50퍼센트 만큼 증가한다.
*연속 돌진 (재사용 대기 시간 2분)
마수 카이로프가 적을 향해 30미터 정도의 거리를 맹렬히 돌진하여 공격력의 170퍼센트 만큼의 피해를 입힌다.
만약 돌진으로 적에게 피해를 입히는 데 성공하면, 30퍼센트의 확률로 스킬이 1회 더 발동한다.
마수 연성술사인 유저 '이안'에 의해 탄생한 마수이다.
강력한 이빨과 커다란 발톱을 가지고 있는 맹수 형태의 마수이며, 날렵해 보이는 외모와는 다르게 민첩성은 좀 떨어진다.

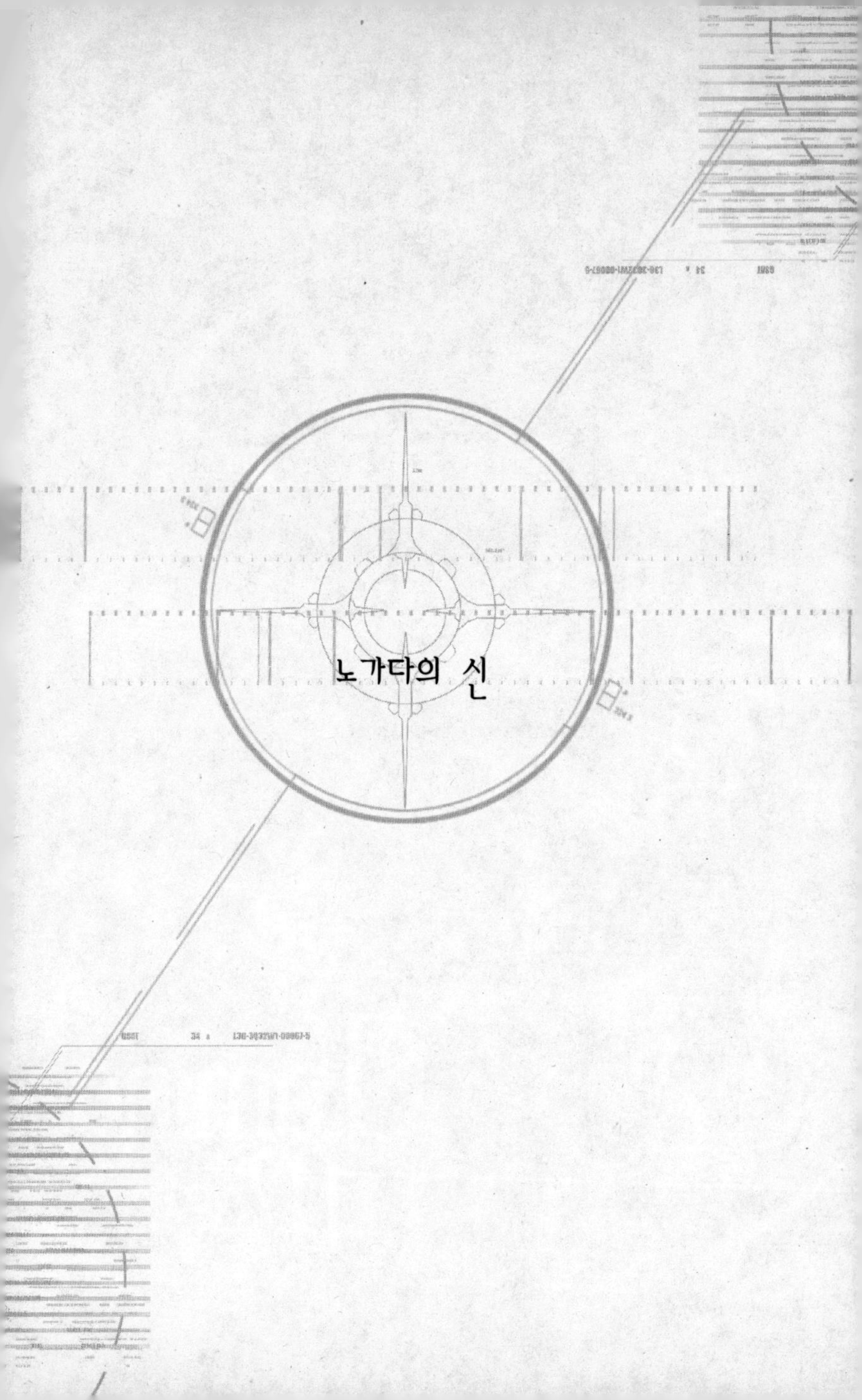

노가다의 신

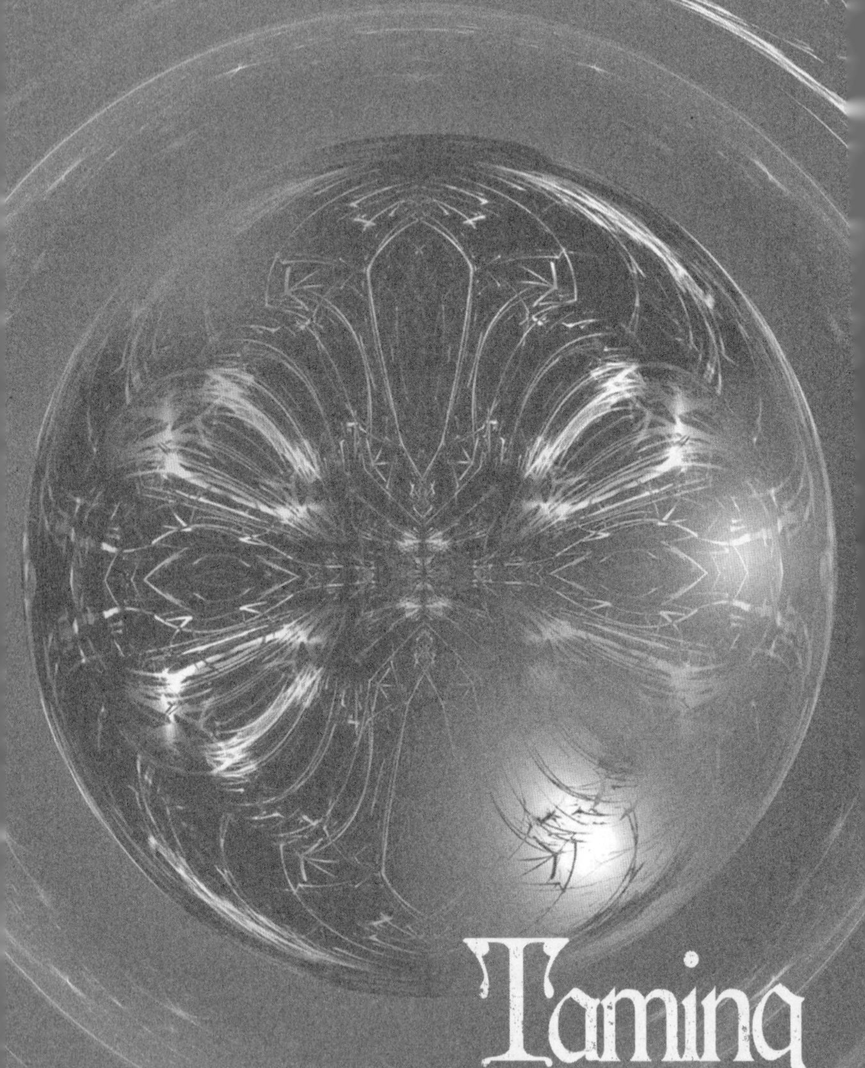

Taming
Master

Taming Master
테이밍마스터

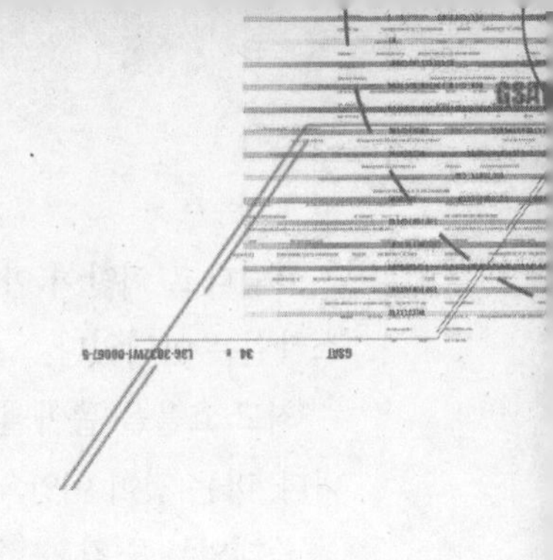

이안은 노가다를 좋아한다.

'노가다는 배신하는 법이 없지.'

게임은 현실과 다르게, 노력하는 만큼 그대로 수치화되어 능력치로 나타난다.

이안이 게임을 사랑하는 이유였다.

'현실에서는 내가 영어 공부를 2시간 한다고 영어 실력이 2시간어치 만큼 늘어나지 않잖아? 설령 늘어난다 해도 확인할 방법도 없고.'

하지만 카일란에서는 사냥을 하면 '경험치'가 수치화되어 오르고, 스킬을 사용하면 '숙련도'가 상승한다.

이 얼마나 합리적인 시스템인가.

그렇다고 이안이 아무 생각 없이 무식하게 노가다를 하는 스타일은 아니었다.

'최고 효율을 뽑아낼 수 없는 노가다는 진정한 노가다가 아니다.'라는 것이 이안의 게임 신조와도 같은 말이었으니까.

'쓸데없는 스킬 숙련도를 올리거나 효율 나쁜 아이템을 강화하느니, 차라리 허공에 삽질을 하겠어.'

그래서 항상 이안은 연구하고 또 연구했다.

남들은 찾지 못한 시스템의 허점을 파고들어 최대한의 이익을 취하고, 다른 유저들보다 더 빠른 길을 찾아서 뚫고 나가 성장할 때의 쾌감이 곧 이안이 게임하는 원동력이었다.

만약 학교 과목 중 '카일란' 과목이 있었더라면 전교 일등을 하고도 남았을 열정이었다.

하지만 안타깝게도, 현실에는 그런 과목이 없었다.

그렇기에 이안의 성적표에 찍힌 성적은, 무척이나 참담했다.

이안의 한 학기 학점의 평점은 4.5점 만점에 무려 0.55.

놀랍게도 이제 팔순을 바라보고 계시는 할아버지의 시력보다 낮은 수준이었다.

'괜찮아, 교수님께서 학고는 면하게 해 주신다고 했으니까.'

이진욱 교수가 아니었더라면, 이미 학사 경고뿐 아니라 제적을 받았어도 이상하지 않을 자신의 성적을 떠올린 이안은 잡념을 떨쳐 버리기 위해 고개를 강하게 휘저었다.

"후우, 그런 의미에서 딱 네 놈만 더 잡고 쉴까?"

이안의 중얼거림을 들은 소환수들이 더욱 열정적으로 움직이기 시작했다.

"애들아, 주인 놈이 네 마리만 더 잡으면 쉬겠대."

꾸룩- 꾸룩-!

"할리, 거기서 뭐해? 꾸물거리지 말고 빨리 움직여랏!"

그리고 상황을 눈치챈 가신들도 다를 것 없었다.

평소 전투에 수동적이기 그지없었던 세리아마저 적극적으로 돌변했다.

"카이자르 님, 지금 쉴 시간이 어디 있어요! 빨리 움직여요. 폴린 님, 폴린 님도 이쪽으로!"

그리고 일행들의 눈물겨운 노력으로, 이안은 빠르게 목표량을 달성할 수 있었다.

–하급 마수 '비거'를 포획하는 데 성공하셨습니다.

–듀얼 클래스 '소환마–召喚魔(마수 연성술사)'의 직업 숙련도가 0.15 퍼센트만큼 상승합니다.

–하급 마수 '슈플리'를 포획하는 데 성공하셨습니다.

–듀얼 클래스 '소환마–召喚魔(마수 연성술사)'의 직업 숙련도가 0.15 퍼센트만큼 상승합니다.

"후우, 모두 수고했다, 잠깐 휴식!"

이안의 말이 떨어지자마자, 소환수들은 전부 자리에 주저앉았다.

"헉, 헉…… 드디어 휴식이야!"

그리고 빡빡이가 자리에 엎드리자마자, 가신들이 재빨리 다가와 거대한 빡빡이의 등껍질에 기대어 앉았다.

"역시, 빡빡이가 최고군."

"빡빡아, 등껍질 좀 빌릴게."

이안은 그 모양을 잠시 둘러본 뒤, 피식 웃음 짓고는 마수 정보 창을 열었다.

다시 이안의 마수 연성 노가다가 시작되었다.

잡아 놓은 재료들을 전부 소모할 때까지 자리에서 일어나지 않을 생각이었다.

–'마수 연성술'을 성공적으로 완료하셨습니다!

–'마수 연성술'의 숙련도가 1.0퍼센트만큼 상승합니다.

–연성 등급 : C+

–'마수 연성술'을 성공적으로 완료하셨습니다!

–'마수 연성술'의 숙련도가 1.2퍼센트만큼 상승합니다.

–연성 등급 : B–

–'마수 연성술'에 실패하셨습니다.

–메인 재료인 '비거'의 충성도가 5만큼 감소합니다.

–서브 재료인 '슈플리'가 소멸되었습니다.

이안의 최초의 마수 연성은 한 번에 B+의 연성 등급이 나왔지만, 항상 그렇게 연성이 잘되는 것은 아니었다.

'그땐 아마 최초 연성 시도라서 확률 보정이 있었던 것일

테지.'

그 이후로 수십 번이 넘는 시도 동안 이안이 B등급 이상의 연성에 성공해 상위 등급의 마수를 얻은 것은 총 5번이었다.

그래도 숙련도가 올라갈수록 성공 빈도가 높아지고 있었기 때문에, 이안의 노가다에는 더욱 탄력이 붙고 있었다.

'이제 숙련도가 몇 정도나 되었으려나…….'

이안은 스킬 창을 열어서 마수 연성술 스킬의 숙련도를 확인해 보았다.

–마수 연성술 : Lv 0 (숙련도 : 73.3퍼센트)

'좋아, 이제 내일 오전까지만 좀 빡세게 노가다 하면 1레벨은 찍을 수 있을 것 같아.'

그런데 그때, 노가다를 하며 뿌듯해하는 이안의 곁으로 카이자르가 다가왔다.

"영주 놈아."

"왜 부르냐, 가신 놈아."

이제 카이자르와는 제법 친밀도도 많이 쌓였고 충성도도 어느덧 50이 넘었기 때문에, 이안은 거리낌 없이 카이자르를 대하고 있었다.

"우리 근데 지금 어디로 가고 있는 거냐?"

"응?"

"계속 마계 안쪽으로 들어가고 있잖아. 목적지가 없어서 가신들이 궁금해하고 있다."

"음……."

"혹시 계속 노가다 하다가 다시 연구소로 돌아갈 생각인 건가?"

지금 이안 일행이 위치해 있는 곳은 마계 103구역.

기본적으로 보이는 마수란 마수는 전부 잡거나 사냥하며 이동하고 있었기에 일행의 이동 속도는 무척이나 느렸다.

하지만 그렇다고 하더라도 조금씩 낮은 번호대로 이동하고 있었기에 카이자르가 물어본 것이었다.

"우린 이렇게 계속 사냥하면서 분노의 도시로 이동할 거야."

생각지 못했던 이안의 말에, 카이자르가 곧바로 되물었다.

"분노의 도시?"

이안이 고개를 끄덕이며 대답했다.

"응, 거기서 데려와야 할 새로운 식구가 하나 있거든."

카이자르를 비롯한 가신들은 분노의 도시 안쪽으로 들어가지 못 했었다.

그렇기에 그 안에서 있었던 일들을 아무것도 몰랐다.

당연히 '얀쿤'과 있었던 일에 대한 부분도 알 턱이 없었다.

"새로운 식구? 새로운 마수나 소환수라도 하나 얻는 건가?"

그에 이안은 아무런 대답 없이 피식 웃을 뿐이었다.

'크크, 이제 카이자르 녀석 상전이 하나 생길 텐데…….'

카이자르의 레벨도 처음 이안이 가신으로 들였을 때보다는 무척이나 많이 올랐다.

현재 카이자르의 레벨은 280도 넘은 수준.

물론 아직 200레벨도 채 찍지 못한 이안에 비하면 어마어마한 레벨이었지만, 얀쿤에 비하면 어린아이 수준이라고 할 수 있었다.

'둘의 만남이 기대되는데?'

이안은 실실 웃으며 계속해서 마수 연성 노가다를 했고, 카이자르는 어깨를 한번 으쓱해 보인 뒤 빡빡이의 곁으로 돌아갔다.

이안은 노가다를 하는 와중에도 계속해서 앞으로의 계획에 대해 생각했다.

'이제 소환술도 마스터 4레벨이 넘었고…… 듀얼 클래스 얻는 것도 성공했으니까, 이리엘에게 한번 가 볼 때가 된 듯하네.'

이안은 오래 전 이리엘에게서 받았던 히든 퀘스트인 '마룡 칼리파의 그림자' 퀘스트를 진행하지 못하고 있었다.

퀘스트의 진행 조건이 소환술 마스터 3레벨이었기 때문이었다.

'후, 퀘스트 받은 지 반년도 넘게 지났는데 이제야 하게 되다니…….'

남들 같았으면 퀘스트를 잊고도 남을 만큼의 시간이 지났지만, 치밀한 이안이 무려 히든 퀘스트를 잊었을 리 없었다.

이안은 세라핌에게서 받은 퀘스트만 마무리가 되면, 다음 연계 퀘스트를 진행하기 전에 마룡 칼리파 퀘스트를 할 생각이었다.

'엄청 중요한 퀘스트일 거야, 분명. 어쩌면 카르세우스의 각성과도 관계가 있을 수 있지.'

카르세우스는 지금도 무척이나 강력한 전설 등급의 드래곤이었다.

하지만 각성을 하고 난다면 신화 등급이 될 것이 분명했다.

'크으, 신화 등급이라니. 아직 구경도 해 본 적 없는 등급이야. 생각만 해도 설레는군.'

일반적인 유저들의 기준으로는 과부하가 걸려도 이상하지 않을 만큼 산더미같이 쌓여 있는 이안의 과제들이었지만, 그는 하나씩 차근차근 풀어 나가고 있었다.

그렇게 오늘도 마계의 하루는 빠르게 지나갔다.

훈이와 카노엘은, 비교적 빠른 기간 내에 100구역까지 뚫고 들어올 수 있었다.

거기에는 둘의 능력이 뛰어나다는 이유도 있었지만, 그것만이 전부는 아니었다.

가장 큰 이유는 두 사람이 110구역의 수문장을 처치해 버렸다는 것이었다.

그 바람에 수많은 인원이 한 번에 쏟아져 나왔고, 수백 명이 넘는 인원이 동시에 100구역을 향해 움직이다 보니, 몇몇 랭커들이 개별적으로 뚫을 때보단 훨씬 속도가 빨랐던 것이다.

그리고 100구역에 도착한 두 사람의 시야에, 거대한 분노의 도시의 성곽이 들어왔다.

"크으, 저기가 분노의 도신가 봐, 형."

훈이의 말에 카노엘이 뿌듯한 표정으로 고개를 끄덕이며 대답했다.

"그러네. 드디어 우리도 본격적으로 마계 콘텐츠를 즐길 수 있는 건가?"

두 사람은 감격에 찬 표정으로 빠르게 분노의 도시를 향해 걷기 시작했다.

"훈아, 분노의 도시 들어가려면 치안대 퀘스트를 해야 한다고 했지?"

훈이가 고개를 끄덕였다.

"응, 맞아. 커뮤니티에 누가 공략 올려 놨더라고. 타이탄 길드의 세일론인가? 광휘의 기사인지 뭐시긴지."

일반적으로 처음 콘텐츠를 발견한 유저는, 그 공략이나 정보에 대해 곧바로 커뮤니티에 풀지 않는다.

하지만 어느 정도 시간이 지나고 나면, 다른 사람이 공략을 올리기 전에는 길드 차원에서 공략을 올리는 것이 보통이었다.

그게 길드 이미지에도 큰 도움이 되었고, 공략의 조회 수가 높아지면 공식 커뮤니티 차원에서의 보상도 있었기 때문이었다.

그렇기에 세일론은, 110구역의 수문장이 처치되었다는 정보를 듣자마자, 길드 이름으로 재빨리 공략을 올린 것이었다.

카노엘이 걱정스런 표정으로 물었다.

"그런데 나도 공략 올라온 것 전부 읽어 봤는데 우리 둘만의 힘으로는 조금 힘들 것 같지 않아? 타이탄 길드도 풀파티로 진행했다고 하던데……."

훈이가 고개를 끄덕였다.

"나도 봤어. 근데 타이탄 길드 풀파티는 비교적 여유 있게 퀘스트 클리어한 것 같고…… 내 생각에는 한 다섯에서 열 명 정도만 모아도 클리어는 가능할 것 같아."

카노엘이 턱을 만지작거리며 중얼거렸다.

"흐음, 같이 110구역 수문장 트라이했던 분들에게 귓말이라도 드려봐야 하나?"

그렇게 두 사람이 치안대 퀘스트에 대해 고민하고 있을 때, 훈이의 시야에 메시지가 하나 떠올랐다.

띠링-.

-세일론 : 안녕하십니까. '간지훈이' 님 되시죠?

훈이는 소스라치게 놀랄 수밖에 없었다.

"뭐야, 이놈! 호랑이도 제 말 하면 나타난다더니……!"

반면에 메시지를 볼 수 없는 카노엘은 어리둥절한 표정으로 대꾸했다.

"그게 뜬금없이 뭔 말이야, 훈아?"

그리고 훈이가 대답 메시지를 보내기도 전에, 세일론으로부터 메시지가 하나 더 날아 왔다.

–세일론 : 지금 분노의 도시 근처까지 진입하셨을 것 같은데…… 저희가 치안대 퀘스트 도와드리겠습니다. 어떻습니까?

분노의 도시에 도착한 이안은, 곧바로 세라핌에게 들러 얀쿤의 안부에 대해 확인했다.

"세라핌 님, 듀얼 클래스를 얻고 돌아왔습니다."

"오오, 생각보다 금방 돌아왔군."

"얀쿤은 어떻게 됐습니까? 징벌의 탑에서 풀려난 겁니까?"

이안의 말에 세라핌은 고개를 끄덕이며 대답했다.

"물론일세. 내가 곧바로 손을 썼지."

"감사합니다."

"아니야. 사실 내 힘이라기보다는 자네 덕이 크네. 자네가 이미 얀쿤의 죄목으로 되어 있던 문제들을 전부 해결해 주었는데, 풀어 주는 거야 무에 어렵겠는가?"

이안이 고개를 살짝 숙여 보였다.

"어쨌든 수고하셨습니다. 그럼 전 얀쿤을 만나러 한번 가 보겠습니다. 그는 지금 어디에 있습니까?"

"그러시게. 얀쿤은 아마 분노의 도시 동문 앞에 있는 커다란 여관에 묵고 있을 걸세. 자네를 기다리고 있을 거야."

"알겠습니다!"

이안의 입꼬리가 씨익 말려 올라갔다.

'크으! 상급 마족, 아니 곧 노블레스가 될 스펙 빵빵한 쫄따구를 하나 또 얻는 건가, 이제!'

이안은 싱글벙글한 표정으로 뒤돌아 걷기 시작했고, 세라핌이 그의 뒷모습에 대고 한마디를 덧붙였다.

"자네, 이제 18일 남았네!"

밑도 끝도 없는 세라핌의 말에, 이안의 걸음이 잠깐 멈춰졌다.

"예?"

"레카르도 님을 만나서 내 서신을 전하는 것 말이야. 앞으로 18일 내로는 해야 한다는 말일세."

이안은 웃으며 고개를 끄덕였다.

생각하고 있었던 것이기 때문이었다.

"아, 물론이죠! 얀쿤을 만나고 나면 곧바로 출발할 테니 걱정 마십쇼."

그 말을 끝으로 이안은 재빨리 세라핌의 자택을 벗어났고, 얀쿤이 머물고 있다는 여관으로 향했다.

'어디 보자. 동문 앞쪽에서 가장 큰 여관이라고 했지?'

그곳은 세라핌의 집과 멀지 않은 곳에 위치했기 때문에, 이안은 금방 도착할 수 있었다.

끼이익-!

'선술집 주인에게 얀쿤의 방이 어딘지 물어보면 되는 건가?'

이안은 선술집 내부에 들어서 고개를 두리번거렸다.

선술집은 제법 넓었기 때문에, 카운터의 위치조차 잘 보이지 않았던 것이다.

"으음……."

그런데 그때, 이안의 뒤쪽에서 걸걸한 목소리가 들려왔다.

"돌아왔는가, 이안."

이안은 반사적으로 고개를 돌렸다.

그리고 그 목소리의 주인은, 무척이나 낯익은, 그리고 이안이 찾던 바로 '그'였다.

"크흐흐, 드디어 클리어인 건가……?"

이라한은 눈앞에서 무너져 내려가는 거대한 마수를 응시

하며 기분 좋은 웃음을 터뜨렸다.

드디어 장장 2주에 걸친 퀘스트가 전부 끝이 난 것이다.

그리고 난전으로 인해 뿔뿔이 흩어져 있던 이라한의 가신들이 빠르게 다시 대열을 정비한 뒤, 그의 앞에 도열했다.

"수고하셨습니다, 마스터."

"고생 많으셨습니다, 영주님!"

이라한은 가신들의 인사를 기분 좋게 받으며, 이어서 떠오르는 퀘스트 완료 메시지를 응시했다.

띠링-!

-'심마연深魔淵으로 가는 길' 퀘스트를 성공적으로 클리어하셨습니다.

-클리어 등급 : A

-명성을 25만 만큼 획득하셨습니다.

-'심마연'에 입장할 수 있는 자격 요건이 충족되었습니다.

-'심마연'에 입장하시겠습니까?

이름 그대로를 직역하자면, '깊은 마귀의 연못'이라는 뜻을 가진 심마연.

그리고 이라한은 망설임 없이 고개를 끄덕였다.

"입장한다!"

이어서 메시지가 다시 떠올랐다.

-'심마연'에 입장합니다.

-농도 짙은 마기가 온몸을 휘감기 시작합니다.

-몸이 무거워집니다. 이동속도가 30퍼센트만큼 감소했습니다.

—최초로 '심마연'을 발견하셨습니다.

—명성이 15만 만큼 증가합니다.

—마기를 3,000만큼 획득합니다.

—마기 발동률이 영구적으로 2.5퍼센트만큼 증가합니다.

2미터가 조금 넘어 보이는 커다랗고 다부진 체격.

붉은 피부에 새카만 흑발, 그리고 날카로운 눈매를 가진 마족은 바로 이안이 찾고 있던 '얀쿤'이었다.

'확실히 얀쿤인 건 분명한데…….'

하지만 이안은 얀쿤을 보자마자 고개를 갸웃거릴 수밖에 없었다.

얀쿤의 외모가 많이 달라져 있었기 때문이었다.

"다행이야, 얀쿤. 생각보다 빨리 풀려났네."

이안의 말에 얀쿤이 씨익 웃으며 고개를 끄덕였다.

"그렇다, 그대 덕에 며칠 만에 풀려날 수 있었다. 덕분에 마기를 최대한 보존했지."

이안은 궁금한 점을 물어보았다.

"그런데 얀쿤, 외모가 많이 달라졌는데 무슨 일이 있었던 거야?"

본래 얀쿤은 엄청나게 거대한 덩치를 가지고 있었다.

2미터가 넘는 지금도 결코 작은 체격은 아니지만, 이전의 덩치에 비해서는 70퍼센트 수준밖에 되지 않는 왜소한 체격이었다.

게다가 온몸에 무성하게 나 있던 털들도 말끔히 사라진 것이었다.

다행히 얼굴의 생김새가 그대로여서 이안이 곧바로 알아볼 수 있었던 것이다.

얀쿤이 뿌듯한 미소를 지어 보이며 대답했다.

"세라핌 님께서 도움을 주셨다."

밑도 끝도 없는 얀쿤의 대답에 이안이 의아한 표정을 지어 보였다.

"으음……?"

"징벌의 탑에서 풀려난 당시 나의 마기는 4만5천 정도였다. 한데 세라핌 님께서 최상급 마령초를 주신 덕에 5만의 마기를 채울 수 있었지."

"……!"

얀쿤이 한 말의 의미를 깨달은 이안의 두 눈이 살짝 커졌다.

'그때 분명 마기가 5만이 넘으면 노블레스가 될 수 있는 자격을 얻게 된다고 들었던 것 같은데…….'

그리고 이안의 생각을 읽기라도 한 듯, 얀쿤이 다시 말을 이었다.

"덕분에 나는 노블레스로 승급할 수 있는 자격 요건을 갖

추게 되었다. 물론 진정한 노블레스가 되기 위해서는 승급전을 치러야 하겠지만 말이지."

"외모가 변한 이유가 그거야?"

얀쿤이 고개를 끄덕였다.

"그렇다. 넘쳐나던 마기를 갈무리할 수 있게 내 안의 그릇이 커지면서, 내 외모도 더 정제된 모습으로 환골탈태 된 것이다."

이안은 속으로 쾌재를 불렀다.

'크으! 또 이렇게 알아서 성장해서 나타날 줄이야!'

승급전이 어떤 방식인지는 몰라도, 노블레스로 가는 길이 좀 더 빨라진 것만은 사실이기 때문에 이안은 덩실덩실 춤이라도 추고 싶었다.

'악마의 시험에서 상대해봤던 바로는 마족의 등급이 하나 차이나면 전투력 격차가 엄청나게 벌어지던데…….'

그렇지 않아도 강력하기 그지없었던 얀쿤이 더욱 강해진다면, 마치 중부 대륙에서 처음 카이자르를 얻었을 때만큼의 포스를 느낄 수 있으리라.

그리고 이안이 이런저런 생각을 하던 그때, 얀쿤의 입이 다시 열렸다.

"이안, 내가 징벌의 탑에서 풀려난 것은 물론, 벽을 넘을 수 있었던 것도 모두 그대 덕이다."

이안의 목에서 침 넘어가는 소리가 울려 퍼졌다.

꿀꺽-.

얀쿤의 말은 다시 이어졌고, 그것은 이안이 기다리고 기다렸던 바로 그 말이었다.

"나는 이미 그대의 강력함에 깊이 감복해 있었고, 또 그대에게 너무도 큰 빚을 지었다."

이안과 얀쿤의 시선이 허공에서 맞부딪쳤다.

"앞으로 그대와 함께 하고 싶다. 그대의 가신이 되어 내가 진 빚을 갚고, 그대의 행보에 보탬이 되고 싶다."

이안의 시야에 시스템 메시지가 떠올랐다.

띠링-!

-상급 마족 '얀쿤'이 당신의 가신이 되기를 원합니다.

-'얀쿤'을 가신으로 받아들이겠습니까?

물론 이안은, 생각할 것도 없이 바로 고개를 끄덕였다.

"고맙다 얀쿤, 앞으로 날 좀 많이 도와줘."

이어서 메시지가 떠올랐다.

-상급 마족 '얀쿤'을 가신으로 받아들이셨습니다.

-보유 중인 가신 : 40/40

-'후작' 작위의 귀족이 거느릴 수 있는 가신의 최대 숫자는 '마흔 명'입니다.

-가신을 추가로 거느리시려면 '공작' 작위로 승급하셔야 합니다.

-'후작'→'공작' 작위로 승급하기 위해 필요한 명성 : 300만.

-현재 보유 중인 명성치 : 1,830만.

—승급하기 위해 충분한 명성치를 보유하고 있습니다.

—'공작' 작위로 승급을 진행하시겠습니까?

'으음? 가신 풀로 채우니까 이런 메시지도 뜨네?'

이안은 턱을 만지작거리며 잠시 고민했다.

가신 보유량이 가득 찼기 때문에, 작위 승급을 권유하는 메시지가 떠오른 것이었다.

'공작 작위에 필요한 명성이 300만, 대공으로 한 번 더 승급하기 위해서 추가로 필요한 명성이 500만…….'

한 번에 '대공'의 작위까지 스트레이트로 승급을 시키더라도 명성치가 무려 천만이나 남았다.

하지만 이안은 고개를 절레절레 저었다.

"아니, 지금 승급하지 않겠다."

—작위 승급을 거부하셨습니다.

—'후작'의 작위가 유지됩니다.

당장에 필요한 작위가 아니었고, 명성치의 엄청난 위력을 체감하는 중이었기 때문이었다.

'사실 얀쿤이라는 말도 안 되게 강력한 가신을 얻을 수 있게 된 것도, 무지막지한 명성 덕분이었을지도 몰라.'

물론 시스템 오류로 인한 버그성 플레이 덕에, 어마어마하게 강력한 얀쿤을 굴복시킬 수 있었던 것은 맞다.

하지만 아무리 시스템 오류가 있었다고 하더라도, 1천8백만이라는 어마어마한 명성치가 아니었다면, 가신으로 얻는 것까지는 힘들었을 것이었다.

'명성으로 꿀 좀 더 빨고, 나중에 필요할 때 승급해야겠어.'

명성치에 대한 생각을 정리한 이안은, 새로 얻은 가신인 '얀쿤'의 정보를 열어 보았다.

얀쿤

레벨 : 351 **종족** : 마족
직업 : 전투마(광기의 전사) **신분** : 상급 마족
성격 : 용맹함 **인재 등급** : 영웅
전투 능력 (펼쳐 보기)
세부 능력 (펼쳐 보기)
보유 능력
–마기 분출
커다란 대검을 바닥에 내리꽂아, 그 주변으로 강력한 마기를 분출시킨다. 20미터 반경의 모든 적에게 초당 8,927(최대 마기량의 17.95퍼센트)만큼의 피해를 10초 동안 입힌다.
마기 분출을 사용하는 동안, 얀쿤은 어떠한 행동도 할 수 없으며 기절이나 마비 등의 상태 이상에 빠지면 스킬 발동이 중단된다.
(재사용 대기 시간 5분)
–마기 집중
'파괴마' 얀쿤은, 매공격마다 모든 마기를 집중시켜 가장 강력한 피해를 입힐 수 있다.
마기 발동률이 영구적으로 20퍼센트만큼 증가하며, 일반 공격의 피해량이 영구적으로 30퍼센트만큼 증가한다.
대신 움직임이 영구적으로 20퍼센트만큼 감소한다.
(패시브)
–광란의 전투
'얀쿤'이 15분 동안 광기에 휩싸인 상태가 된다.
광기에 휩싸인 동안, 얀쿤의 방어력이 30퍼센트만큼 감소하며, 공격력

이 50퍼센트만큼 증가한다. 또, 움직임이 30퍼센트만큼 빨라지며, 마기 발동률이 15퍼센트만큼 증가한다.
(재사용 대기 시간 30분)
과거 마계 십이지장의 일인이었던 강력한 상급 마족이다.
용맹하고 전투적인 성향을 가지고 있으며, 뛰어난 '광기의 전사'이다.

얀쿤의 정보 창을 쭉 읽어 내려간 이안은, 절로 고개가 끄덕여지는 것을 느꼈다.

'역시, 고유 능력이 전부 이런 식이니까 싸울 때 계속해서 마기가 터졌던 거였어.'

이안은 얀쿤과 전투했었던 당시 가장 이해가 되지 않았던 부분이, 마기 발동률이 엄청나게 높다는 부분이었다.

이안의 경우 열 번 정도는 공격해야 한 번 정도 마기가 터질까 말까 한데, 얀쿤은 거의 두 번에 한 번 정도는 일반 공격에 마기를 터트렸었기 때문이다.

'패시브에, 버프까지 마기 발동률을 어마어마하게 올려 주네.'

'마기 분출'이라는 광역기도 무척이나 강력해 보였지만, 얀쿤은 보스전에서 더욱 강력한 능력을 발휘해 줄 수 있는 카드라고 생각했다.

'마기라는 고정 대미지를 이렇게 높은 확률로 줄 수 있다니…… 단단한 방어형 보스를 잡을 때 제격이겠어.'

전체적으로 얀쿤의 능력치는 이안을 무척이나 흡족하게

만들어 주었다.

하지만 유일하게 아쉬운 점이 하나 있었는데, 그것은 바로 인재 등급이었다.

'당연히 인재 등급은 전설 등급 이상일 줄 알았는데, 영웅 등급이네.'

이안이 보유한 마흔 명의 가신들 중에서, 인재 등급이 영웅 등급 이상인 가신은 무려 열다섯 명 정도나 되었다.

하지만 전설 등급의 가신은 카이자르 하나뿐이었기에 내심 기대했던 것이다.

'뭐, 그래도 워낙 레벨이 높고 마족 등급도 상급 마족이나 되니까…… 아쉬운 대로 만족해야지.'

이안은 이제 가신이 된 얀쿤을 데리고 여관 밖으로 걸음을 옮겼다.

'후, 좋아. 이제 악마의 성으로 향해 볼까?'

마계 80구역에 있다는 악마의 성.

이안은 세라핌의 퀘스트를 진행하기 위해 빠르게 움직이기 시작했다.

악마의 성에 있다는 마왕 레카르도를 만나야 했다.

'80구역까지 뚫는 데 얼마나 걸릴지 몰라. 아직 제한 시간이 제법 남아 있긴 하지만 최대한 빨리 이동해야 해.'

이제 만반의 준비는 갖췄으니, 100구역의 관문을 뚫을 차례였다.

'상급 마족의 신분으로 프리 패스할 수 있는 관문이 어디까지려나…….'

이안은 80구역까지 모든 관문을 프리 패스할 수 있기를 간절히 기도했다.

–악마의 시험을 성공적으로 완수하셨습니다.

–최종 돌파 단계 : 17

–유저 '이라한' 님의 마계 등급이 '평마족'으로 책정되셨습니다.

–마계의 새로운 능력치인 '마기'를 10,500만큼 추가로 부여받았습니다.

–마계의 새로운 능력치인 '마기 발동률'을 3퍼센트만큼 추가로 부여받았습니다.

–'진마가 되는 데 성공하셨습니다.'

–최초로 '진마'가 되셨습니다.

–명성을 50만 만큼 획득합니다.

–마기 발동률이 영구적으로 3퍼센트만큼 증가합니다.

–항마력이 영구적으로 5퍼센트만큼 증가합니다.

연달아 떠오르는 메시지들을 본 이라한은 희열에 주먹을 부르르 떨었다.

"드디어……!"

게다가 메시지는 여기서 끝이 아니었다.

—유저 '이라한' 님의 종족이 '인간'에서 '마족'으로 바뀝니다.

—'마계' 안에서 모든 전투 능력이 20퍼센트만큼 증가합니다.

—마족이나 마수를 처치할 시 획득하는 마기량이 50퍼센트만큼 증가합니다.

—마족이나 마수를 처치할 시 획득하는 경험치 량이 50퍼센트만큼 증가합니다.

—이제부터 모든 필드에서 '인간'종족을 죽이더라도 악명이 쌓이지 않습니다.

—소속되어 있던 '다크루나' 길드는 '인간' 종족의 길드이므로, 자동으로 탈퇴됩니다.

—종족이 '마족'이 되어, 인간계의 모든 NPC들의 친밀도가 50 만큼 떨어집니다.

—종족이 '마족'이 되어, 가지고 있던 인간 종족의 클래스인 '마검사' 클래스가 삭제됩니다.

이라한은 히든 퀘스트를 통해 '반인반마'가 아닌 '진마'가 되는 데 성공했다.

반쪽짜리가 아닌 완벽한 마족이 되는 데 성공한 것이다.

기본적으로 진마가 반인반마보다 전투력 측면에서 나은 부분은 없었다.

하지만 마계라는 필드 안에서, 진마는 반인반마보다 훨씬 빠르게 성장할 수 있는 요건을 갖게 된다.

획득 경험치 량과 마기량이 다른 유저들에 비해 한 배 반이 높다는 것은, 고속 성장의 훌륭한 발판이 될 것이었으니까.

물론 반대급부로 커다란 손해도 있었다.

'쩝, 좋기는 한데, 그래도 역시 마검사 클래스를 날려 버린 건 좀 아쉽군. 길드를 포기한 것도…….'

이라한이 지금껏 비공식 랭킹 1위라는 타이틀을 거머쥐게 해 주었던 '마검사' 클래스가, 종족이 바뀌면서 사라져 버린 것이었다.

당연히 그와 함께 모든 스킬들과 직업 관련 숙련도들도 사라져 버렸고, 이것은 무척이나 치명적이었다.

게다가 지금까지 그의 밑천이 되어 온 카일란 한국 서버 최강의 길드인, '다크루나' 길드까지 포기하게 되었다.

이는 어쩌면, 마족이 되면서 얻은 이점들을 전부 합치더라도 비교 불가능할 정도일 것이다.

그러나 이라한은 별로 개의치 않는 모습이었다.

이러한 상황은 이미 그의 계산에 전부 들어가 있었다.

다크루나 길드의 길드 마스터 자리도, 이미 다른 유저에게 넘겨주고 왔으니까.

"그럼 이제 새로운 클래스를 얻어 볼까?"

어둠 속에 가만히 서 있던 이라한이 저벅저벅 앞으로 나아가기 시작했다.

한 치 앞도 보이지 않는 심연의 어둠이었지만, 그의 발걸음에는 일말의 망설임이 없었다.

"흐음…… 이제 나올 때가 됐는데."

이라한의 말이 끝나기가 무섭게, 그의 눈앞이 점점 밝아지기 시작했다.

그리고 그의 눈앞에 나타난 것은, 반 뼘 정도의 두께로 얇고 길게 고여 있는 용암이었다.

그 용암으로 만들어진 실선은, 어둠 속에서 옅게 빛을 내며 복잡한 패턴을 그리고 있었다.

이라한의 눈이 반짝였다.

'좋아, 저쪽이다! 확실해!'

목적지를 찾은 그의 발걸음이 점점 더 빨라졌다.

그리고 그가 도달한 곳은, 허리 높이 정도로 봉긋하게 솟아올라있는, 낮은 봉우리 같은 곳이었다.

그 중앙에는 거대한 검이 꽂혀 있었으며, 검을 중심으로 용암이 흘러나오고 있었다.

이라한의 두 눈이 번뜩였다.

"봉인검! 드디어 찾았다!"

작지만 힘있는 목소리로 중얼거린 이라한은, 용암 안에 꽂혀 있는 대검의 손잡이를 꽉 움켜쥐었다.

그러자 이라한의 눈앞에 시스템 메시지가 떠올랐다.

–'마왕 레카르도의 봉인검'을 발견하셨습니다.

–경고 : 봉인검을 뽑으면 마법진이 발동되어 마룡이 깨어납니다.

―마룡이 깨어나면 파괴마들의 인간계 침략이 삼십 일만큼 빨라지며, 그들의 세력이 더욱 강대해집니다.

쉽게 설명하자면, 유저들에게 닥칠 마계의 '몬스터 웨이브'가 삼십 일만큼 빨라지며, 더욱 난이도가 높아진다는 이야기다.

다시 말해, 이라한이 일반적인 유저라면 절대 뽑아서는 안 되는 검이라는 뜻이었다.

"후후, 그거 좋지."

하지만 이라한은, 일말의 망설임조차 없이 곧바로 검을 뽑아 들었다.

그그긍―!

봉인검이 묵직한 울림과 함께 뽑혀 올라왔다

그와 동시에 메시지가 다시 떠오르기 시작했다.

띠링―.

―'마왕 레카르도의 봉인검'을 뽑으셨습니다.

―'암연의 봉인 마법진'이 작동하기 시작합니다.

그리고 이라한의 주변에 펼쳐져 있던 용암 줄기들이 더욱 밝은 빛을 내뿜기 시작했다.

쿠오오오―!

그 용암 줄기에서 뿜어져 나온 빛들은, 이라한이 치켜든 봉인검을 향해 무서운 기세로 빨려 들어왔고, 검을 쥔 이라한의 손이 부들부들 떨리기 시작했다.

"으으……!"

우우웅—!

그렇게 오분 정도의 시간이 지났을까?

이라한의 검에 휘감긴 빛이 돌연 강한 불길을 허공으로 뿜어냈다.

화르륵—!

그리고 또다시 시스템 메시지가 떠올랐다.

—'전투마(광기의 전사)'로 전직하는 데 필요한 모든 조건을 충족시키셨습니다.

—암연 위에 깔려 있던 봉인마법진이 성공적으로 해체되었습니다.

쿠르르—.

이어서 이라한이 밟고 서 있던 잿빛 봉우리가, 커다란 균열이 생기며 조금씩 갈라지기 시작했다.

쩍— 쩌적—!

그리고 잠시 후, 한 줄의 시스템 메시지가 추가로 떠올랐다.

—'마룡 칼리파'가 어둠 속에서 깨어납니다.

분노의 도시 바깥으로 나온 이안은, 성문 바깥에서 기다리고 있던 가신들을 만나 100구역의 관문을 향해 이동하기 시작했다.

그리고 카이자르는, 예상했던 대로 얀쿤을 보자마자 당황스러운 표정이 되었다.

"어떻게 된 거냐, 영주 놈아? 이 마족이 어쩌다가 네 가신이 된 거냐?"

카이자르의 당황하는 모습에, 이안은 만족스런 표정을 지으며 대답했다.

"후후, 그거야 이 몸이 워낙 훌륭하시니까 그런 거 아니겠어?"

"……!"

그리고 어처구니없어 하는 카이자르를 향해, 얀쿤이 다가와 손을 내밀었다.

"잘 부탁한다. 너는 그때 나와 싸웠던 전사로군."

"그, 그렇다."

카이자르는 살짝 움찔했지만, 내민 손을 맞잡고 천천히 흔들었다.

그는 본능적으로 얀쿤이 자신보다 강력하다는 것을 느끼고 있었다.

이안은 웃음기 어린 표정으로 그 모습을 지켜보고 있었으며, 얀쿤은 천천히 이안의 가신들의 안면을 익혔다.

그런데 그때, 얀쿤의 눈에 이질적인 외모를 가진 솜사탕 같은 녀석 하나가 들어왔다.

얀쿤이 눈을 크게 뜨며 이안에게 말했다.

"오……! 이안, 이 녀석은 어떻게 구한 건가?"
그의 물음에 오히려 당황한 것은 이안이었다.
"으응? 이 쓸모없는 녀석을 알아?"
그러자 둘의 사이에 낀 솜뭉치, 카카가 불만스런 표정으로 삐죽였다.
"쓸모없는 녀석이라니, 너무한다, 주인."
"맞는 말이잖아. 좀 귀여운 거 빼면 네가 가진 게 뭔데?"
카카의 표정이 더욱 일그러졌다.
"나는 귀엽지 않다!"
그리고 둘이 티격태격하는 사이, 얀쿤이 카카의 바로 앞까지 다가왔다.
"너는 어둠의 일족이군. 카르가 팬텀…… 맞지?"
카카가 의기양양한 표정으로 대꾸했다.
"후후, 드디어 나를 알아보는 녀석이 일행에 생겼군. 맞아, 나는 위대한 어둠의 일족, 카르가 팬텀이지."
얀쿤이 고개를 끄덕이며 중얼거리듯 말했다.
"역시…… 듣던 대로 엄청나게 귀엽군."
"이익!"
한편, 이안은 얀쿤이 카카에 대해 아는 듯한 눈치이자 기대에 찬 표정이 되었다.
"얀쿤, 카르가 팬텀에 대해 아는 정보 있어?"
이안의 물음에 얀쿤이 고개를 끄덕였다.

"나도 잘은 모르지만, 이들 종족에 대해 일전에 고서적에서 읽었던 적이 있다."

"그래?"

이안의 반문에, 얀쿤의 말이 이어졌다.

"그렇다. 이들은 외모가 무척이나 귀여우며, 어둠의 종족이라 잠을 자지 않는다고 들었다."

이안의 표정이 와락 일그러졌다.

"그래, 이놈 잠 좀 재울 방법은 없는 거야?"

"그건 왜 그러는가?"

"이 녀석이 가진 능력 중에 '욕심 많은 몽마'라는 고유 능력이 있어."

"……꿈의 마귀인 몽마의 능력이 어쩌다 완전 상극인 카르가 팬텀에게 있는 거지?"

"후, 내 말이……."

이안이 카카를 째려봤고, 카카는 삐죽거리며 이안의 주변을 날아다녔다.

그런데 그때, 얀쿤의 입에서 의외의 말이 나왔다.

"좀 특이한 녀석이기는 하지만, 이거 아주 쓸모없는 능력은 아니다, 이안."

"응?"

얀쿤이 카카를 보며 다시 입을 열었다.

"이 녀석을 각성만 시킬 수 있다면 말이지."

"그게 무슨 말이야?"

"어둠의 일족인 카르가 팬텀은, 각성하면 밤의 일족이 된다. 밤의 일족은 잠을 잘 수 있거든."

"아……."

엄청나게 기쁘거나 하지는 않았지만, 이안은 나름의 위안을 얻었다.

"각성은 어떻게 시킬 수 있는데?"

"그건 나도 모른다."

이안이 카카를 응시하자, 카카 또한 고개를 절레절레 저었다.

"나도 몰라, 주인아."

"후우……."

그렇게 얀쿤과 카카와 함께 시답지 않은 대화를 나누던 이안은, 오래 걸리지 않아 100구역의 관문에 도착했다.

그리고 관문의 앞에 도착한 이안은, 침을 꿀꺽 삼키며 중얼거렸다.

"여기, 상급 마족의 권한으로 그냥 통과할 수 있겠지……?"

하지만 이안이 관문의 안으로 들어가기도 전에, 얀쿤이 그에 대한 대답을 해 주었다.

"100구역의 관문은 상급 마족이 아니라 마왕이라도 그냥 지나갈 수 없다. 지나가려면 시험을 통과해야 하지."

이안의 얼굴이 또다시 구겨졌다.

"음…… 그러니까, 그 마왕의 시험인지 뭔지 그 퀘스트를 제가 도와줘야 한다는 겁니까?"

훈이의 물음에 세일론이 고개를 끄덕였다.

"그렇습니다. 이 퀘스트의 조건 중에, 모든 클래스의 유저를 한 명씩 전부 파티에 포함시켜야 한다는 부분이 있어서……."

훈이와 카노엘은, 광휘의 기사 세일론을 비롯한 타이탄 길드의 유저들에게 도움을 받아 분노의 도시 진입 퀘스트를 쉽게 클리어할 수 있었다.

하지만 당연히 그들은 공짜로 도움을 준 것이 아니었다.

퀘스트가 끝나자마자 훈이에게 도움을 요청한 것이었다.

그리고 그것은 딱히 이기적인 제안이라고 할 수도 없었다. 훈이의 입장에서도 히든 퀘스트를 하나 거저 얻을 수 있는 것이었으니 나쁠 것이 없는 제안이었던 것이다.

훈이가 다시 질문했다.

"퀘스트 러닝 타임은 얼마나 되죠?"

세일론이 곧바로 대답했다.

"한번 트라이하는 데 걸리는 시간은 보통 반나절 정도입니다. 그리고 퀘스트에 실패해도 사망하거나 하는 일은 없으니 이 부분도 걱정하실 것 없습니다."

"으음……."

훈이는 잠시 고민했다.

'나쁜 제안은 아니지만…… 이안 형부터 빨리 만나고 싶은데……. 그 괴물 옆에 붙어 있어야 콩고물이 하나라도 더 떨어질 텐데 말이지.'

망설이는 훈이를 보며, 세일론이 슬쩍 한마디를 덧붙였다.

"저희에겐 뛰어난 흑마법사 님의 도움이 절실히 필요합니다. 서버 2위 길드임에도 불구하고 훈이 님만큼 뛰어난 흑마법사 유저가 한 명도 없습니다."

그리고 세일론의 공격(?)은 완벽히 주효했다.

훈이 만큼 칭찬에 약한 인물도 드물었던 것이다.

"그래요, 좋습니다. 치안대 퀘스트도 이렇게 도와주셨는데, 제 능력을 한번 보여 드리도록 하죠."

세일론의 표정이 대번에 환해졌다.

"오오, 감사합니다. 혹시 괜찮으시다면 아예 저희 타이탄 길드에 가입하시는 건 어떻습니까?"

하지만 이번에는, 훈이도 단칼에 거절했다.

"그건 죄송합니다. 저는 혼자가 편해서……."

"크흠, 아쉽기는 하지만, 어쩔 수 없군요."

"죄송합니다."

입맛을 다신 세일론이 천천히 입을 다시 열었다.

"자, 그러면 일단 퀘스트를 공유해 드리겠습니다."

훈이가 고개를 끄덕였다.

"예, 공유해 주세요."

그리고 훈이의 말이 끝남과 동시에, 시스템 메시지가 한 줄 떠올랐다.

띠링-.

-'마왕 히키온의 시험 (히든)'퀘스트를 공유받으셨습니다.

그런데 퀘스트 공유 메시지를 읽은 순간, 훈이는 불현듯 지난 임모탈 퀘스트의 악몽이 떠올랐다.

'서, 설마…… 그때처럼 이안 형놈한테 공유되어 버리는 것은 아니겠지?'

그리고 이번에도 역시나, 설마가 사람 잡는다는 격언은, 여지없이 들어맞고 말았다.

-주종 관계가 성립되어 있는 유저, '이안'에게 자동으로 퀘스트가 공유됩니다.

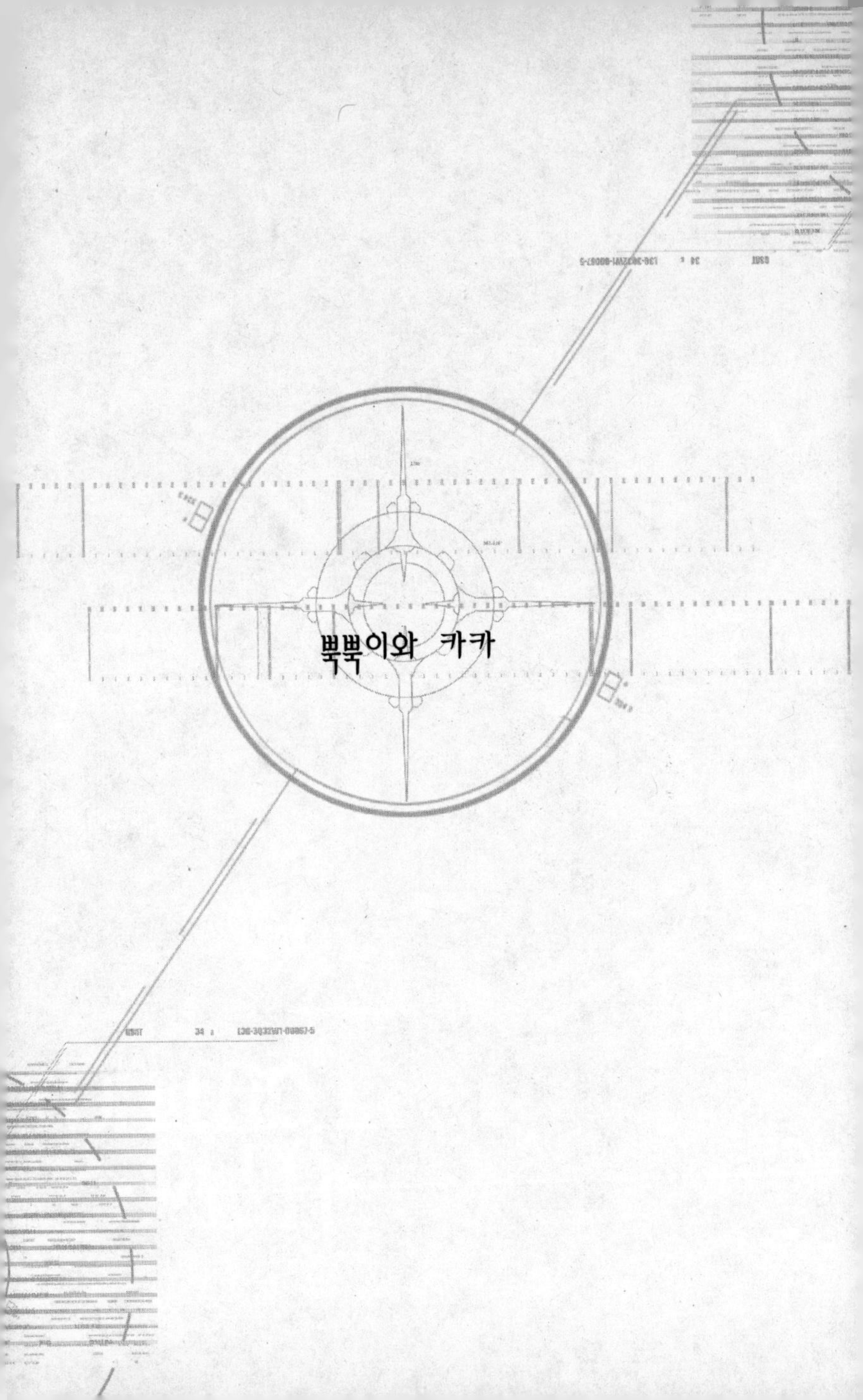

뿍뿍이와 카카

Taming
Master

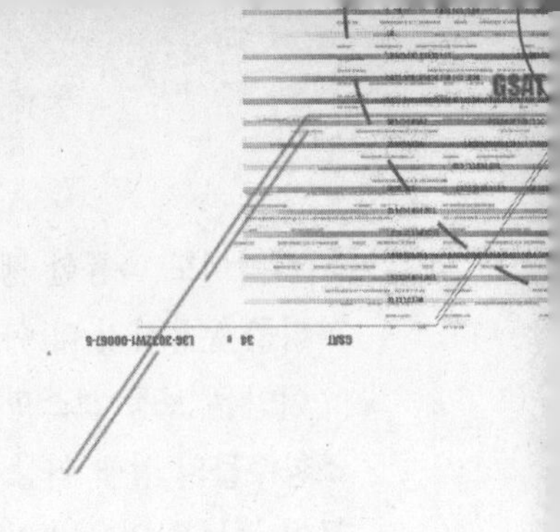

“후우, 힘들었어.”

이안은 눈앞에 쓰러져 가는 거대한 마수를 응시하며 거칠어진 숨을 가라앉혔다.

‘모든 상태 이상에 면역인 녀석은 지금까지 처음 만나는 것 같아. 저 녀석이랑 비슷한 마수를 연성해 낼 방법은 없을까?’

100차원의 관문.

그 안에서 이안이 만난 상대는, 거대한 골렘의 외형을 가진 영웅 등급의 마수였다.

놈은 기본적으로 탱커형 마수였지만, 공격력도 결코 약하지 않았으며, 모든 상태 이상에 완전 면역을 가진 데다 스스로 생명력도 회복하는 까다로운 상대였다.

'빡빡이도 훌륭한 탱커지만, 저런 탱커가 하나 더 있으면 파티를 운용하기 더 쉬워질 텐데…….'

이안은 보통 보스형 몬스터를 레이드할 때, 가지고 있는 소환수들의 상태 이상 효과들을 활용하여 적의 발을 최대한 묶어 놓는 작업을 먼저 한다.

그리고 자신의 순발력에는 버프를 걸어서 순발력의 차이를 극대화시킨 뒤, 그것을 베이스로 전투를 풀어 가는 방식을 가장 선호하는 타입이었다.

그런데 상대가 아무런 CC기도 먹히지 않았으니, 확실히 고전할 만했던 것이다.

"어쨌든 이겼으니까 됐지, 뭐."

이안은 다음에 세르비안을 만날 일이 있으면, 저 골렘의 연성 정보에 대한 것을 물어봐야 하겠다고 생각하며 천천히 걸음을 떼었다.

무너진 골렘의 사체 위로 게이트가 열렸기 때문이었다.

저벅- 저벅-.

그리고 이안이 게이트 안으로 들어가자, 다시금 주변이 새카맣게 어두워졌다.

띠링-.

-100차원의 관문을 성공적으로 클리어하셨습니다.

-'마계 99차원'으로 이동합니다.

새까맣게 변한 이안의 시야에 새하얀 글씨로 두 줄의 메시지가 떠올랐으며, 잠시 후 어두웠던 세상이 다시 밝아졌다.

그리고 새로운 메시지가 떠올랐다.

띠링—.

—'마계 99차원'에 진입하셨습니다.

—최초로 100차원의 관문을 통과하셨습니다.

—명성을 15만 만큼 획득합니다.

—사방에서 강력한 마기가 느껴집니다.

—움직임이 5퍼센트만큼 느려집니다.

이안이 관문을 통해 이동한 곳은, 깎아지르듯 높은 절벽 위였다.

아래쪽에 펼쳐진 널따란 마계 평원이 한눈에 담길 정도로 시야가 탁 트여 있었다.

이안은 주변을 슬쩍 돌아본 뒤, 입꼬리를 슬쩍 말아 올렸다.

"여기…… 완전히 내 스타일인데?"

이안의 기분이 좋아진 이유는 간단했다.

평원에는 엄청나게 많은 마수들이 득실거리고 있기 때문이었다.

100차원까지 등장했던 마수들과 다른 종류의 마수들이라는 것도 마음에 들었고, 더 높은 단계의 마수들이 아닌 비슷한 등급의 마수들만 보인다는 것도 마음에 들었다.

'마수 연성술 숙련도를 올리기에 딱인 맵이야.'

게다가 이안이 가장 좋아하는 것은 몰이사냥이었다.

절벽 아래쪽으로 향하는 이안의 발걸음이 더욱 빨라지기 시작했다.

훈이는 마른침을 꿀꺽 삼켰다.

'뭐, 뭐지? 왜 반응이 없는 거지?'

훈이의 머리가 빠르게 회전하기 시작했다.

'히든 퀘스트가 공유되었다는 메시지를 봤으면 가만히 있을 형이 아닌데…….'

이안의 성격상, 시스템 메시지를 보자마자 자신에게 곧장 개인 메시지를 보냈어야 정상이었다.

한데, 무려 30초가 지났음에도 이안에게서 반응이 없는 것이었다.

'뭐지? 설마 접속 중이 아니었던 건가?'

만약 그렇다면 이것은 엄청난 행운이었다.

해가 중천에 떠 있는 이 시각.

이안이 카일란에 접속하지 않고 있을 확률은, 무기 강화를 5연속 성공할 확률보다 낮은 것이기 때문이었다.

'신이 날 도왔어!'

훈이는 이안에게 메시지를 보내어 접속 여부를 확인해 보고 싶었다.

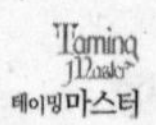

하지만 괜히 그랬다가, 이안이 보지 못했던 메시지를 봐버리기라도 한다면…… 억울함에 눈물이 흐를 것 같았다.

'좋아, 이안 형놈이 메시지를 보기 전에, 이 퀘스트를 끝내버리는 거야!'

사실 훈이의 예상은 반 정도만 맞는 것이었다.

이안은 접속 중이었지만, 훈이의 메시지를 보지 못한 것이었다.

훈이의 퀘스트 공유 메시지는, 이안이 100구역 관문에서 혈투를 벌이는 동안 날아왔다.

한데 이안은, 난이도가 높은 중요한 전투를 해야 할 때면, 전투와 관련되지 않은 모든 종류의 시스템 메시지를 꺼 놓는다.

집중력이 흩어지기 때문이었다.

때문에 퀘스트 공유 메시지를 보지 못한 것이다.

어찌 됐든 훈이에게는, 그야말로 천운이 따른 상황이라 할 수 있었다.

'이안 형이 퀘스트 정보 창을 최대한 늦게 열기를 바랄 수밖에…….'

머리를 열심히 굴리는 훈이를, 카노엘이 툭툭 건드렸다.

"훈아, 뭐해? 세일론 님이 기다리시는데?"

그제야 상념에서 깨어난 훈이가, 멋쩍은 표정을 지어 보이며 고개를 돌렸다.

"아, 잠깐 뭐 생각할 게 좀 있어서…… 죄송합니다, 세일론 님."

세일론은 사람 좋은 미소를 지으며 고개를 끄덕였다.

"아닙니다. 별말씀을요."

훈이가 카노엘을 슬쩍 응시한 뒤 다시 세일론을 향해 고개를 돌렸다.

"그런데, 세일론 님."

"말씀하십시오."

"혹시 뛰어난 소환술사가 없다면, 여기 카노엘 형도 파티에 함께 해 봐도 괜찮겠습니까?"

훈이의 말에 카노엘은 살짝 놀랐고, 세일론의 시선이 카노엘에게로 움직였다.

"흐으음……."

훈이가 말을 이었다.

"이 형이 레벨은 150정도로 높은 편이 아니지만, 실력이 꽤 좋거든요. 이번에 마계 콘텐츠가 열리면서 등장한 히든 클래스 중에 하나를 가지고 있어서 강력하기도 하구요."

그 말에 세일론의 안색이 밝아졌다.

150레벨이라면 길드의 다른 소환술사들과 다를 것 없는 평범한 수준의 레벨이었지만, 3차 업데이트와 함께 생긴 새로운 히든 클래스의 주인이라면 얘기가 달랐던 것이다.

"오, 그렇습니까? 그렇다면 저희야 환영이죠."

카노엘이 고맙다는 듯 훈이를 응시했고, 훈이는 씨익 웃어 보였다.

카노엘의 시선이 다시 세일론을 향했다.

"그럼, 잘 부탁드립니다, 세일론 님."

세일론이 카노엘의 손을 맞잡으며 고개를 끄덕였다.

"저희야말로 잘 부탁드립니다, 카노엘 님."

'진마眞魔'란, 말 그대로 반쪽짜리가 아닌 진짜 마족이라는 뜻이다.

이라한이 얻은 '전투마' 클래스는, 마계에서 유저들이 얻을 수 있는 듀얼 클래스 중 하나였지만, 이라한에게는 이제 듀얼 클래스가 아닌 메인 클래스가 된 것이다.

그것도 '광기의 전사' 라는 히든 클래스로 얻게 된 것.

'후후, 지금 당장이야 클래스 숙련도 때문에 다른 랭커들에 비해 훨씬 약해졌겠지만, 지금부터 성장 속도가 다를 테니 금방 따라잡을 수 있겠지.'

이라한은 몇 시간 동안의 사냥으로 쌓인 마기를 보며 뿌듯한 미소를 지었다.

이 속도라면 노블레스는 몰라도 상급 마족까지는 어렵지 않게 승급할 수 있을 것 같았다.

'이제 마룡 칼리파도 깨어났고…… 파괴마들이 인간계를 침공하는 동안, 나는 조용히 마계에서 힘을 키우면 되는 건가?'

마룡 칼리파의 봉인을 푸는 건, '광기의 전사' 클래스로 전직하기 위한 하나의 조건이었다.

하지만 히든 클래스로의 전직 조건이 아니었다고 하더라도, 이라한은 이 퀘스트를 했을 것이다.

왜냐하면, 그는 인간계가 마계에 흡수되기를 원했으니까.

'후후, 그렇게만 된다면, 완전히 내 세상이 될 텐데 말이지.'

그 이유는 간단했다.

이라한은 마족이었고 마계에서의 성장이 훨씬 빠른 상황이었으니, 인간계가 마계에 흡수되는 것이 좋을 수밖에 없는 것이다.

하지만 처음부터 이라한이 진마의 길을 택했던 것은 아니었다.

그도 처음에는 퀘스트의 진행을 무척이나 망설였었다.

마검사 클래스를 잃는다는 페널티는 물론, 진마가 되어서 얻을 수 있는 모든 이점이 '마계' 안에서만 효력이 있는 것들이었기에 애매했던 것이다.

하지만 그가 마음을 돌리게 된 강력한 계기가 있었다.

-어차피 인간계는 마계에 흡수될 걸세. 왜냐하면 내가 그렇게 만들 것이기 때문이지.

그것은 바로 마왕 서열 10위인 강력한 파괴마 '마하뮤'의

설득 때문이었다.

마하뮤는 이라한에게 인간계 침공에 대한 구체적인 계획을 설명해 주었고, 여기에 이라한이 맡은 바 역할을 훌륭히 수행해 낸다면 막대한 보상을 줄 것도 약속했던 것이다.

그리고 그가 느끼기에 이것은, 더할 나위 없이 완벽한 기회였다.

'다른 놈들을 압도하고 앞으로 치고 나갈 수 있는 완벽한 기회야.'

일반 유저들에게 이라한은, 아직까지 카일란 한국서버의 비공식 랭킹 1위로 알려져 있었다.

그것은 중부 대륙이 열리기 전, 마지막으로 열린 투기장 PVP에서 우승한 것이 바로 그였기 때문이었다.

하지만 이제는 자신이 결코 랭킹 1위가 아니라는 걸, 누구보다 이라한이 가장 잘 알고 있었다.

'다른 녀석들은 몰라도…… 샤크란이나 레미르는 정말 강력해.'

어차피 20위권 안쪽에 있는 유저들의 강력함은 정말 종이 한 장 차이라고 할 수 있을 정도로 비등한 수준이었기에 랭킹 1위라는 타이틀이 크게 의미 없는 것일 수도 있었다.

하지만 이라한은 그게 싫었다.

그는 압도적인 랭킹 1위로 모두의 위에 군림하고 싶었다.

저벅저벅-.

마계 105구역에 있는 던전 하나를 탈탈 털어 사냥한 이라한은, 천천히 걸음을 옮겼다.

마검사 클래스의 상실로 인해 다른 유저들과 벌어진 차이를 메우려면, 한시도 쉴 틈이 없었다.

'크크, 기다려라. 내가 곧 압도적인 차이를 보여 주도록 하지.'

마계 95구역.

이안은 하루만에 99구역부터 96구역까지를 주파하고, 95구역의 필드에 입성하였다.

이는 필드의 마수들을 전부 사냥하지 않고 지나가는 길목에 있는 마수들만 사냥하면서 움직였기에 가능한 속도였다.

'생각 같아서는 눈에 보이는 모든 마수들을 다 잡으면서 가고 싶지만, 그랬다가 늦기라도 하면 정말 곤란하니까.'

앞으로 열흘 내에 80구역에 있는 악마의 성에 도착해 마왕 레카르도를 만나야 했다.

그러려면 당연히 여유 부릴 시간은 없었다.

열흘이라는 제한 시간이 짧은 것은 아니었지만, 만약 시간이 남더라도 80구역까지 도달한 뒤에 사냥을 하는 것이 옳았다.

94구역으로 가는 포털을 찾아낸 이안은, 그 앞의 공터에 있는 바위에 잠시 걸터앉았다.

"후우, 잠시 쉬었다 가자, 얘들아."

이안의 쉬어 가자는 말은 일행에게 언제나 달콤한 제안이었다.

그의 말이 끝나자마자 가신들과 소환수들은 공터 여기저기에 자리를 잡고 쉬기 시작했다.

자리에 앉은 이안은, 자신의 앞에 둥둥 떠 있는 카카를 응시했다.

그러자 절로 실소가 흘러나왔다.

'이놈은 무슨 노예라기보다는 애완동물 같은 느낌이야.'

보면 볼수록 뿍뿍이 같은 녀석이라는 생각이 들었다.

그리고 이안의 시선을 느꼈는지, 카카가 이안을 힐끔 쳐다보았다.

"왜 그러냐, 주인?"

"뭐가?"

"방금 비웃었잖아!"

"어떻게 알았지?"

카카가 이안을 째려보았다.

찌릿-.

"역시 똑똑하다, 카카. 아이큐 7천다워."

"……."

아이큐 7천이라는 말은, 카카의 지능이 7천임을 비꼬아 놀리는 말이었다.

카카와 말장난을 하며 놀던 이안은, 문득 벌써 못 본 지 두 달이 넘어가는 뿍뿍이가 생각났다.

'그나저나 뿍뿍이 이놈은, 대체 어디서 뭘 하고 있는 거지?'

이안은 결코 뿍뿍이를 잊은 것이 아니었다.

그 머리 크고 밉상 맞은 거북이를, 어떻게 잊을 수가 있겠는가.

단지 틈날 때마다 소환을 시도했지만, 뿍뿍이가 자신의 소환을 거부한 것뿐이었다.

'뭐, 좀 집요하게 소환을 시도했으면 소환됐을지도 모르지만…….'

사실 그동안 통솔력이 부족한 탓에, 이안이 뿍뿍이를 방치한 것도 오래 얼굴을 보지 못한 이유 중에 하나이긴 했다.

"그러고 보니, 통솔력이 이제 남을 것도 같은데……."

이안은 그동안 레벨이 많이 올랐다.

현재 이안의 레벨은 무려 195.

당연히 통솔력도 많이 올랐을 것이었다.

"어디 보자……."

그리고 정보 창을 확인한 이안이 씨익 웃었다.

정확히 뿍뿍이를 소환할 수 있을 만큼의 통솔력 여유가 생긴 것이었다.

"좋아, 오랜만에 우리 거북님 존안 좀 뵈어 볼까?"

이안의 중얼거림에 옆에 있던 카카가 물었다.

"거북님은 또 뭐냐, 주인?"

그에 이안이 피식 웃으며 대꾸했다.

"너보다 아주 조금 쓸모 있는 친구가 하나 있어."

"……!"

카카의 양볼이 심통 맞게 부풀어 올랐지만, 이안은 전혀 신경도 쓰지 않았다.

그리고 오랜만에 그리웠던(?) 소환 주문을 외쳤다.

"뿍뿍이, 소환!"

휘이잉-.

을씨년스러운 바람소리가 귓가를 스치고 지나갔다.

뿍- 뿍-.

그리고 그 사이로, 거북이 한 마리가 차가운 마계의 바람을 가로지르며 한 발짝씩 느릿느릿 걸음을 옮기고 있었다.

뿍- 뿌뿍-.

고독한 마계의 거북 뿍뿍이는, 먹잇감을 노리는 맹수의 눈빛으로 무언가를 노려보고 있었다.

'저기, 저곳에 맛있는 마령초가 분명히 있뿍!'

팍 파팍—!

뿍뿍이의 앞발이 빠르게 풀숲을 헤집고 들어가 마계의 차가운 땅을 파헤쳤다.

우우웅—.

그러자 그 안쪽에서 낮은 공명음이 들려왔다.

'역시! 찾았뿍!'

신이 난 뿍뿍이는 빠르게 앞발을 놀려 숙련된 솜씨로 마령초를 캐내었다.

마령초는 잎사귀도 맛있었지만, 굵직한 뿌리들이 더욱 먹음직스러웠기 때문에 조심스레 파내야 한다.

아그작— 아그작—.

보랏빛 잎사귀부터 맛있게 전부 해치운 뿍뿍이는, 마령초의 뿌리를 조심스럽게 뜯어 먹기 시작했다.

'뿍, 스멜!'

입안에서 사르르 녹는 이 달달한 마령초의 뿌리.

이 두툼한 굵기와 향을 보았을 때, 지금 뿍뿍이의 입속에 들어간 마령초는 100년도 넘게 묵은 상등품임이 분명했다.

그리고 기다렸다는 듯 뿍뿍이의 눈앞에 시스템 메시지가 떠올랐다.

띠링—.

—상급 마령초를 섭취하셨습니다.

—'귀혼龜魂'의 수련치가 2.58퍼센트만큼 증가합니다.

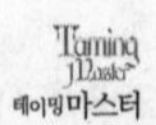

—현재 귀혼 레벨 : 99/숙련도 : 81.94퍼센트

아니나 다를까, 뿍뿍이가 섭취한 마령초는 상급의 마령초였다.

'뿍, 엊그제 먹었던 전설 등급 마령초가 아직도 눈에 아른거린다뿍. 그거 몇 개만 더 먹으면 귀혼 수련치를 다 채울 수 있을 것 같뿍……!'

전설 등급의 마령초는, 99레벨이나 된 뿍뿍이의 귀혼 레벨을 무려 17.5퍼센트만큼이나 한 번에 올려 주었다.

뿍뿍이는 그 달콤함을 잊을 수가 없었다.

'이제 며칠만 더 영초靈草들을 섭취하면 귀혼을 MAX레벨까지 찍을 수 있겠뿍……!'

귀혼 레벨이 오를수록, 뿍뿍이는 자신의 안에 있는 에너지가 더욱 강해지는 것이 느껴졌다.

'분명히 난 빡빡이보다 멋진 거북이로 진화할 거다뿍!'

사실 처음에는, 영초들을 먹는다고 해서 뿍뿍이의 시야에 시스템 메시지가 뜬다거나 하지 않았었다.

하지만 뿍뿍이의 귀혼이 점점 강해지면서 뿍뿍이는 조금씩 계속 변해온 것이다.

처음 뿍뿍이에게 왔던 변화는 말을 할 수 있게 되었다는 것이었고, 두 번째로 온 변화가 바로 귀혼에 관한 시스템 메시지와 정보 창을 확인할 수 있게 되었다는 것이었다.

그리고 귀혼에 관한 정보 창을 확인한 뿍뿍이는, 엄청난 사실을 알 수 있었다.

—귀혼의 레벨은, 영기 가득한 영초나 영물靈物, 영단靈丹 등을 섭취하면 성장시킬 수 있다.

—귀혼이 성장할수록, 귀룡龜龍은 더욱 강한 잠재력을 갖게 되며, 귀혼의 레벨이 50이 넘어가면, 특정 조건을 충족할 시 진화할 수 있다.

'진화……! 난 진화를 할 거다뿍!'

뿍뿍이는 영물이기는 했지만, 이 시스템 메시지에 나오지 않은 정보까지 알 방법은 없었다.

그렇기에 일단 뿍뿍이가 할 수 있는 일은, 계속해서 귀혼의 숙련도와 레벨을 올리는 것뿐이었다.

'멋진 거북이가 되어 빡빡이의 콧대를 눌러 주겠뿍!'

뿍뿍이는 자신의 동료 중 하나인 카르세우스를 잠시 떠올렸다.

뿍뿍이가 보기에 가장 멋들어진 외모를 가진 소환수는, 바로 신룡인 카르세우스였다.

'뿌욱! 카르세우스같이 잘생겨지고 싶뿍!'

그리고 동료 소환수들을 떠올리자, 문득 이안의 품이 그리워졌다.

'내 악덕 주인은 잘 있겠뿍……? 일을 좀 많이 시키기는 하지만…… 그래도 오늘따라 주인 놈이 보고 싶뿍.'

이안과 미운 정이라도 들어 버린 것일까?

뿍뿍이는 요즘 들어 이안과 함께했던 치열한 전투들이 그리워지고 있었다.

'아, 그래도 17시간 전투 후에 달콤한 미트볼 한 알은 정말 꿀맛이었뿍.'

주인과 떨어져 지낸 두 달이라는 시간.

'과거 미화'라는 몹쓸 것이 뿍뿍이의 기억을 조작하기 시작했다.

'그런데 요즘 들어서, 주인 놈이 아예 소환 메시지를 보내지도 않는다뿍. 혹시 날 잊어버린 건 아니겠뿍……?'

뿍뿍이가 이런저런 아련한 상념에 빠져들고 있던 바로 그때였다. 생각지도 못했던 메시지 하나가 뿍뿍이의 시야에 떠올랐다.

–주인 '이안'이 당신을 소환합니다.

–소환에 응하시겠습니까?

무려 한 달여 만에 날아온 이안의 소환 메시지였다.

"뿍……!"

너무나도 반가웠던 나머지, 곧바로 소환에 응해 버리는 우를 범할 뻔했던 뿍뿍이는, 침착하게 마음을 가다듬었다.

"뿍……! 여기서 바로 소환에 응해 버리면, 난 너무 쉬운 거북이가 되어 버린다뿍."

흥분했던 마음을 가라앉힌 뿍뿍이는, 새침한 표정으로 이안의 소환을 거부했다.

"싫뿍! 난 안 가겠뿍!"

—주인 '이안'의 소환을 거부하셨습니다.

다시 떠오른 메시지를 힐끗 응시한 뿍뿍이는, 초조한 표정이 되어 메시지 창을 쳐다보기 시작했다.

'설마 한번만 소환하고 포기하는 건 아니겠뿍……? 분명히 주인도 내가 보고 싶을 거다뿍!'

그러나 1분, 2분이 지나도, 이안의 소환 메시지는 다시 날아오지 않았다.

초조해진 뿍뿍이는 배 속에 들어간 마령초가 잘 소화되지 않는 기분이었다.

'주인 놈, 빨리 다시 날 소환해라뿍!'

그렇게 시간이 5분 정도 더 지났을까?

뿍뿍이의 커다란 두 눈에서 서러움의 눈물이 찔끔 나오기 직전, 기다렸던 이안의 메시지가 또다시 날아왔다.

—주인 '이안'이 당신을 소환합니다.

—소환에 응하시겠습니까?

뿍뿍이는 참지 못하고 빠르게 고개를 끄덕이고 말았다.

"뿍! 갈 거다뿍!"

그리고 뿍뿍이의 말이 끝나기가 무섭게, 그의 몸이 하얗게 빛나기 시작하더니 허공에서 사라졌다.

우우웅—.

—주인 '이안'의 소환에 응하셨습니다.

—마계 95구역으로 이동합니다.

이안은 자신 앞에 하얀 빛무리와 함께 나타난 대두 거북이의 실루엣을 응시하며 중얼거리듯 말했다.

"짜식이, 비싼 척하기는."

위이잉-!

낮은 공명음과 함께 나타난 한 마리의 대두 거북이.

이안이 뿍뿍이의 앞에 쪼그려 앉아 머리를 쓰다듬으며 물었다.

"뿍뿍아, 그동안 잘 지냈냐?"

그리고 뿍뿍이는, 이안을 보자마자 두 눈에 눈물이 그렁그렁해졌다.

"뿍! 주인아, 보고 싶었뿍!"

전쟁으로 인해 헤어진 이산가족의 극적인 상봉을 연상케 하는 감동적인 순간이었다.

감정이 격해진 뿍뿍이와는 달리, 이안은 당황할 수밖에 없었다.

"야, 뿍뿍아. 너 언제부터 말할 수 있게 된 거야?"

이안은 뿍뿍이가 말하는 것을 처음 보았기 때문이었다.

"그건 모른다뿍. 그런데 갑자기 말을 할 수 있었다뿍!"

이안은 속으로 잠시 생각했다.

'뭐지? 혹시 뿍뿍이가 그새 진화를 하기라도 한 건가?'

이안이 예리한 눈으로 뿍뿍이를 한차례 훑어보았다.

하지만 진화했다기에는, 뿍뿍이는 달라진 것 하나 없는 모습을 하고 있었다.

"흐음……."

이안은 뿍뿍이의 정보 창을 한번 열어 보았다.

'혹시나 뭔가 달라진 게 있을 수도 있으니까…….'

하지만 아무리 살펴보아도, 뿍뿍이는 정말 신기할 정도로 달라진 게 없었다.

'뭐지……?'

어쨌든 뿍뿍이가 말을 하게 된 것은 나쁘지 않은 일이었으니, 이안은 그에 대한 생각을 잠시 접어 두었다.

"짜식, 어쨌든 오랜만에 보니까 반갑네. 그동안 푹 쉬었지?"

순간, 뿍뿍이의 몸이 얼음처럼 경직되었다.

"뿍……? 나 별로 못 쉬었다뿍. 지금도 사실 힘들다뿍. 주인 얼굴 봤으니 다시 돌아가겠다뿍."

쪼르르 어디론가 기어가기 시작하는 뿍뿍이의 등껍질을, 이안이 한 손으로 움켜쥐어 쭉 당겼다.

뿍- 뿍- 뿌뿍-

뿍뿍이는 마치 도살장에 끌려가는 듯 애처로운 눈빛을 라이에게 보냈다.

하지만 오랜 친구인 라이조차 뿍뿍이의 눈빛을 외면하고

말았다.

"크르릉-! 다시 뿍뿍이와 함께 전투를 할 수 있어서 기쁘다."

이번에는 빡빡이를 응시했으나, 빡빡이는 오히려 한 술 더 뜨고 있었다.

"내 멋진 친구가 돌아왔군. 철야 근무의 고통을 함께 나눌 전우가 생겨 무척이나 행복하다."

울상을 짓는 뿍뿍이의 눈앞에, 이안이 손가락을 까딱거리며 쪼그려 앉았다.

"올 때는 마음대로 왔겠지만, 갈 때는 마음대로 갈 수 없지."

이안의 말에 뿍뿍이가 작은 항변을 했다.

"올 때도 마음대로 온 건 아니다뿍! 주인이 소환해서 올 수 있었뿍!"

말대꾸를 하는 버릇없는 소환수를, 이안은 가벼운 꿀밤으로 응징했다.

콩-.

"시끄럽다. 아무튼, 오랜만에 왔으니까 이제 일 하자, 뿍뿍아."

"뿌욱……."

뿍뿍이는 잠시 우울한 눈을 하고 앉아 있다가, 문득 생각난 것이 있는지 이안의 가방을 두들겼다.

"주인, 그럼 일 하기 전에 미트볼이라도 하나 줘라뿍. 그거라도 먹어야 일 할 힘이 날 것 같뿍!"

그에 이안은 피식 웃으며 인벤토리를 열었다.

그리고 인벤토리 구석에 쟁여 있는 마약 미트볼을 오랜만에 꺼내어 뿍뿍이에게 건네었다.

"그래, 내가 인심 좀 썼다. 먹고 힘내라 뿍뿍아."

뿍뿍이는 무려 세 알이나 건네는 이안의 씀씀이에, 감동하고 말았다.

"뿌욱……! 역시 멋진 주인이었뿍……!"

뿍뿍이는 무려 두 달 만에 먹는 미트볼을 정신없이 우물거리기 시작했다.

혀끝을 타고 흐르는 이 자극적인 미트볼의 맛이, 뿍뿍이를 황홀하게 만들었다.

"뿌우욱, 행복하다뿍!"

단순하기 그지없는 뿍뿍이를 보며 이안이 실소를 짓고 있을 때였다.

뒤쪽에서 둘의 하는 양을 지켜보고 있던 카카가 쫄래쫄래 날아와 뿍뿍이를 응시했다.

"주인아, 저 바보 같은 거북이 이름이 뿍뿍이냐?"

"응, 쟤가 뿍뿍이야."

순간, 미트볼을 먹던 뿍뿍이의 시선이 카카를 향해 홱 돌아갔다.

찌릿-!

그리고 그 강렬한 눈빛을 받은 카카는 움찔했다.

"……?"

그에 이안은 당황스러운 표정이 되었다.

"야, 카카, 너 설마 쟤한테 쫀 거야? 하긴…… 네 능력치면 쟤한테 물려도 한 방에 골로 가긴 하겠다."

잠시 멍한 표정으로 뿍뿍이를 응시하던 카카는, 고개를 도리도리 저으며 이안을 향해 시선을 돌렸다.

"그게 아니다, 주인아."

지금껏 보지 못했던 카카의 진지한 말에, 이안이 반사적으로 되물었다.

"응? 뭐가?"

카카의 말이 이어졌다.

"저 거북이는 분명……!"

"……?"

카카가 뜸을 들이자, 주변에 있던 모두의 시선이 그의 입을 향해 모였다.

"일곱 전설의 마지막 한 조각이다!"

밑도 끝도 없는 카카의 말에, 이안이 다시 한 번 의아한 표정으로 되물었다.

"뭐? 일곱 전설은 대체 뭔데?"

그런데 이안의 물음에 대한 대답은, 카카가 아닌 다른 곳으로부터 나왔다.

"그건 내가 알려 주도록 하지."

이안의 시선이 목소리가 흘러나온 곳을 향해 움직였고, 그 곳에는 다름 아닌 카이자르가 앉아 있었다.

"음? 일곱 전설이 뭔지 네가 알아?"

카이자르가 고개를 끄덕였다.

"그렇다. 그리고 그것은 나뿐 아니라 사실 이안 너도 들어 본 적이 있는 것이지."

이안의 궁금증이 더욱 커졌다.

"엥? 그게 뭔데?"

카이자르의 시선이 천천히 카르세우스를 향해 돌아갔다.

"저 솜뭉치가 말하는 일곱 전설이란, 아마 카르세우스가 속해 있는 일곱 신룡의 전설을 의미하는 걸 거다. 만약 저놈의 말이 맞다면, 뿍뿍이는 카르세우스를 제외한 나머지 여섯 신룡 중 하나의 핏줄이라는 얘기지."

그에 주변에 있던 모두의 눈이 휘둥그레졌다.

그리고 바로 옆에서 흥미롭게 얘기를 듣고 있던 빡빡이는 고개를 갸웃거리며 중얼거렸다.

"으음? 그건 좀 이상한데……. 뿍뿍이는 분명 우리의 일족이다."

카이자르의 말에 호기심이 더욱 생긴 일행은, '뿍뿍이 신룡설'의 근원인 카카를 향해 다시 고개를 돌렸다.

그에 카카가 고개를 천천히 저으며 말을 이었다.

"카이자르의 말은…… 반은 맞고, 반은 틀렸다."

—마왕 레카르도의 봉인이 해제되었습니다.

—암연暗淵에 봉인되어있던 마룡 칼리파가 깊은 잠에서 깨어납니다.

—곧 마계의 침공이 시작됩니다.(침공까지 남은 시간 : 29일/23:59:59)

—마계의 침공이 시작되면, 중부 대륙과 북부 대륙에 각각 세 개씩의 마계 포털이 생성되며, 포털을 통해 대규모 몬스터 웨이브가 시작됩니다.

—마계의 몬스터들은 강력합니다. 그들을 막아 내기 위해 만반의 준비가 필요할 것입니다.

이라한이 암연의 봉인을 해제한 직후, 당시 카일란을 플레이 중이던 모든 유저의 시야에 위와 같은 메시지가 떠올랐다.

메시지가 떠오른 시각은 새벽이었기 때문에 많은 유저들이 직접 그 메시지를 보지는 못했지만, 이 메시지는 금방 이슈화될 수밖에 없었다.

새벽에 플레이 중이던 유저들이 곧바로 스샷과 함께 커뮤니티에 올렸기 때문이었다.

게다가 이 메시지에 담긴 내용들은 결코 가볍지 않았기 때문에, 유저들의 사이에서 몬스터 웨이브에 대한 이야기들은 일파만파 퍼져 나가기 시작했다.

몬스터 웨이브에 대한 유저들의 입장은 가지각색이었다.

"마계의 몬스터 웨이브가 시작된다고?"

"그렇다니까? 삼십 일 후에 중부 대륙이랑 북부 대륙에 각각 세 개씩 포털이 열린다고 하더라고."

"으, 그거 위험한 거 아닐까? 마계 몬스터들 레벨이 가장 하급 몬스터도 150레벨은 넘는다고 들었는데."

"중부 대륙이야 레벨대가 큰 차이가 안 나서 괜찮을지도 모르지만…… 북부 대륙에서 사냥하는 유저들은 피해를 좀 보겠어."

"그러니까 말이야. 북부 대륙에서 사냥 중인 유저들은 100레벨도 채 되지 않은 초보들이 대부분일 텐데 말이지."

이렇게 몬스터 웨이브에 대해 걱정하는 유저들이 있는 반면……

"이야, 그럼 앞으로는 마계 진입 퀘스트를 얻지 못해도, 마계 몬스터들을 사냥할 수 있게 된다는 얘기 아니야?"

"그렇다니까! 중부 대륙 사냥터가 마음에 들어서 마계로 올라가기는 좀 귀찮았는데…… 정말 잘된 것 같아!"

"크으, 삼십 일 뒤라고 했지? 그 전에 150레벨은 넘겨 놔야겠어. 그래야 몬스터 웨이브 시작되면 꿀 좀 빨지."

“후후, 난 이미 150레벨은 넘었지만…… 그래도 레벨 좀 더 올려놔야지. 200레벨이 넘는 몬스터들도 많다니까 지금 전투력으로는 아직 많이 위험해.”

“미리 파티를 좀 꾸려 놔야겠어. 마물들 사냥해서 나도 얼른 무기들 강화하고 싶네.”

오히려 마계에 진입하지 않고도 마계 콘텐츠를 누릴 수 있다는 생각에 기뻐하는 유저들도 있었다.

하지만 유저들의 입장이 어느 쪽이건 간에, 마계 몬스터 웨이브에 대해 철저한 대책을 세워야 한다고 생각하는 것은 마찬가지였다.

각 길드별로 몬스터 웨이브에 대한 대책 회의를 시작했고, 길드 영지를 가진 길드일수록 회의는 더욱 심각하게 진행되었다.

로터스 길드 또한 예외는 아니었다.

“그러니까 삼십 일 후에 마계 몬스터들이 소환될 포털이 열린다는 얘기지?”

클로반의 말에, 카윈이 고개를 끄덕이며 대답했다.

“그렇다니까. 어떤 몬스터들이 소환될지는 모르지만, 최하급 마물들만으로도 어지간한 중부 대륙 필드몬스터보단 강력하다고.”

이번에는 피올란이 입을 열었다.

"사실 파이로 영지는 큰 걱정이 안 되는데, 북부 대륙에 있는 영지들이 걱정이에요. 거기는 마물들이 공격하면 막아낼 힘이 없지 않을까요?"

북부 대륙 올리버스 영지의 영주인 클로반이 천천히 고개를 주억거렸다.

"맞아, 로터스 영지는 그나마 나은데, 우리 올리버스 영지의 경우에는 방어 시설이 거의 없거든. 주변에 위협되는 타 길드 영지가 아예 없으니까."

"흐으음……."

카윈이 투덜거렸다.

"그나저나 이안 형은, 마계에 꿀이라도 발라 놨나…… 요즘 거기서 아예 나오지를 않네요. 피올란 님은 최근에 이안 형이랑 연락한 적 있어요?"

피올란이 고개를 저었다.

"아뇨, 저도 이안 님 본 지 꽤 오래됐네요."

클로반이 턱을 만지작거리며 중얼거렸다.

"흐음…… 이안이 만큼 마계에 대해 잘 아는 사람도 드물텐데 말이지."

"아무래도 마계 최초 진입 유저니까 당연히 그렇겠죠?"

구석에서 조용히 이들의 대화를 듣고 있던 하린이 끼어들었다.

"이안이도 몬스터 웨이브에 대한 소식은 아마 알 거예요. 사냥이랑 퀘스트에 빠져 있는 것 같다가도, 접속 종료할 때면 커뮤니티 게시판은 꼬박꼬박 들어가서 확인하거든요."

헤르스가 고개를 끄덕이며 덧붙였다.

"맞아. 그게 이안이 습관이지."

하린의 말이 다시 이어졌다.

"지난번에 보니까 마계 몬스터 정보 같은 걸 엑셀에다가 빼곡하게 정리해 놨던데…… 피올란 님이 한번 귓말로 그거 좀 달라고 해 보세요."

"……."

하린의 말에 모두가 질렸다는 듯한 표정이 되었다.

카윈이 먼저 입을 떼었다.

"역시…… 사람은 변하질 않는다더니. 소환수 레벨 업할 때마다 스텟 일일이 적어 놓고 비교할 때부터 알아봤어."

피올란이 피식 웃으며 말했다.

"뭐, 덕분에 우리는 도움 많이 받잖아요."

피올란의 말에 모두가 천천히 고개를 주억거렸다.

누가 뭐래도 지금의 로터스 길드가 만들어진 데에는, 이안의 공이 가장 컸으니까.

"자, 그럼 우리는 일단 북부 대륙에 효율적으로 방어 병력을 조달할 계획부터 세우죠. 전투를 어떻게 할지는 이안 님으로부터 마계 정보를 조달받은 뒤에 생각하면 될 일인 것 같네요.”

“반은 맞고 반은 틀렸다니, 그건 또 무슨 말이야?”

이안의 물음에 카카가 진지한 표정을 지어 보였다.

둥글둥글한 귀여운 외모에 진지한 표정을 지어 보이니 약간 우스꽝스럽기도 했지만, 적어도 지금은 그런 카카의 모습이 웃기거나 하지 않았다.

이안에게 뿍뿍이의 숨겨진 비밀은 무척이나 중요한 사안이었으니까.

“주인아, 일곱 신룡의 전설이라는 게, 천 년 전 마계의 침공을 막아내는데 결정적인 역할을 한 신룡들에 관한 이야기인 건 알고 있지?”

이안은 곧바로 고개를 끄덕였다.

그것은 이전에 카이자르에게도 들어서 알고 있었던 내용이었으니까.

“알고 있다. 카이자르가 바로 그 현장에 있었던 인간 용사였으니까.”

이안의 말에 카이자르를 한번 힐끔 본 카카는, 다시 말을 이었다.

“그럼 혹시 태초에 존재했다는 다섯 신룡에 관한 이야기는 알고 있어?"

이안이 의아한 표정을 지으며 되물었다.

"다섯…… 신룡?"

카카가 머리를 아래위로 흔들며 말을 이었다.

"응, 다섯 신룡."

이안은 열심히 머리를 굴렸다. 어디선가 들어 본 적이 있는 것도 같았기 때문이었다.

그런데 이번에도 이안이 생각에 잠긴 동안, 카이자르의 입이 불쑥 먼저 열렸다.

"알고 있다, 꼬마야. 그래서 나는 그게 항상 궁금했지. 내가 알기로 태초에 존재했던 신룡은 다섯인데, 어떻게 마계의 침공을 막은 신룡은 일곱 신룡이었는지 말이야."

카이자르의 말에 이안은 생각을 멈추고 다시 카카를 향해 시선을 옮겼다.

그리고 주변에 있던 다른 소환수들과 가신들도 흥미로운 표정으로 카카를 응시하고 있었다.

"그야 간단해. 일곱 신룡 중, 드래곤은 다섯뿐이기 때문이지."

"……?"

모두가 어리둥절한 표정이 되었고, 그중에는 심지어 신룡의 일원인 카르세우스도 포함되어 있었다.

이안이 카르세우스를 향해 물었다.

"야, 너는 네가 신룡인데 어떻게 된 게 재보다 더 모를 수가 있는 거야?"

그에 카르세우스가 발끈했다.

"나는 당시의 신룡이 아니다! 이름이 같다고 해도 나는 '그'가 아니라 그의 후예일 뿐인데…… 아는 것이 이상한 것 아니냐, 주인."

이안이 뒷머리를 긁적이며 대답했다.

"그, 그것도 그러네."

어쨌든 카카의 설명이 다시 시작되었다.

"태초에 존재했던 다섯 신룡은, 마계의 차원문이 열리기 전까지 단 한 번도 한 자리에 모인 적이 없었어."

모두의 시선이 다시 집중되자 카카의 설명이 계속 이어졌다.

"마계의 소환문이 열리고, 수많은 마수들과 마족들이 인간계를 침공했어. 처음에는 인간계와 마계의 전투가 비등한 양상으로 진행되었지만, 마룡 칼리파가 등장한 이후 전투의 양상은 완벽히 뒤집어졌지."

그 내용은 무척이나 흥미진진했고, 이안의 경우 알고 있던 퍼즐 조각들이 맞춰지는 느낌이라 더욱 몰입되기 시작했다.

"마룡 칼리파는 북부의 차원문을 통해 처음 인간계에 모습을 드러냈는데, 당시 그를 막기 위해 북부 대륙의 영웅인 오클리와 전룡 카르세우스가 고군분투했지. 하지만 그들만으로 마룡은 막아 낼 수 없던 상대였고, 결국 그들은 칼리파에게 당하고 말았어."

낯설지 않은 이름들이 등장하자, 이안은 속으로 기억을 더듬기 시작했다.

'그러고 보니…… 오클리가 카르세우스에 대해 처음 설명할 때에, 분명 일곱 신룡 중 하나가 아니라 다섯 신룡 중 하나라고 얘기했었던 것 같아.'

카카의 말이 다시 이어졌다.

"당시 마계와의 전투를 이끌고 있던 대현자 솔라르는 커다란 위기감을 느꼈고, 결국 각 대륙에 흩어져 있던 나머지 네 마리의 신룡을 한 자리에 모아야만 칼리파를 저지할 수 있을 것이라고 생각했지."

카카의 얘기가 계속될수록, 카이자르는 뭔가 생각나는 것들이 있는지 점점 복잡한 표정이 되었다.

"그래서 그는 거기에 대한 해답을 구하기 위해, 자신의 스승이자 심연의 마탑주를 찾아가게 돼."

이안이 짧게 물었다.

"그게 누군데?"

"그의 이름은 나도 몰라. 그런데 그게 중요한 게 아니고, 그 마탑주가 거기에 대한 해답으로 내어 놓은 것이, 바로……."

카카의 고개가 뿍뿍이를 향해 돌아갔고, 자연히 모두의 시선이 뿍뿍이에게 모아졌다.

"어비스 터틀."

그 말을 들은 이안의 두 눈이 휘둥그레졌다.

"에에? 뿍뿍이가 그 해결책이었다고?"

카카가 대답했다.

"정확히 말하자면 뿍뿍이가 아니라 뿍뿍이의 선조이긴 했지만, 어쨌든 어비스 터틀이 흩어진 네 마리의 신룡을 모으기 위한 열쇠였어."

"어째서?"

"어비스 터틀은 '잠들어 있는 기운'을 본능적으로 찾아낼 수 있는 능력을 가진 종족이거든. 특히 승천해서 어비스 드래곤이 되고 나면……. 잠들어 있던 신룡들을 깨워 한자리에 모을 수 있지. 어떤 힘으로 그럴 수 있는지는 정확히 모르지만, 아무튼 그렇다고 알고 있어."

이번에는 가만히 듣고 있던 빡빡이가 입을 열었다.

"심연의 종족은 유일하게 우리 종족 중에 자체적으로 귀혼을 성장시킬 수 있는 종족이다. 그래서 여의주의 힘을 빌리지 않고도 귀룡이 될 수 있는 유일한 종족이지."

잠시 뜸을 들인 빡빡이가 말을 이었다.

"여의주는 일생에 단 한 번만 쓸 수 있는데, 여의주의 힘을 빌리지 않고 귀룡으로 진화한 일족은 여의주의 힘을 빌린다면 승천과 동시에 신과 맞먹는 힘을 가진 용이 될 수 있다고 알고 있어."

이안의 머릿속이 빠르게 회전하기 시작했다.

'저 얘기는 일전에 빡빡이에게 이미 한번 들었던 내용이고…….'

빡빡이의 말이 이어졌다.

"그리고 그렇게 어비스 드래곤이 승천에 성공하면, 잠들어 있던 신룡들의 잠재 능력이 일시에 전부 각성되게 되지."

여기까지 들은 카카가 깨달았다는 듯 고개를 끄덕이며 부언했다.

"아, 그래서 잠재 능력이 각성된 신룡들이 어비스 드래곤에게로 모이게 되었던 거군!"

이안은 소름이 돋기 시작했다.

카카와 빡빡이, 그리고 카이자르의 정보가 모여 완벽한 그림이 완성되어 가고 있었기 때문이었다.

'이게 대체……!'

이안이 경악하는 것과는 별개로, 카카의 이야기는 계속되었다.

"어쨌든 그렇게 모인 네 마리의 신룡, 그리고 어비스 드래곤. 이들과 북부 대륙에서 전사한 전룡 카르세우스가, 천 년 전 마계의 침공으로부터 인간계를 지켜 낸 일곱 전설의 일원이야."

하지만 이상한 점이 하나 있었다.

“어……? 그러면 다섯 신룡에 어비스 드래곤까지…… 총 여섯 전설이어야 하는 거 아니야? 왜 일곱 전설이 된 거지?”

“음…… 그게, 그 일곱 전설 중 마지막 하나는 바로 인간 영웅이야. 나도 정확한 그의 이름은 모르는데, 용기사라고 불리기도 하더라고.”

그 순간 이안은 생각나는 누군가가 있었다.

“……!”

복잡한 표정으로 카카의 이야기를 듣고 있던 카이자르가 천천히 일어나며 무거운 표정으로 입을 떼었다.

“모든 게…… 기억났다.”

카이자르가 천천히 말을 이었다.

“그 용기사의 이름이 바로…….”

카이자르와 이안의 시선이 마주쳤다.

“카이자르다.”

–‘마군-魔君(악마의 술사)’로의 전직에 성공하셨습니다.

–‘마군-魔君’으로의 전직에 최초로 성공하셨습니다.

–명성이 10만 만큼 증가합니다.

–‘마군-魔君’으로의 전직에 성공하여, 듀얼 클래스가 생성되었습니다.

–직업 정보 창에 ‘마군-魔君’직업에 대한 정보가 추가로 생성됩니다.

―'마군―魔君'클래스의 기본 스킬인 '마력의 소용돌이'스킬을 배우셨습니다.

―'마군―魔君'클래스의 기본 스킬인 '마기환원'스킬을 배우셨습니다.

레미르는 떠오르는 시스템 메시지들을 보며 뿌듯한 미소를 지었다.

"비록 전 직업 기준으로는 최초 타이틀을 빼앗겼지만, 아무래도 마법사 중에는 내가 최초로 듀얼 클래스를 얻은 것 같군."

중얼거리듯 말하는 레미르를 보며, 카산드라가 피식 웃었다.

―그렇긴 하네. 그렇지만 그게 이제 와서 새로울 것 있어? 넌 언제나 가장 뛰어난 마법사였잖아. 오히려 모든 인간들을 통틀어 가장 빠르게 성장하던 네가 이안이라는 녀석한테 자꾸 최초 타이틀을 빼앗기니까 심술이 났던 거 아니야?

정곡을 찌르는 카산드라의 말에, 레미르가 살짝 얼굴을 찌푸렸다.

"곧 다시 내가 앞지를 거야. 걱정하지 말라고."

레미르는 듀얼 클래스가 생기면서 새로 얻은 스킬과 스텟들의 정보를 열심히 읽어 내려갔다.

그녀는 듀얼 클래스와 기존의 클래스를 어떻게 조합해야 최고의 효율을 낼 수 있을지 머릿속으로 그려보고 있었다.

새로운 힘이 생겼다고 해도, 그것을 어떻게 쓰느냐에 따라 발휘할 수 있는 전투력은 천차만별이었으니까.

카산드라는 그런 레미르를 물끄러미 바라보았다.

–그래도 확실히 넌 나를 놀라게 하는 재주가 있어, 레미르.

"무슨 말이지?"

–이렇게 빠르게 '마군–魔君'이 되는 걸 성공할 줄은 몰랐거든. 그것도 악마의 술사라니.

레미르가 고개를 절레절레 저으며 입을 떼었다.

"이제 와서 그런 위로 따위 필요 없으니까, 태양의 보석이 잠들어 있는 위치나 알려 줘, 카산드라."

–호호, 성질 급하긴…….

"빨리 얘기 안 하면, 계약이고 뭐고 다 없던 걸로 해 버릴 거야!"

레미르의 어깃장에, 카산드라가 손사래를 치며 비굴한 표정을 지었다.

–에이, 장난 좀 쳤다고 너무하는 거 아니야?

"확, 그냥……."

–워, 워 알겠어. 말할게, 말할게.

카산드라가 잠시 뜸을 들이더니, 천천히 입을 열었다.

–일단, 내가 왜 빨리 듀얼 클래스를 얻으라고 했는지는 알고 있지?

레미르가 고개를 끄덕였다.

"저번에 말했잖아. 80구역인가에 있는 악마의 성으로 들어가기 위해선 듀얼 클래스가 꼭 필요하다며."

―맞아. 그럼 내가 왜 그 말을 했을까?

잠시 생각한 레미르가 카산드라를 향해 되물었다.

"악마의 성안에 태양의 보석이 잠들어 있는 거야?"

카산드라가 씨익 웃으며 대답했다.

―빙고. 바로 그렇지. 좀 더 정확히 말하자면, 악마의 성안에 태양의 보석의 위치를 알고 있는 인물이 갇혀 있다고 해야 할까……?

레미르가 의아한 표정으로 카산드라를 향해 물었다.

"응? 그게 누군데?"

―이름을 말하면 네가 알 수도 있겠다. 그는 인간계의 영웅이었으니까.

"음……?"

―그의 이름은 솔라르야. 천 년 전 마계와 인간계의 전투에서 포로로 잡혀 들어왔던 인간계의 영웅이라고 알고 있어.

"……!"

카산드라의 말처럼, 레미르는 확실히 솔라르라는 이름을 알고 있었다.

'뭐야, 천 년 전 마계와의 전투에서 활약했던 솔라르라면, 그 대마법사 솔라르가 맞는 것 같은데……?'

레미르의 반응과 관계없이, 카산드라의 말이 이어졌다.

―어쨌든 그를 알고 있다면, 그가 태양의 보석에 대한 정보를 알고 있을 것이라는 것쯤은 너도 당연히 짐작이 가겠지?

'대마법사 솔라르'라는 이름은 마법사의 직업 퀘스트를 하다 보면 뻔질나게 등장하는 이름이었다.

인간 중에서 8서클의 마법을 최초로 구사했던 전설적인 마법사. 천년 전 마족들과의 전쟁에서 가장 큰 활약을 한 인간 영웅 중의 한 명.

그리고 지금 레미르의 클래스가 바로 마법사였으니, 그를 모를 수가 없었다.

'마계 몬스터 웨이브가 삼십 일 남았다고 했지? 그 안에 태양의 보석을 얻을 수 있을까?'

태양신의 힘을 얻기 위한 가장 핵심 퀘스트.

레미르의 마음이 조금 더 조급해졌다.

이안은 머릿속이 복잡해졌다.

그러고 보면 지금껏 뿍뿍이의 행보에는 석연치 않았던 구석이 한두 가지가 아니었다.

'처음 북부 대륙에서 오클리가 잠들어 있던 던전을 발견했던 것도 바로 이 녀석이었어.'

그때는 그냥 우연이라고 생각했었는데, 카카의 이야기를 들어보니 그것조차 우연이 아니었다.

뿍뿍이가 카르세우스의 영혼에 이끌린 것은, 그야말로 본능과도 비슷한 것이었던 것이다.

'뿍뿍이가 이렇게 중요한 녀석이었다니…….'

이안의 머릿속에 그려져 있던 뿍뿍이의 이미지가, '미트볼만 축내는 식탐 거북이'에서 '중요한 녀석'으로 단숨에 격상되는 순간이었다.

뿍뿍이는 이게 무슨 상황인지 모르겠다는 듯, 커다란 두 눈을 꿈뻑이며 열심히 미트볼을 우물거리고 있었다.

"여의주가 뭐냐뿍. 나 그거 있으면 진화할 수 있는 거냐뿍?"

지금까지 들은 내용을 어디로 다 흘려 버렸는지, 답답한 소리를 하는 뿍뿍이를 보며, 카카가 한숨을 푹 내쉬었다.

"지금까지 설명 뭐 들은 거야?"

뿍뿍이가 곧바로 대답했다.

"미트볼 맛을 음미하느라 못 들었뿍. 역시 마약 미트볼은 맛있뿍."

"하아……."

아무런 버프나 아이템 보정 효과 없이 순수 지능만 7천이 넘는 브레인(?) 카카와 170레벨이 넘었음에도 지능이 두 자리 수인 뿍뿍이의 만남이라니…….

이안은 왠지 모르게 둘이 어울린다는 생각을 하며, 지금까지 들은 정보들을 열심히 머릿속으로 정리해 보았다.

'그러니까, 결론부터 말하자면…… 천 년 전 마계의 침공을 막는 주역이었던 일곱 전설 중에 셋이 나에게 있는 거잖아?'

카르세우스와 카이자르, 그리고 뿍뿍이.

이안은 무척이나 들뜨기 시작했다.

'그렇다는 건 이번 마계 몬스터 웨이브에도 내 지분이 가장 클 수밖에 없다는 소리!'

심지어 뿍뿍이에게 여의주를 물려 주면, 카르세우스가 각성까지 할 수 있다고 한다.

뿍뿍이가 드디어 진화함은 물론, 카르세우스까지 신화 등급으로 각성하게 되는 일석이조의 상황이었다.

'게다가 나머지 신룡들도 한자리에 모이면, 혹시 몰라. 그 용가리들까지 내가 테이밍해 버릴 수 있을지도……!'

그렇게 이안이 김칫국을 제대로 한 사발 흡입하고 있을 때, 카카가 이안의 뇌내 망상을 중지시켰다.

"주인아, 주인은 뿍뿍이랑 다르게 똑똑하니까 이제 뭘 해야 할지 알겠지?"

뿍뿍이가 카카를 무섭게 째려봤지만, 카카가 그런 것을 신경 쓸 리 없었다.

"흠, 내가 먼저 해야 할 일이라면……."

이안의 시선이 뿍뿍이를 향했다.

"얘를 진화시켜 귀룡으로 만드는 거?"

카카가 고개를 끄덕이며 대답했다.

"그렇지. 역시 주인은 똑똑하다."

이안이 뒷머리를 긁적였다.

'뭐지? 게임상이지만 노예에게 칭찬받는 이 기분, 뭔가 묘

한데……?'

카카의 말이 이어졌다.

"일단 뿍뿍이가 귀룡으로 진화해야, 여의주를 얻어 승천할 수 있으니, 당연히 그걸 먼저 해야 한다."

"뿍뿍이가 진화하고 나면 여의주부터 얻어야 하고?"

카카가 고개를 끄덕였다.

"그렇지."

"그런데 얘 진화는 어떻게 시키는데?"

"그건 빡빡이에게 물어봐라, 주인아."

이안이 다시 입을 열기도 전에, 빡빡이가 기다렸다는 듯 끼어들며 대답했다.

"뿍뿍이가 진화하기 위해서는, 수백 년 이상 묵은 강력한 영기를 가진 영초가 필요하다."

"음…… 영초라고?"

이안의 시선이 다시 뿍뿍이를 향했다.

"그런 거라면 얘가 알아서 잘 찾아서 먹잖아?"

빡빡이가 조금 당황한 표정으로 대답했다.

"그, 그렇다."

"그럼 얘 가만 두면 알아서 진화하는 거야?"

빡빡이가 머뭇거리자, 옆에 있던 뿍뿍이가 힘차게 대답했다.

"그렇뿍. 나 이제 금방 진화한다뿍. 귀혼 레벨이 벌써 99

레벨이다뿍.”

“…….”

뿍뿍이의 말이 무슨 말인지 알 길이 없는 이안은 잠시 여기에 대한 생각을 접어 두고, 다른 궁금한 부분에 대해 카카에게 물어보았다.

“일단 뿍뿍이 진화는 잠깐 접어 두고…… 궁금한 게 있는데, 카카.”

“응, 말해라 주인아.”

“그럼 과거에 그랬던 것처럼, 뿍뿍이가 승천해서 어비스 드래곤이 되면, 각지에 은거해 있던 신룡들이 뿍뿍이에게로 모이는 거야? 마계의 침공을 막기 위해서?”

이안은 당연히 그럴 것이라고 생각해서 물어본 것이었지만, 카카는 고개를 절레절레 흔들었다.

“그건 아니다, 주인아.”

“응? 왜 그렇지?”

“왜냐하면, 그때랑 지금은 상황이 다르기 때문이지.”

“……?”

카카의 설명이 이어졌고, 그것을 간단히 요약하면 이러했다.

1. 귀룡이 승천하여 어비스 드래곤이 되면, 아직 각성하지 못한 신룡들이 각성하기 위해 어비스 드래곤에게로 모인다.

2. 어비스 드래곤에게 모인 드래곤들은 여의주의 힘을 나

눠 받으며 진정한 신룡으로 거듭나게 된다.

3. 천 년 전에는 전쟁의 신룡을 제외한 네 마리의 신룡이 모두 각성 전 단계에 있었기 때문에, 여의주의 힘을 느끼고 나타난 것이었다.

4. 그러나 지금은 카르세우스를 제외한 나머지 네 마리의 신룡이 이미 각성한 상태이기 때문에, 뿍뿍이가 어비스 드래곤이 된다고 해도 나타나지 않을 것이다.

이야기를 다 들은 이안이 입맛을 다셨다.

"쩝…… 뭐야, 아쉽네."

아쉬워하는 이안을 보며 카카가 낄낄 웃었다.

"주인아, 너무 욕심 부리는 거 아니냐?"

"뭐, 뭐가."

"다섯 신룡을 전부 테이밍하고 싶었던 것 아니야?"

"……!"

정곡을 찔린 이안은 잠시 표정 관리를 하지 못하고는 헛기침을 하였다.

"크흠, 흠. 그런 것 아니다. 단지 의문점이 생겨서 그래."

카카가 의아한 표정을 지으며 되물었다.

"의문점? 그게 뭔데? 난 설명 잘해 준 것 같은데?"

이안이 손사래를 치며 대답했다.

"아니, 방금 말한 것에 대한 의문점이 아니고."

"그럼?"

"과거에는 신룡들의 힘이 모두 모여서 마족의 침략을 막아 냈었는데, 그러면 이번에는 그들의 힘 없이 막아 내야 하냐는 거지. 그리고 만약 그래야 한다면, 신룡들의 힘 없이도 막아 낼 수 있을지도 궁금하고."

카카가 워낙 방대한 지식을 가지고 있다 보니, 이안은 앞뒤 생각 않고 궁금한 것들을 모조리 물어보았다.

그리고 카카의 표정이 사뭇 진지해졌다.

"흐음…… 그건 나도 알 방법이 없지. 난 과거의 지식들을 가지고 있을 뿐, 미래가 어떻게 바뀔지 예언하는 능력은 없으니까."

이안이 뒷머리를 긁적였다.

"흠, 그건 그러네."

"하지만 그건 알아."

"뭐?"

"나머지 네 신룡의 힘이, 어떤 방식으로든 마계의 공격을 막기 위해 나타날 것이라는 것."

"……?"

이해하지 못했다는 표정을 하고 있는 이안을 위해, 카카가 몇 마디 더 부언했다.

"그들은 항상 이계의 침략으로부터 인간계를 지켜 내기 위해 노력해 왔고, 마계가 침공했다는 사실을 안다면 어떻게든 힘을 더 보탤 것이라는 이야기야."

이안은 어이없다는 표정을 지었다.

"뭐야, 그럼 결국 그들도 나타날 거라는 얘기잖아."

카카가 고개를 저었다.

"그건 모르지. 다른 누군가에게 자신의 권능을 쥐어 줄지도."

"흠……? 신룡의 권능……?"

옆에서 가만히 얘기를 듣고 있던 카이자르가, 피식 웃으며 이안에게 핀잔을 줬다.

"인간들 중에 난놈이 너 밖에 없다고 생각하는 거냐?"

"뭐?"

카이자르의 말이 이어졌다.

"그들은 아마도 제각각, 자신들의 기준에 부합한다고 생각하는 뛰어난 인간에게 자신들의 권능을 내어 주고 인간계를 지킬 수 있게 도와줄 거야."

카카도 동의한다는 듯 고개를 끄덕였다.

마계 90구역의 관문.

다행히 90구역의 관문은 '상급 마족'의 신분으로 프리패스가 가능한 구간이었다.

덕분에 이안은 스트레이트로 85구역까지 내려올 수 있었다.

'난이도가 조금씩 높아지는 게 체감되긴 하지만, 아직은 할 만해.'

85구역까지 내려오는 동안, 이안은 당연히 마수 포획과 연성을 쉬지 않고 계속 했다.

덕분에 마수 연성술의 레벨도 어느덧 2레벨.

경험치가 오르는 속도는 극악이었지만, 연성하는 마수들의 등급을 좀 더 상위 등급으로 바꾸고 나면, 다시 또 경험치가 잘 오를 것이다.

'재료 수급이 훨씬 힘들어지겠지만 말이지.'

이안은 미트볼을 열심히 먹으며 자신의 발 앞에서 알짱거리는 뿍뿍이를 슬쩍 응시했다.

'그나저나 이 녀석을 다시 불러들이고부터…… 뭔가 엄청나게 많은 일들이 일어난 느낌이야.'

사실 겉으로 보기에 이안의 일행이 달라진 것은 아무것도 없었다.

전력이 더 늘어난 것도 아니었고 행선지가 바뀐 것도 아니었으며, 새로운 퀘스트를 얻거나 아티팩트를 얻은 것도 아니었다.

하지만 대신에 엄청나게 많은 정보가 이안의 머릿속으로 쏟아져 들어왔다.

'으음…… 저 녀석을 빨리 진화시키려면 경매장에서 영초

란 영초는 전부 사다가 먹여야 하는 건가?'

사실상 루스펠 제국에서 가장 강한 힘을 갖게 된 로터스 길드.

그리고 로터스 길드의 영지 중 가장 경제력이 큰 영지인 로터스 영지의 주인이 바로 이안이었기 때문에, 이안은 돈이 넘쳐날 수밖에 없는 상태였다.

하지만 이안의 수중에 쓸 수 있는 골드는 별로 없었다.

'이번에 방어탑 건설을 위해 쟁여 놨던 예산 중에 한 1퍼센트 정도만 빼다가 뿍뿍이 줄 약초를 좀 살까…….'

그는 세금으로 번 대부분의 돈을 다시 영지 발전을 위해 투입하였던 것이다.

'어쨌든 지금 당장은 80구역에 있다는 악마의 성으로 가는 게 우선이야.'

이안은 수행 중인 마계 메인 퀘스트를 하기 위해 다시 움직이기 시작했다.

뿍뿍이를 얼른 진화시키고 싶은 마음도 굴뚝같았지만, 퀘스트의 제한 날짜가 이제 정말 얼마 남지 않았기 때문이었다.

"자, 다들 일어나! 다음 맵으로 빨리 넘어가자고."

이안의 명령에 소환수들이 투덜거리며 자리에서 일어났고, 가신들은 곧바로 전투 준비를 마치고 열을 맞춰 이안의 앞에 도열했다.

"80구역까지 얼마 남지 않았다. 악마의 성에 도착하면, 쉬게 해 줄 테니까 조금만 더 힘을 내자고."

중부 대륙 중앙 지역에 굳건하게 자리 잡고 있는 거대한 영지.

파이로 영지는, 중부 대륙에서 머물고 있는 유저뿐 아니라, 카일란을 플레이하는 유저라면 모르는 사람이 없을 정도로 유명한 거점이 되었다.

그렇게 된 이유 중에는 파이로 영지의 발전 속도가 빠르다는 것도 있었지만, 가장 큰 이유는 중부 대륙에 있는 그 어느 거점보다도 완벽한 방어 건물을 갖춘 튼튼한 요새였기 때문이었다.

제국의 거대 영지에 버금갈 정도로 '안전지대'라는 말에 손색이 없었다.

중부 대륙에서도 양대 제국과 가까운 위치인 동부와 서부 지역은 안전한 영지가 많았지만, 전장 한복판이자 가장 위험한 몬스터들이 많이 서식하는 중앙 지역에는 딱히 안전지대랄 만한 곳이 없었다.

그야말로 파이로 영지만이, 유일하게 안전지대라고 할 수 있었다.

"휘유, 파이로 영지가 아니었다면 나는 탐험가 숙련치를 올리기가 정말 힘들었을 거야."

100레벨 초반대 정도의 궁사이자, '탐험가'라는 생산 직업을 가지고 있는 릴슨은 파이로 영지의 잡화 상점에 아이템들을 처분하고 있었다.

그는 대부분의 카일란 유저들과는 달리 전투보다는 카일란의 다른 콘텐츠들을 더 좋아했고, 그중에서도 그가 좋아하는 것은 '탐험'이었다.

'이 넓은 대륙에서 신비한 아티팩트를 찾고, 알려지지 않은 숨겨진 고대의 유물들과 역사의 조각을 찾아내는 것이야말로 정말 흥미진진하지.'

그렇기에 그는 전투 클래스보다 생산 클래스에 더 많은 투자를 한 유저였고, 덕분에 카일란 초기부터 플레이했음에도 아직 100레벨 초반대 밖에 되지 않는 낮은 레벨을 가지고 있었다.

그리고 그 레벨은, 중부 대륙을 탐험하기에는 턱도 없이 부족한 수준이었다.

하지만 그는 북부 대륙에서는 더 이상 탐험가 숙련도를 올리기 힘들었기 때문에 다른 선택지가 없었다.

탐험가 숙련도 랭킹 1위라는 타이틀을 놓치지 않기 위해서는, 무리를 해서라도 중부 대륙에 갈 수 밖에 없는 상황이 된 것이다.

'처음 중부 대륙에 왔을 때, 로터스 길드원들을 만났던 게

정말 행운이었지.'

그런 그가 중부 대륙에 오자마자 선택한 것은 바로 파이로 영지였다.

서부 지역을 버리고, 과감히 중앙 지역으로 움직인 것이다.

평화롭기 그지없는 서부 지역보다는, 몬스터 밭의 한복판이라고 할 수 있는 파이로 영지야말로 탐험가 숙련도를 올리기에는 더 적합하다고 생각한 것이었다.

그리고 그의 선택은 탁월했다.

'파이로 영지의 치안대에 들어오고 나서, 탐험가 숙련도가 정말 많이 오른 것 같아.'

파이로 영지의 치안대는 매일 일정 시간만 되면 영주인 피올란을 필두로 인근의 던전 탐험을 시작한다.

그 과정에서 얻게 된 유적이나 탐험 경험치가, 정말 엄청나게 쏠쏠했던 것이다.

그리고 릴슨은, 바로 오전에 있었던 던전 탐험에서 생각지도 못했던 유물을 얻을 수 있었다.

'크으…… 이 녀석을 감정하는 데 성공하면, 탐험가 경험치가 얼마나 올라갈지 정말 상상도 되지 않는군.'

릴슨은 손에 들린 묵직한 책을 애틋한 눈빛으로 응시했다.

-알 수 없는 고대의 기록서/유물 등급 : 전설

탐험가 랭킹 1위라는 자부심을 가지고 지금까지 게임을 플레이해 오면서, 유물 등급이 '전설'인 아이템은 처음 만져

보았다.

그는 파이로 영지 구석진 곳에 있는 작은 여관으로 들어가서, 고대의 기록서를 탁자에 얹어 놓았다.

"후우, 좋아. 최상급 감정석을 서른 개나 준비했으니…… 이 정도면 감정에 성공할 수 있겠지?"

릴슨의 '유물 감정'스킬의 레벨은 무려 고급 8레벨이었다.

생산 직업 스킬 레벨인 것을 감안했을 때 그야말로 엄청난 것이었다.

하지만 그럼에도 불구하고, 전설 등급 유물의 감정은 쉽지 않을 터였다.

릴슨은 심호흡을 한 번 한 뒤, 기록서의 감정을 시작했다.

"감정!"

–'알 수 없는 고대의 기록서' 유물의 감정을 실패하셨습니다.

–최상급 감정석을 한 개 소모하셨습니다. (남은 감정석 : 스물일곱 개)

–'알 수 없는 고대의 기록서' 유물의 감정을 실패하셨습니다.

–최상급 감정석을 한 개 소모하셨습니다. (남은 감정석 : 스물여섯 개)

"으으……."

계속된 실패에도 불구하고, 릴슨은 이마에 땀을 뻘뻘 흘려가며 계속해서 감정을 시도했다.

그리고 그 결과.

감정석이 몇 개 남지 않았을 때가 되어서야 그는 드디어 전설 등급 유물의 감정에 성공할 수 있었다.

띠링-!

-'알 수 없는 고대의 기록서'의 감정에 성공하셨습니다.

-탐험가 경험치가 985,740만큼 상승합니다.

-'유물 감정' 스킬의 숙련 경험치가 191,824만큼 상승합니다.

-'유물 감정' 스킬의 레벨이 고급 8레벨에서 고급 9레벨로 상승합니다.

-최초로 전설 등급의 유물을 감정하는 데 성공하셨습니다.

-명성을 40만 만큼 획득합니다.

연달아 떠오르는 메시지를 보며, 릴슨은 벅찬 감동에 빠져들었다.

'크으으, 이거지! 이 맛에 그 고생을 해 가면서 유물을 발굴하는 거지!'

사냥에 도움 되지 않는다며 파티에서 항상 무시당하던 설움이 한 번에 날아가는 기분이었다.

그런데 그렇게 릴슨이 감동에 빠져 있던 그때, 그의 시야에 보라색 빛으로 빛나는 월드 메시지가 떠올랐다.

띠링-.

-유저 '릴슨'이 최초로 전설 등급의 유물을 발굴하는 데 성공했습니다.

-천 년 전, 인간계와 마계의 차원 전쟁이 기록되어 있는 역사서인, '마계 전쟁 기록서 Ⅰ' 유물이 발견되었습니다.

-10초 후, 천 년 전의 역사가 눈앞에 펼쳐집니다.

-영상을 보지 않으시려면, 메시지를 꺼 주십시오.

릴슨은 뭐에 홀리기라도 한듯 멍하니 메시지를 바라보고

있었고, 잠시 후 그의 눈앞이 캄캄해졌다.

이안은 월드 메시지를 보고는 고개를 갸웃했다.

'음……? 마계 전쟁 기록서? 이게 뭐지?'

가끔 새로운 던전이 발견되거나, 어떤 고대의 기록들이 발견되면 이런 메시지가 월드 메시지로 날아오고는 한다.

하지만 사냥할 시간도 항상 부족하다 여기는 이안은, 언제나 그런 메시지를 보면 일말의 망설임도 없이 지워 버리곤 했다.

'그렇지만 이건 좀 봐야 할 것만 같은데?'

마침 한 타임 사냥이 끝나기도 했고, 마계와 관련된 정보는 지금 무척이나 중요한 부분일 수도 있었기 때문에 이안은 메시지를 지우지 않았다.

'잠시 쉬어 갈 겸 영상이나 한번 볼까?'

그렇게 앉아 있던 이안의 시야가 조금씩 어두워지기 시작했다.

이안의 시야에 처음 나타난 장면은 시뻘겋게 타오르는 붉은 지팡이를 쥔 무척이나 아름다운 한 여인과, 카르세우스의 몸집보다도 훨씬 더 거대한 위용을 자랑하는 한 레드 드래곤의 모습이었다.

"깨어났느냐, 라노헬."

붉은 지팡이의 여인은, 맑고 청량한 목소리를 가지고 있었다.

하지만 그 목소리에는 어쩐지 위압감이 묻어났다.

"그렇습니다, 태양신이시여……."

그리고 놀랍게도, 드래곤이 그녀의 앞에 머리를 조아리고 있었다.

"이 시점에 신룡의 각성이 이루어졌다는 것은 어쩌면 운명인지도 모르겠어."

태양신이라 불린 여인의 말에, 레드 드래곤이 다시 한 번 고개를 숙여 보이며 대답했다.

"그렇습니다. 제가 가야 할 곳이, 제가 필요한 곳이 어디인지 느껴집니다, 헬레나 님."

'헬레나'라고 불린 그 여인은, 말없이 전방을 향해 손을 뻗었다.

화르륵-.

그러자 그녀의 바로 앞에, 붉은 빛으로 빛나는 커다란 포털이 하나 열렸다.

"다녀오거라."

"예, 헬레나 님."

"부디 이 길고 길었던 차원 전쟁을 마무리 지어다오."

"알겠습니다. 실망시켜 드리지 않을 겁니다."

그 대화를 끝으로 레드 드래곤은 포털 안쪽으로 사라졌고, 장면은 다시 새까맣게 어두워졌다.

그리고 잠시 후, 이안의 눈앞에 새로운 장면이 펼쳐졌다.

그 장면 안에는 새카만 블랙 드래곤 한 마리와, 음침한 분위기를 풍기는 두 사람이 서 있었다.

그리고 놀랍게도, 둘 중 한 인물은 이안도 낯이 익은 사람이었다.

그의 이름은 임모탈이었다.

"임모탈, 그대가 루가릭스를 도울 수 있겠는가."

두 사람 중, 백발에 흑의 로브를 두른 남자가 입을 열자, 임모탈이 공손히 고개를 숙여 보였다.

"여부가 있겠습니까, 어둠의 신이시여."

임모탈의 대답에 남자가 끄덕여 보이며 시선을 돌렸다.

그리고 그곳에는 거대한 블랙 드래곤이 앉아 있었다.

"루가릭스, 너도 잘할 수 있겠지?"

'루가릭스'라고 불리운 블랙 드래곤 역시, 공손히 고개를 숙여 보이며 대답했다.

"물론입니다, 카데스 님. 실망시켜 드리지 않을 것입니다."

이번에도 마찬가지로 둘의 뒤편에 커다란 포털이 하나 생성되었다.

그리고 임모탈과 루가릭스, 둘의 신형이 빨려 들어가듯 포털 안쪽으로 사라졌다.

여기까지 말없이 지켜본 이안은 속으로 중얼거렸다.

'저들이 카카가 말했었던…… 나머지 네 신룡 중 둘인가 보네.'

그 다음으로 이어진 광경은 비슷했다.

바람의 신과 함께 등장한 '노르피스'라는 이름의 드래곤과 대지의 신과 함께 등장한 '밀라이카'라는 이름의 드래곤.

두 장면이 더 지나고 나자, 이질적인 장면이 다시 떠올랐다.

이번에는 이전과는 달리, 장면 어디에도 드래곤은 보이지 않았다.

대신에, 이안이 무척이나 잘 알고 있는 한 인물이 그 속에 있었다.

-오클리는 날 실망시켰지만…… 너는 그렇지 않으리라 믿는다, 카이자르.

그 남자는 바로, 카이자르였다.

언제나 하드코어한 사냥을 추구하던 이안의 파티.

항상 10분 내외였던 휴식 시간이 길어지자, 느긋하게 앉아 있던 카카는 의아해졌다.

"야, 뿍뿍아."

"왜 부르냐뿍."

"우리 너무 오래 쉰 거 아니냐?"

"그렇긴 하다뿍. 벌써 15분이나 지난 것 같뿍."

카카가 구석에 앉아 조용히 명상(?)을 취하고 있는 이안을 슬쩍 응시하며 다시 입을 열었다.

"주인 놈이 좀 이상하다."

"뭐가 이상하냐뿍?"

"저기 앉아서 미동조차 않고 가만히 있잖아. 사실 휴식 시간을 5분이나 넘긴 것부터가 이미 주인 놈이 정상은 아니라는 소리야."

뿍뿍이가 고개를 크게 끄덕였다.

"맞뿍. 듣고 보니 이상하다뿍."

카카는 머리를 긁적이며 땅을 힘껏 박차고 뛰어 올랐다.

사실 땅을 박차고 뛰어 올랐다기보다는, 뛰는 시늉을 했더니 몸이 둥둥 떠 있었던 거였지만.

"뭔가 불안하니까 주인을 한번 깨워 볼까?"

"……!"

쉬는 시간이 5분 길어졌다고 이안의 상태가 정상이 아님을 의심하는 뿍뿍이와 카카였다.

일반적인 유저의 소환수였다면 아무런 의심 없이 휴식을 즐겼겠지만, 아쉽게도 그들은 이미 이안의 사냥 패턴에 길들여져 있었다.

"그럼 내가 한번 가서 깨워 본다?"

뿍뿍이의 동공이 가늘게 떨렸다.

"뿍…… 정말 깨울 거냐뿍?"

"으음……."

"빡빡이와 카르세우스가 카카를 미워할 거다뿍."

이안이 깨어난다는 말은, 사냥이 다시 시작된다는 말과 다를 바 없었으니 하는 말이었다.

"그래도 어쩔 수 없잖아. 주인 놈이 어디 아픈 거면 어떻게 해?"

뿍뿍이의 입에서 작은 한숨이 새어나왔다.

"휴우, 어쩔 수 없뿍. 그럼 한번 깨워 봐라뿍."

뿍뿍이의 허락에 조금 더 힘을 얻은 카카는, 뭉실뭉실한 작은 꼬리를 흔들거리며 이안을 향해 날아갔다.

그리고 기안의 눈앞에 떠올라 알짱거리기 시작했다.

"주인 놈아, 자는 거냐?"

하지만 이안은 묵묵부답일 뿐이었다.

"어디 아픈 거 아니지? 대답만 해 주고 다시 자면 된다. 완전히 일어날 필요는 없어."

카카의 제안을 아예 듣지도 못했는지, 이안은 미동조차 하지 않는 굳은 자세로 가만히 명상을 하고 있었고, 그에 이상함을 느낀 카카가 이안의 감겨 있는 두 눈을 뚫어지게 쳐다보았다.

'으음, 뭐지?'

카카가 이안의 눈앞까지 천천히 더 가까워졌다.

그런데 그때, 돌연 카카의 몸이 새하얗게 빛나기 시작했다.

'뭐, 뭐야? 이건……!'

그리고 자신의 몸에서 나타나는 변화를 발견한 카카는, 곧 어떤 현상인지를 알 수 있었다.

"이건…… 일시적인 각성인가?"

그리고 잠시 후, 카카가 다시 이안을 보자 그의 몸 주위로 칠흑같이 새카만 연기가 피어오르는 것을 볼 수 있었다.

그것은 사실 카카만이 볼 수 있는 현상이었다.

'분명히 이건 몽마의 능력이야! 내가 이 능력을 정말 발현할 수 있게 될 줄이야!'

그리고 카카와 이안의 시야에, 동시에 한 줄의 메시지가 떠올랐다.

띠링-!

-고유 능력인 '욕심 많은 몽마'가 한 단계 각성됩니다.

-이제부터 '카카'는, 낮은 확률로 타인의 꿈에도 들어갈 수 있습니다.

카카는 뭐에 홀리기라도 한 듯, 이안의 주변에 피어오르는 칠흑같은 흑무黑霧를 향해 빨려 들어갔다.

이어서 한 줄의 메시지가 추가로 떠올랐다.

-'카카'가 유저 '이안'의 꿈으로 들어갑니다.

카카의 눈앞에 새로운 세상이 펼쳐지기 시작했다.

카카의 고유 능력인 '욕심 많은 몽마'는 꿈속에서 원하는 하나의 물건을 가지고 나올 수 있는 능력이었다.

그리고 그 사실은, 그 누구보다 카카가 가장 잘 자각하고 있었다.

'꿈이다. 이건 분명 주인 놈의 꿈이야.'

카카는 꿈속에서, 드넓은 대지 위의 허공에 둥둥 떠 있었다.

그리고 그 아래에는 수많은 병사들과 기사들, 그리고 전투 용병과 마법사들이 거대한 대군을 이루고 있었다.

'뭐지? 주인 놈이 전쟁 꿈이라도 꾸고 있는 건가?'

카카는 지금 자신이, 몽마의 능력을 이용해 이안의 꿈속에 들어와 있다고 생각하고 있었지만, 정확히 말하면 지금 카카가 들어와 있는 세계는 이안의 꿈이 아니었다.

카카가 들어와 있는 곳은 바로, 이안의 정신 세계와 연결되어 있는 '마계 전쟁 기록서'의 세계관.

월드 메시지와 함께 모든 유저들과 공유된 천 년 전의 세계관 속으로, 카카도 얼떨결에 빨려 들어간 것이었다.

그리고 당연하겠지만 그런 것을 알 리 없었던 카카는, 꿈속의 상황을 열심히 파악하기 시작했다.

'이 안에서 가장 값진 물건을 가지고 나가야 해!'

이안이 꿈에서 깨어나 버린다면, 카카 또한 강제로 이 세계 바깥으로 튕겨져 나가 버릴 것이었다.

그 전에 최대한 값비싸고 희귀한, 그러면서도 자신의 마음에 꼭 드는 그런 물건을 찾아야만 했다.

'으, 왜 하필 꿈을 꿔도 이런 꿈을 꾸는 거야, 이 주인 놈은! 싸움 못해서 한 맺힌 귀신처럼 그렇게 쉬지 않고 전투를 해 대더니…….'

카카는 주인의 얼굴을 떠올리며 속으로 투덜거렸다.

최대한 값비싸고 희귀한 물건을 가지고 나가야 하는 지금의 상황에서, 이런 전쟁과 같은 환경은 아무런 도움이 되지 않았기 때문이었다.

이런 전쟁통에서 대체 어떤 귀한 물건을 찾아서 가지고 나간다는 말인가.

'그래도 이런 기회가 또 언제 있을지 몰라.'

카카는 열심히 날갯짓을 하기 시작했다.

날개를 빨리 움직인다고 해서 그의 비행 속도가 빨라지는지는 미지수였지만, 그래도 마음이 급할 때면 카카의 날개는 항상 빠르게 움직였다.

'그나저나 내 기억으로 몽마의 능력은 꿈속의 세계임을 자각하지 못할 때만 발휘된다고 했었는데, 다른 이의 꿈에 들어갈 경우에는 적용되지 않는 건가?'

몽마는 원래 꿈속에서 물건을 들고 나올 때, 그것이 꿈이라는 것을 인지하지 못한다.

일반적인 대부분의 이들이 꿈을 꿀 때 그 상황이 꿈인지 알지 못하는 것과 마찬가지의 이치라고 할 수 있었다.

그렇기에 사실 능력이 발휘된다고 하여도, 몽마가 매번 값비싼 물건을 들고 나오는 것은 아니었다.

능력이 발휘되는 상황이라는 것을 인지하지 못하기 때문이었다.

그러다 가끔, 꿈속임을 자각했음에도 꿈에서 깨어나지 않을 때가 있는데 그것을 '자각몽'이라고 한다.

'자, 값비싼 물건을 찾아내지 못한다면, 마법사의 아티팩트나 고대의 무기라도 찾아서 가지고 나가야겠어.'

카카는 마음을 굳게 먹고는 천천히 지상으로 몸을 움직이기 시작했다.

꿈임에도 불구하고, 전쟁에 나가는 사람들의 표정은 무척이나 진지하고 살벌했다.

'그나저나 이게 무슨 전쟁일까? 내가 삼천 년을 넘게 살면서도 이렇게 엄청난 규모의 전쟁은 몇 번 본 적이 없는 것 같은데 말이지.'

그렇게 카카가 인간들의 주변을 어슬렁거리며 괜찮은 물건이 없나 살피고 있을 때, 갑자기 부대의 전방에서 엄청나게 커다란 함성이 울려 퍼지기 시작했다.

와아- 와아아-!

그에 궁금증이 생긴 카카는 다시 허공으로 두둥실 떠올

랐다.

그리고 다음 순간, 놀라운 광경을 발견할 수 있었다.

'뭐야? 이거…… 마계 전쟁이었던 거야?'

카카의 눈에 들어온 광경은, 허공이 찢어지며 거대한 포털이 열리고, 그 안에서 마수들이 쏟아져 나오기 시작하는 장면이었다.

바로 천 년 전, 직접 경험한 적 있던 그 대전쟁의 서막이 열리는 모습이었다.

"어떻게 이런 일이……!"

놀란 나머지 육성으로 중얼거린 카카는 흠칫 놀랐다.

마족과의 전쟁 중인 인간들이 거무튀튀한 연기같이 요상한 외모를 가진 자신을 발견한다면, 어떤 해코지를 할지 몰랐기 때문이었다.

아마 밑도 끝도 없이 검부터 내리칠 수도 있었다.

하지만 카카는 곧 안심할 수 있었다.

이 세계 안에 들어와 있는 인간들은 아무도 카카를 인지할 수 없는 듯했다.

"으음……."

그리고 상황은 대략 인지한 카카는, 머리를 열심히 굴리기 시작했다.

'지금 이 전장 속에서 내가 가지고 나갈 수 있는 가장 값진 물건이 대체 뭘까?'

카카는 고대의 기억을 끄집어내기 위해 안간힘을 쓰기 시작했다.

이미 경험했던 역사 속의 상황이고, 그렇다면 카카에게 무척이나 유리한 상황이라고 생각될 수도 있었지만 그게 꼭 그렇지만은 않았다.

'시간'이라는 변수가 있었기 때문이었다.

꿈(?)을 꾸는 이안이 언제 깨어날지 모른다는 것이, 카카가 안절부절 못 하는 가장 큰 이유였다.

'주인아, 기다려라, 내가 쓸모없지 않다는 것을 이번 기회에 제대로 보여 주도록 할 테니까!'

두 눈이 휘둥그레진 이안의 표정을 상상하며, 카카는 실실 웃기 시작했다.

랭킹 1위 탐험가인 릴슨은, 공식 커뮤니티에서도 제법 유명한 유저였다.

그는 자신이 탐험으로 얻은 정보들과 특별한 스토리들을 다른 유저들과 나누는 것을 좋아했고, 그렇기 때문에 자연히 그의 게시물들은 화제가 될 수밖에 없었던 것이다.

비록 사냥에서는 따돌림 받는 불쌍한 신세의 탐험가였지만, 커뮤니티에서만큼은 인기가 제법 좋은 릴슨이었다.

그의 아이디는 공식 커뮤니티에 개인 채널이 있을 정도로 유명한 네임드였고, 덕분에 릴슨이 이번에 오픈한 새로운 유적에 관한 퀘스트도 그 채널을 통해 연동이 될 수 있었다.

그리고 '마계 전쟁 기록서'와 그 안에 담긴 한 편의 영화 같은 박진감 넘치는 영상은 순식간에 조회 수가 폭발적으로 올랐다.

처음에는 몇백 명도 채 안 되는 릴슨의 구독자들만 보던 영상이, 채 10분도 되기 전에 조회 수가 수십만에 이른 것이었다.

–님들, 이거 무슨 영상인가요? 마계 관련 스토리라도 새로 뜬 거예요?

–그러게, 이게 뭔데 다들 이렇게 난리죠? 지난번 히든 클래스 관련 영상들처럼 뭔가 패치 노트랑 관련이 있는 영상인가?

–아, 아뇨. 그런 건 아닌데, 마계랑 관련이 있기는 한가 봐요. 특히 몇 주 뒤에 오픈될 마계 몬스터 웨이브에 대한 영상인 것 같은데…….

–윗 분 말씀이 거의 맞지만, 더 정확히 말하자면 천 년 전에 있었던 마계와 인간계의 차원 전쟁에 관한 스토리라고 하네요.

–오오, 님은 어떻게 그렇게 잘 아세요?

–그야 저는 이 영상 처음부터 봤으니까요.

유저들은 시끌벅적 채팅을 하며, 흥미진진하게 마계 전쟁 기록 영상을 시청하고 있었다.

마계에 이미 발을 들여 놓은 상위 랭커들과 아직 하급 마수의 그림자조차 구경하지 못한 중, 하위권 유저들을 막론하고, 모든 유저들은 영상에 떠오르는 내용들이 흥미진진할 수밖에 없었다.

차원 전쟁의 비하인드 스토리와 함께, 지금껏 알려진 적 없었던 5대 신룡들에 관한 이야기들이 사실감 넘치는 영상으로 방영되고 있으니 그것은 사실 당연한 것이었다.

—와, 저 그린 드래곤 진짜 간지 나네요. 완전 내 스타일이야.

—에이, 난 그린 드래곤보다는 처음에 나왔던 레드 드래곤이 진짜 멋지게 생겼던데.

—어허 님들, 그린 드래곤 래드 드래곤이 아니고, 대지의 드래곤, 태양의 드래곤입니다.

—거 참, 그게 그거 아닙니까. 까탈스러우시긴.

—크으, 그나저나 저런 드래곤 하나 테이밍해서 부리면 진짜 소환술사 할 맛 날 텐데요…….

—님, 소환술사이심?

—네, 왜요?

—아뇨, 그냥, 뭐랄까…… 꿈 깨시라고요.

—…….

그렇게 채팅 창을 통해 실없는 얘기들을 하며 영상을 시청

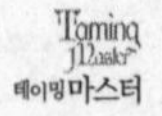

하던 도중, 갑자기 누군가가 뜬금없는 말을 한마디 던졌다.

—헐, 잠깐만요, 님들! 나 저기 저 남자, 누군지 알아요!

—음? 뭐임, 저 사람은? 드래곤 테이밍하고 싶다고 할 때부터 계속 영양가 없는 소리만 하네.

—아니, 이거 진짜라고요! 나 저기 저 백발에 대검 메고 있는 검사 안다니까?

한 유저의 뜬금없는 한 마디에, 유저들은 다시 한 번 영상을 유심히 살펴보았다.

채널의 영상에는, 두 남자가 서로를 마주보고 있었다.

흑발의 미남자인 전쟁의 신 '마레스'와 백발을 길게 늘어뜨리고 등에는 거대한 대검을 멘 한 남자.

—카이자르! 그래, 카이자르였어!

—아니, 님. 님이 저 사람을 어떻게 알아요? 천 년 전의 인물이라는데.

—아니에요, 나 확실히 기억났어. 저 남자 이안 님의 가신이었던 카이자르야.

—엥? 이안 님이라면…… 그 소환술사 비공식 랭킹 1위 이안 님 말하는 거예요?

—예, 제가 이안 님 팬이거든요. 그래서 이안 님 가신들이랑 소환수들 중에 유명한 녀석들 이름은 다 외우고 있어요.

—헐, 그러고 보니 진짜 맞는 것 같아요! 이안 님 가신 중에 카이자르라고 엄청 유명한 놈 하나 있는데 진짜 생긴 것도 똑같이 생겼어요!

그렇게 누군가의 뜬금없는 한 마디로 시작된 소란은, 순식간에 일파만파로 퍼져 나가기 시작했다.

이렇게 거대한 게임 내 메인 스토리의 NPC가 일개 유저의 가신이라는 사실은 충분한 이슈거리였던 것이다.

—와…… 진짜 대박! 뭐지? 대체 어떻게 하면 저런 엄청난 가신을 얻을 수 있는 거지?

—그거야 모르죠! 이안갓! 역시 NPC도 테이밍한다던 소문이 진짜였어!

—크으, 진짜 대박이다. 카이자르? 저 NPC 진짜 멋지네. 겁나 셀 것 같아.

하지만 이런 작은 소란과는 별개로, 영상 속의 스토리는 계속해서 진행되고 있었다.

그리고 잠시 후 거의 1시간이 넘는 영상 속의 스토리가 전부 마무리되었을 때, 대부분의 유저들은 경악할 수밖에 없었다.

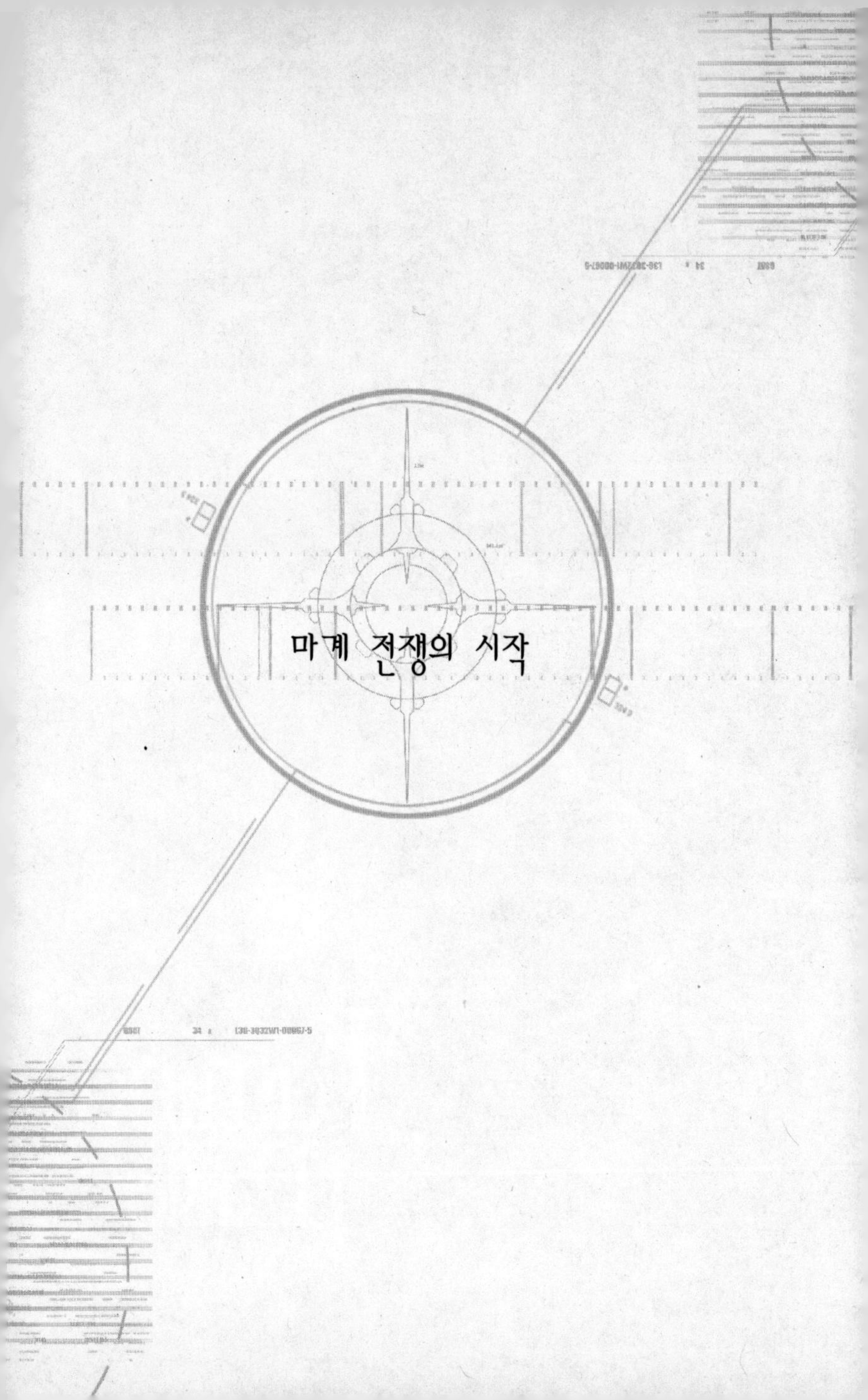

마계 전쟁의 시작

Taming Master

Taming Master
테이밍마스터

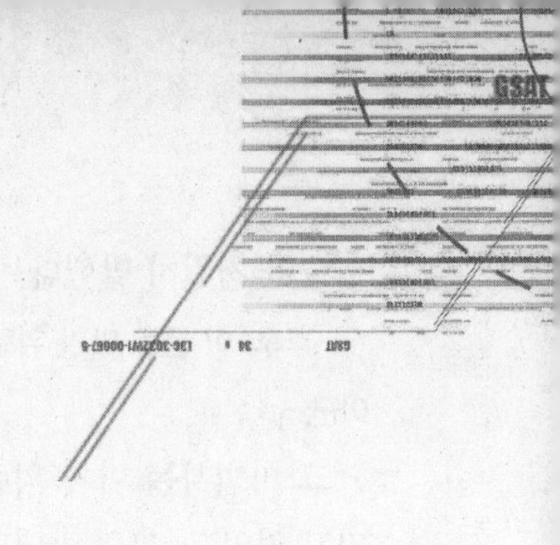

중앙 대륙에서 가장 넓다고 알려진 필드인 마톤크 사막 지대.

지평선이 보일 정도로 탁 트인 사막에, 다섯 마리의 드래곤이 떠 있었다.

그리고 그중 가장 거대하고 기괴하게 생긴 드래곤 한 마리가 나머지 네 마리의 드래곤과 대치하고 있는 그런 형국이었다.

그 기괴한 드래곤 옆에는, 새카만 지팡이를 든 마법사 하나가 허공에 두둥실 떠 있었다.

그의 온몸에서는 칠흑같이 새까만 연기가 피어오르고, 주위에는 보랏빛 불꽃이 원을 그리며 요동치고 있었다.

그가 천천히 말했다.

–후후, 이 몸을 막기 위해 5대 신룡 중 넷이나 모이다니, 정말 영광이군.

그 마법사는 마치 악惡과 마魔의 상징과도 같은 외모를 가지고 있었고, 그의 반대편, 푸른 신룡의 등에는 선善의 상징처럼 보이는 백의 로브를 걸친 마법사가 그를 노려보고 있었다.

–오늘 바로 이곳에서, 이 무의미한 차원 전쟁은 끝이 날 것이다.

그 말에, 흑의 마법사가 피식 웃으며 대꾸했다.

–과연……? 신룡의 힘이 강하기는 하지만, 5대 신의 힘이 전부 모이지 않은 그 상태로 칼리파와 이 수많은 발록들, 그리고 이 '나'를 막을 수 있을까?

흑의 마법사의 말처럼, 그와 마룡이 떠올라 있는 발밑에는 수많은 마계의 군단이 압도적인 투기를 내뿜고 있었다.

하지만 백의 마법사는 침착한 모습이었다.

–후후, 5대 신의 힘이 전부 모이지 않았다고 누가 그러던가.

그리고 백의 마법사의 말에, 흑의 마법사가 처음으로 동요하는 표정을 지었다.

–으음, 그게 무슨? '카르세우스'는 분명 내 손으로 직접 죽였건만……. 노옴, 무슨 허세를 부리는 거냐!

–진정 허세라고 생각하는가?

이 장면까지 영상으로 재생되자, 유저 채팅방이 또다시 달아오르기 시작했다.

—뭐지? 지금 저 마족 마법사가 '카르세우스'라고 한 거 맞죠?

—헐, 저도 방금 그렇게 들었음. 카르세우스라고.

—님들 왜요? 카르세우스가 뭐기에 그러는 거예요?

—크으, 카르세우스를 모르시다니. 이안 님이 데리고 있던 거대한 블랙 드래곤 이름이 카르세우스잖아요. 그 유명한 파이로 영지 방어전 영상에서 마지막에 갑자기 등장해서 카이몬 제국 박살내던 그 드래곤요!

—아, 그래요? 그 드래곤 이름이 카르세우스였어요?

—네 맞아요.

—허어, 그럼 이안 님 가신에다가 소환수까지 지금 이 어마어마한 영상에 등장하고 있는 거?

—바로 그런 거죠.

유저들은 그야말로 당황스럽기 그지없었다.

어떻게 일개 유저가 게임 전체에 미치는 영향이 이렇게 클 수가 있단 말인가?

하지만 그들의 놀람은 거기서 끝이 아니었다.

—잠깐, 님들, 저 방금 소름돋았음.

—왜요, 왜? 또 뭔데?

—지금 저 영상에서 나온 대화 내용 유추해 보면, 지금 오대 신룡 중에 네 마리의 신룡밖에 등장 안 했다는 얘기잖아요?

—그렇죠.

—그리고 저 악마 마법사가, 카르세우스는 분명 죽였다고 하는 말을 보니…….

—헉, 저도 순간 이해됐음!

—저 잠깐 팬티 좀 갈아입고 오겠음.

—크아아, 그러니까 이안 님의 소환수인 카르세우스가 그럼 남은 신룡 중 하나인 전쟁의 드래곤이라는 소린가요?

—빙고, 바로 그거죠.

—아…… 그래서 그 파이로 방어전 때 그렇게 됐었던 거구나!

—음, 뭐가요?

—파이로 영지 최후의 일전 때, 카르세우스가 마지막에 등장했었잖아요.

—그랬죠.

—그때, 카이자르랑 카르세우스가 무슨 칠흑빛 쇠사슬 같은 거로 연결되면서 미친 듯이 카이몬 제국 병사들을 학살하더라고요.

—맞아요. 둘이서 무슨 버프 같은 것도 걸린 것 같았고…….

—조금 더 유추해 보자면 카이자르가 전쟁의 신의 사자였고, 카르세우스는 전쟁의 신룡이었기 때문에 그런 현상이 일어났던 거라고 생각해 볼 수 있겠죠.

—그런……!

유저들은 영상 속의 스토리가 보이기 시작하자 더욱 흥분하기 시작했다.

원래 영화를 볼 때에도, 숨겨져 있는 히든 피스 같은 것을 찾아내면 영화가 배로 재밌어지지 않는가.

그것처럼 한국 서버에서 모르는 사람이 없을 정도로 유명한 유저인 이안과 관련된 비밀을 찾아내는 것은, 유저들에게 제법 큰 흥밋거리였다.

그런 와중에도, 영상의 스토리는 계속 진행되고 있었다.

마룡의 커다란 입이 천천히 열리며, 중저음의 위압감 넘치는 목소리가 흘러나왔다.

–저 허세꾼의 말에 넘어갈 것 없다, 샤칸.

–그렇군, 칼리파. 내가 괜한 걱정을 한 것 같다.

백의 마법사가 입꼬리를 슬쩍 말아 올렸다.

–좋을 대로 생각하도록. 내 말이 사실인지 아닌지는, 결과가 말해 주겠지.

'샤칸'이라 불리운 흑의 마법사가 이를 갈았다.

–으드득…… 좋다, 그렇다면 어디 증명해 보도록!

샤칸이 지팡이를 번쩍 치켜들며 소리쳤다.

–개전開戰한다! 전군 앞으로! 저 허약한 인간들을 모조리 짓밟아 버리자!

–와아아–!

샤칸의 말이 끝남과 동시에, 마계군단이 일제히 포악한 함성을 지르며 앞으로 뛰쳐나오기 시작했다.

전설 등급의 마수들 중에서도 가장 흉포하고 강력하다는

마수인 ‘발록’부터, 최상급 마수인 ‘카오스 드레이크’, ‘소울 이터’ 등 무시무시한 마수들이 인간계의 부대를 향해 앞장서 뛰어들고 있었다.

그런데 그때, 돌연 하늘에서 커다란 굉음이 울려 퍼졌다.

쿠르릉- 쾅- 쾅-!

-뭐지? 갑자기 이게 무슨……!

샤칸이 당황한 목소리로 굉음이 울려 퍼진 하늘을 올려다 보았고, 놀랍게도 그 새파랗고 맑은 하늘에 요란하게 천둥번개가 치고 있었다.

쾅- 콰콰쾅-!

갑자기 어디선가 나타난 먹구름이 하늘을 가득히 메우기 시작했다.

쏴아아-!

뜨거운 사막에 때아닌 빗줄기가 쏟아져 내렸다.

그리고 잠시 후, 먹구름 사이가 원형으로 갈라지더니 새하얀 빛줄기가 그곳을 통해 내려들었다.

하늘을 까맣게 뒤덮은 먹구름과 그 사이에서 쏟아져 내리는 새하얀 빛줄기. 이 기이하고도 신비로운 광경에 잠시 모든 이들은 넋을 잃었고, 잠시 후에는 더욱 놀라운 일이 벌어졌다.

크아아오오-!

한 마리의 푸른빛 드래곤이, 그 빛을 타고 유유히 내려오고 있었던 것이다.

그 드래곤의 생김새는 네 신룡들과는 조금 다른 모습이었다.

길쭉한 목과 날렵하게 생긴 머리. 그리고 뾰족하게 생긴 갑각岬角이 등판을 완벽하게 뒤덮고 있는 형태.

그것은 마치 동양 신화의 사신수四神獸인 현무와 청룡을 섞어 놓은 듯한 모습이었다.

조금 당황한 듯 보이는 샤칸을 향해, 백의 남자가 씨익 웃어 보였다.

–어때, 이제 허세가 아니라는 것을 알겠는가, 샤칸?

샤칸이 입을 악물었다.

–확실히 허세는 아니었군. 인정한다. 하지만 어비스 드래곤이라고 해서, 카르세우스의 빈자리를 메울 수는 없을 텐데? 어비스 드래곤이 강력한 것은 알고 있지만, 그렇다고 저 녀석이 5대 신의 힘을 완성시킬 수 있는 것은 아니지 않나?

백의 마법사, '솔라르'가 어비스 드래곤을 가리키며 다시 입을 열었다.

–어비스 드래곤의 등에 타고 있는 남자라면, 그 빈 자리를 메워 줄 수 있을 것 같은데?

솔라르의 말이 끝난 바로 그 순간, 어느새 신룡들의 바로 앞까지 날아온 '어비스 드래곤'이 커다랗게 포효했다.

크아아오오!

그리고 그의 등에 서 있던 한 남자가 허공으로 뛰어올랐다.

남자, '카이자르'가 커다랗게 소리쳤다.

–지금부터 5대 신의 맹약을 발동하겠다!

쿠오오오–!

그리고 샤칸은, 새하얗게 질린 표정이 되었다.

–이…… 이게 무슨!

카이자르를 중심으로 네 마리의 신룡이 빙글빙글 돌기 시작했다. 그러자 카이자르가 들고 있던 대검에 새하얀 기운이 맺히기 시작했고, 그 대검에 맺힌 하얀 빛은 사슬처럼 뻗어나가 네 마리의 신룡의 몸을 휘감았다.

우우웅–!

그들을 중심으로 커다란 공명음이 울려 퍼지기 시작했다.

–전쟁의 신, 마레스의 대리인으로서, 나 카이자르가 5대 신의 맹약을 이행한다.

–어둠의 신, 카데스의 대리인으로서, 나 루가릭스가 5대 신의 맹약을 이행한다.

–바람의 신, 미로의 대리인으로서, 나 노르피스가 5대 신의 맹약을 이행한다.

–태양의 신, 헬레나의 대리인으로서, 나 라노헬이 5대 신의 맹약을 이행한다.

–대지의 신, 샌디애나의 대리인으로서, 나 밀라이카가 5대 신의 맹약을 이행한다.

드넓은 사막에 눈을 뜰 수 없을 정도로 눈부신 새하얀 심판의 빛이 한가득 내려앉았다.

콰아아앙-!

그리고 내려앉았던 빛이 사라진 자리에는, 사막의 절반을 뒤덮고 있던 수많은 마수들과 마족들의 몸이 하얗게 타들어 가고 있었다.

그 모습을 본 솔라르가 지팡이를 번쩍 치켜들었다.

-오늘, 바로 이 자리에서, 길고 길었던 차원 전쟁의 끝을 보리라!

사방을 메우는 가득한 함성 속에서, 카카는 누렇게 뜬 양피지 한 장을 손에 들고는 재빨리 어디론가 움직이고 있었다.

"꿈, 이 꿈에서 나가려면 어떻게 해야 했지?"

카카는 머리를 싸매고 고민했다.

그는 몽마의 힘을 가지고 있었지만, 발동시킬 수 있었던 것은 처음이었다.그렇기 때문에 능력을 사용하는 데 있어서 서툴 수밖에 없었다.

그는 이 꿈에서 나가려면, 고대 서적에서 본 몽마의 능력에 대한 내용들을 기억해 내야만 했다.

"이제 곧 있으면 주인 놈이 분명 꿈에서 깨어날 거야. 그 전에 여기서 나가지 못하면……."

카카는 손에 든 양피지를 강하게 움켜쥐며 눈을 부릅떴다.

"이건 사라지고 말겠지."

그렇게 잠시 동안 고민에 고민을 거듭하던 카카가, 마침내 생각난 것이 있는지 허공으로 날아올랐다.

"그래, 거기로 가면 되는 거였어!"

카카는 자신이 처음 꿈에 들어왔을 때 보았던 장소로 날아가기 시작했다.

가능한 한 빠르게 그곳에 도착해야만 했다.

탐험가 '릴슨'으로 인해 공식 커뮤니티에 대문짝만 하게 뜨게 된 하나의 영상은 엄청나게 큰 파장을 불러 모았다.

이 영상은 장장 1시간이 넘는 스토리로 이뤄져 있었으며, 마계에 대한 너무도 많은 정보들이 풀렸기 때문이었다.

정보들은 무척이나 많고 방대했지만, 그중에서도 가장 굵직한 것들만 종합하면 이러했다.

1. 마계의 최종 몬스터 웨이브를 막아 내기 위해서는, 5대신의 힘을 한 자리에 모아야만 한다.

2. 마계의 몬스터 웨이브를 막아 내지 못한다면, 중앙 대륙과 북부 대륙은 '마계화'될 것이다.

3. 또한 '파괴마'들이 마계의 권력을 잡으면서, 지금껏 유저들이 누리고 있었던 마계 콘텐츠는 물론, 중부 대륙과 북부 대륙의 콘텐츠들도 당분간 즐길 수 없게 될 것이다.

감고 있던 눈을 번쩍 뜬 이안이 나직한 목소리로 중얼거렸다.

"절대로 그럴 순 없지."

이안이 씨익 웃었다.

"내가 파이로 영지에 투자한 게 얼만데 말이야."

이안의 한쪽 입꼬리가 씨익 말려 올라갔다.

–분노의 마왕 '히키온'의 시험, 17번째 관문을 통과하는 데 실패하셨습니다.

–파티원 전원이 제1 관문으로 워프됩니다.

–현재까지 도전 횟수 : 7회 (7/10)

–앞으로 3회의 기회가 남아 있습니다. 모두 실패하게 될 경우 퀘스트에 완전히 실패하게 되며, 마왕 히키온과의 친밀도가 대폭 내려갑니다.

–모든 파티원의 명성이 10만 만큼 감소했습니다.

연이어 떠오르는 메시지를 보며, 샤크란은 허탈한 표정이 되었다.

'제기랄, 무슨 이렇게 말도 안 되는 난이도의 퀘스트가 다 있어?'

샤크란은 팀원들을 한번 둘러보며 한숨을 살짝 내쉬었다.

차라리 혼자 할 수 있는 퀘스트라면 어떻게든 해 보겠지만, 8인의 파티 중 구멍이 너무 많은 것이 문제였다.

암살자와 소환술사 유저를 제외하고는 최상위권의 레벨을 자랑하는 파티였지만, 컨트롤이 문제였다.

'후, 세일론이랑 흑마법사 꼬맹이를 제외하면 너무 구멍이

많아. 카노엘이라고 했던 소환술사 녀석도 우리 길드원보다는 낫지만 구멍이고…….'

지금까지 도전 실패 횟수는 총 7회.

한번 실패할 때마다 명성이 10만씩 깎여 나가는 바람에, 70만이라는 막대한 명성치도 잃었다.

샤크란은 도무지 어떻게 해야 할지 답이 서질 않았다.

'후우, 이러면 답이 없는데…….'

고뇌에 빠진 샤크란에게, 세일론이 조심스레 말을 걸었다.

"마스터, 이제 어떻게 하시렵니까? 기회가 세 번뿐이 남지 않았습니다."

"으음……."

"아무래도 다른 랭커들에게 도움을 요청해야 하지 않겠습니까?"

"으……."

샤크란은 고민에 고민을 거듭했지만 이 파티로는 도저히 답이 나오질 않았다.

샤크란이 입을 열었다.

"영입한다면 누굴 영입해야 할까?"

세일론이 잠시 생각한 뒤 말했다.

"일단 가장 좋은 카드는 어느 길드에도 소속되어 있지 않은 레미르가 아닐까 합니다."

"후우, 그래 좋아. 레미르는 무조건 영입해 보도록 하고,

다른 카드는 없을까? 레미르 하나 온다고 해서 해결될 문제는 아닌 것 같아서 말이지. 물론 레미르가 강하긴 하지만, 우리가 30관문 중에 겨우 17관문까지밖에 못 뚫었으니 말이야."

세일론이 고개를 끄덕였다.

"맞습니다. 레미르 하나로는 확실히 모자란 감이 있죠."

"지금 우리 파티에서 제일 큰 구멍이 무슨 클래스지?"

"음, 제 생각에, 가장 큰 구멍은 암살자입니다. 하지만 암살자는 어떤 랭커를 불러와도 크게 도움이 될 것 같지 않습니다. 애초에 클래스 자체가 PVE에 가장 불리한 클래스여서……."

샤크란이 고개를 주억거렸다.

"확실히 그렇지. 암살자 랭킹 1위가 와도 딱히 달라질 게 없을 거야."

세일론이 뒷머리를 긁적였다.

"그렇다고 궁수 랭킹 1위인 사무엘 진을 영입하기에는 그는 적국의 최상위 길드의 마스터라 좀 찝찝하네요."

"걘 안 돼. 다른 거 다 떠나서 재수가 없어."

잠시 턱을 만지작거리며 생각하던 세일론이 말을 이었다.

"그럼 남은 카드는 결국 하나네요."

"……."

"이안, 그가 있어야 할 것 같습니다."

"……!"

세일론의 입가에 쓴웃음이 맺혔다.

이안은 처음부터 생각했던 인물이기는 했지만, 애써 외면하고 있었기 때문이다.

'확실히 이안만큼 컨트롤도 뛰어나고 확실한 전력이 되어 줄 만한 유저가 없긴 하지. 게다가 구멍인 소환술사 자리를 메워 주면서 최소 2인분은 해 줄 테니까.'

하지만 이안은 최근 상위권으로 급부상하고 있는 루스펠 제국의 길드인 로터스 길드 소속이었다.

그를 영입한다면 로터스 길드까지 이 마계 최초의 히든 길드 퀘스트 보상을 공유하게 될 것이고, 그것은 너무나도 배가 아팠다.

'그래도 이대로 히든 퀘스트를 날리는 것보단 낫겠지.'

샤크란이 천천히 고개를 끄덕였다.

"역시…… 어쩔 수 없는 건가?"

그런데 그때, 옆에서 가만히 둘의 대화를 듣고 있던 훈이가 울상이 된 표정으로 말했다.

"결국 이안 형이 필요한 건가요?"

훈이는 세상을 다 잃은 표정이었다.

'하…… 이안 형 몰래 히든퀘 하나 완수하나 했더니 결국 이렇게 또 퀘스트 하나 물어다 바치는 건가…….'

이안은 뭐가 바쁜 건지 아직까지도 부재중 메시지 목록을 확인하지 않은 채였다.

때문에 훈이가 보낸 퀘스트 공유 메시지를 수락하지 않았던 것이다. 그래서 내심, 이안이 보기 전에 얼른 퀘스트를 해결해 버리려 했었던 훈이였다.

그러나 그 창대했던 계획이 이렇게 무산되려 하고 있었다.

"이안 형? 이안 유저를 개인적으로 알고 계신가 봅니다."

세일론이 훈이를 향해 물었고, 옆에 있던 카노엘이 대신해서 대답했다.

"예, 저희가 이안 형님이랑 친분이 있습니다."

그리고 씁쓸한 표정으로 말을 이었다.

"확실히 소환술사 자리를 제 능력으로 커버하기에는 많이 부족하네요. 이안 형님께 도움을 요청하신다면 확실히 이 퀘스트 마무리 지을 수 있을 겁니다."

샤크란이 찜찜한 표정으로 대꾸했다.

"확실히……? 저희는 아직 17관문까지밖에 뚫지 못했습니다. 13관문이나 더 남았는데, 이안 님 하나 영입한다고 확실하게 클리어할 수 있다는 건 비약 아닙니까?"

하지만 카노엘은 확고한 표정이었다.

"아뇨, 이안 형님 한 명만 있으면 레미르 님을 영입할 필요도 없이 이 퀘스트 클리어할 수 있을 겁니다."

"으음?"

훈이도 힘없이 고개를 끄덕이며 한마디 거들었다.

"이안 형이라면 아마 클리어는 보장될 거예요. 그 형을 또 부르고 싶진 않았지만……."

그 뒤로도 일행은 이런저런 대안을 찾아보았지만, 결국 이안 만한 대안을 찾아낼 수는 없었다.

결론을 내린 샤크란이 파티원들을 향해 입을 열었다.

"그럼 일단 대충 결론이 나온 것 같으니, 세일론 네가 레미르에게 연락을 넣어 보도록."

"알겠습니다."

샤크란이 훈이를 보며 말했다.

"그리고 이안 님에겐 훈이 님께서 메시지를 좀 보내 봐 주시죠."

훈이가 한숨을 푹 쉬며 대답했다.

"후우…… 알겠습니다."

잠(?)에서 깨어난 이안의 앞에는 카카가 둥실둥실 떠 있었다.

"휴우, 주인아, 조금만 일찍 깨어났으면 큰일 날 뻔했다."

이안이 고개를 갸웃하며 물었다.

"음, 그건 또 무슨 말이야? 앞뒤 자르지 말고 설명을 해 줘야지."

그 말에 카카가 우쭐한 표정을 지으며 설명을 시작했다.

"후후, 처음부터 설명을 하자면, 내가 각성에 성공했다."

"뭘?"

"몽마의 능력 말이다. 나도 이제 쓸모가 생겼다, 주인아."

이안의 입에서 실소가 흘러나왔다.

'아니, 쓸모없는 녀석이라고 갈궜던 게 그렇게 상처가 됐었나?'

사실 카카는 쓸모없지 않았다.

이안이 매번 갈구기는 했지만 그동안 전투에서도 정찰용으로 아주 훌륭한 역할을 해 주고 있었고, 카카의 가장 큰 도움은 그의 지식이었다.

게임을 플레이함에 있어서 '정보'를 무척이나 중요시 생각하는 이안에게, 카카의 지식은 그 어떤 도움보다도 훌륭한 것이었다.

하지만 이안은 내색하지 않고 대꾸했다.

"그래, 그 능력 어떻게 각성된 건데?"

카카가 뿌듯해하며 대답했다.

"이제 다른 사람의 꿈으로 들어갈 수 있게 되었다. 그래서 방금 주인의 꿈에 들어갔다 나왔다, 캬하핫."

이안은 어리둥절했다.

'음? 난 잔 적이 없는데 무슨 말이지?'

카카가 한마디 덧붙였다.

"주인아, 꿈 한번 스펙타클하게 꾸더라. 천 년 전에 있었던 차원 전쟁이 꿈에서 그대로 재현될 줄은 몰랐다."

그 말에, 이안은 곧바로 지금 상황이 이해가 되었다.

'아하, 방금 영상을 시청했던 게 내가 꿈을 꾼 걸로 인식이 된 거군.'

거기에 생각이 미친 이안은 곧바로 카카의 정보 창을 열어 고유 능력을 확인해 보았다.

욕심 많은 몽마 (희귀 능력)(각성)

몽마는 꿈속에서 일어났던 일들을 현실화시킬 수 있는 능력을 가진 마귀이다.

욕심 많은 몽마인 카카는, 꿈을 꿀 때마다 꿈 속에서 희귀한 물건을 하나씩 가지고 나타날 것이다.

*이 능력은 각성에 성공했습니다. 이제부터 노예 '카카'는 타인의 꿈에도 몽마의 능력을 사용할 수 있습니다.

카카의 정보 창에는, '욕심 많은 몽마' 고유 능력의 제목 옆에 '각성'이라는 글귀가 추가로 붙었고, 그 밑에 각성된 추가 효과가 설명되어 있었다.

이안의 표정이 눈에 띄게 밝아졌다.

'오오, 이렇게 되면 굳이 카카가 잠들지 않더라도 능력 사용이 가능해진 거잖아?'

이안의 머리가 빠르게 회전하기 시작했다.

'그리고 방금 그 천 년 전의 세계 안에 들어갔다 나온 것이라면, 혹시……!'

어비스 드래곤이 입에 물고 있던 영롱한 여의주.

이안은 곧바로 그것을 떠올린 것이었다.

'제발 카카!'

이안이 카카를 향해 물었다.

"그래서, 내 꿈에 들어가서 뭐 좀 건져 온 거야?"

카카가 기다렸다는 듯 고개를 끄덕이며 자랑했다.

"당연하지!"

카카가 손을 번쩍 들어 손에 쥐고 있던 양피지를 이안의 눈앞에 들이밀었다.

"후후, 어떠냐, 주인아."

그리고 이안의 눈앞에, 아이템 정보가 떠올랐다.

-알 수 없는 고대의 기록서/등급 : 전설

아이템 제목에 쓰여 있는 것처럼, 뭔지는 알 수 없었지만 '전설'이라는 등급이 이안의 눈에 곧바로 들어왔다.

하지만 이안의 표정은 시무룩했다.

평소 같았으면 전설이라는 등급에 표정이 펴졌겠지만, 지금은 여의주를 기대하고 있었기 때문이었다.

"암마, 왜 저걸 가지고 왔어?"

칭찬을 기대했던 카카가 당황해서 되물었다.

"왜 그러냐, 주인?"

"내 꿈에 들어갔다 나왔으면 여의주를 가지고 나왔어야지!"

그제야 이안이 실망한 이유를 알게 된 카카가 씨익 웃으며 대꾸했다.

"바보 같은 주인 놈아! 내가 거기서 여의주를 어떻게 가지고 나오냐?"

"왜?"

"이미 그 시대에 있던 여의주는 어비스 드래곤의 입에 물려 있는데, 무슨 재주로 그걸 훔쳐?"

이안의 얼굴이 시무룩해졌다.

"여의주가 그거 한 개야?"

"그건 나도 정확히 모르지만 만약 어딘가에 여의주가 있다고 하더라도, 내가 이 짧은 시간에 무슨 수로 찾냐?"

"하긴……."

이안이 아쉽다는 표정으로 입맛을 다시고 있을 때, 카카가 말을 이었다.

"하지만 실망하기에는 이르다, 주인아."

"응……?"

이안이 의아한 표정으로 되물었을 때, 카카가 의기양양한 표정으로 대답했다.

"여기 이 물건이 바로, 여의주가 숨겨져 있는 곳이 표시되어 있는 지도니까!"

"오오!"

그 말에, 이안은 재빨리 양피지를 받아들어 아이템 정보를 열어보았다. 하지만 정보 창에는 단 한 줄의 메시지만이 떠올라 있을 뿐이었다.

–아직 감정이 되지 않은 아이템입니다.

이안은 곧바로 아이템 감정을 시도했다.

"감정!"

하지만 예상치 못했던 메시지가 떠올랐다.

–기본 감정 스킬로는 감정할 수 없는, 높은 등급의 유물입니다.

이안이 당황한 표정으로 카카를 보았다.

"야, 이거 감정 어떻게 해야 돼?"

"감정 스킬로 감정 안 돼?"

"응, 감정이 안 돼. 높은 등급의 유물이라는데?"

그에 잠시 생각하던 카카가 천천히 입을 열었다.

"으음, 아무래도 고레벨의 탐험가에게 부탁해야 할 것 같다."

"응?"

"탐험가 클래스를 가진 사람은 특별한 감정 능력을 가지고 있다, 주인아."

그에 이안의 뇌리에 번개같이 스쳐 가는 것이 하나 있었다.

'그럼 혹시, 그 마계 전쟁 기록서를 발굴해 낸 릴슨이라는 유저는 이 지도를 감정할 수 있지 않을까?'

유물을 발굴해 내는 클래스가 탐험가 클래스라는 것은 이안도 당연히 알고 있는 기본 정보였다.

그리고 그 전설의 유물을 발굴해 낸 탐험가라면, 분명히 최고 수준의 레벨을 달성한 탐험가일 것이었다.

이안의 얼굴이 살짝 밝아졌다.

'그래, 그를 찾아봐야겠어!'

이안의 머릿속에서 계획이 차근차근 정리되고 있던 그때, 생각지 못했던 메시지가 하나 날아왔다.

–간지훈이 : 이안 혀엉, 혹시 바빠……?

to be continued

회귀자의 그랜드슬램

mensol 스포츠 장편소설

ROK SPORTS FANTASY STORY

백전노장 루키가 온다?
테니스부터 축구까지, 최강 경력 17세!

가문 대대로 내려오는 윤회의 저주
반복과 무료의 끝에서 찾은 전대미문의 목표!

"지윤 선수, 어느 종목의 그랜드슬램 말씀인가요?"
"거기 있는 종목, 전부 다요."

지윤의 무기는 오로지 윤회! 시간! 경험!
저 선수요? 초면이지만 262번 붙어 봤습니다

지피지기면 백전백승!
어마어마한 짬으로 스포츠계를 접수한다!